Mila Roth

Wer zuletzt tanzt, tanzt am besten

D1722850

Der neueste Auftrag für Geheimagent Markus Neumann und seine zivile Partnerin Janna Berg führt die beiden auf eine romantische Flusskreuzfahrt auf der Donau. Dort sollen sie zusammen mit weiteren Agenten den Personenschutz für eine brillante Wissenschaftlerin übernehmen, die einen Quantencode entwickelt hat, mit dem es möglich ist, Daten in bisher ungeahnter Geschwindigkeit und Sicherheit zu übertragen. Doch nicht nur diese Aufgabe stellt das Team vor so manche Herausforderung, sondern auch ein Tanzwettbewerb, für den Janna und Markus sich zur Tarnung angemeldet haben. Ein gefährliches Knistern liegt nämlich zwischen ihnen in der Luft, von dem sie sich auf keine Fall ablenken lassen dürfen. Denn nicht nur ein Waffenkartell ist ihnen auf den Fersen, sondern auch der russische Geheimdienst.

Der fünfzehnte Fall für Markus Neumann und Janna Berg.

Mila Roth ist ein Pseudonym der Autorin Petra Schier. Sie ist 1978 geboren und lebt mit ihrem Mann und einem Deutschen Schäferhund in einer kleinen Gemeinde in der Eifel. An der Fernuniversität Hagen studierte sie Geschichte und Neuere Deutsche Literatur und arbeitet seit 2003 als freie Autorin.
Unter ihrem Realnamen Petra Schier erscheinen ihre sehr erfolgreichen historischen Romane u.a. im Rowohlt Taschenbuch Verlag und bei HarperCollins, ihre ebenfalls sehr beliebten Weihnachts- und Liebesromane u.a. bei MIRA Taschenbuch und HarperCollins.
Besuchen Sie die Autorin im Internet: www.mila-roth.de

MILA ROTH

WER ZULETZT TANZT, TANZT AM BESTEN

Allen Serienjunkies gewidmet

Personenverzeichnis

Hauptpersonen

Janna Berg	Pflegemutter von neunjährigen Zwillingen. Zivile Mitarbeiterin des Instituts
Markus Neumann	Agent

Geheimdienst

Gerlinde Bernstein	Walters Ehefrau und Assistentin
Walter Bernstein	Leiter der Abteilung für nationale und internationale Terrorabwehr und organisiertes Verbrechen (Abteilung 7)
Janu Budai	ungarischer Agent
Adám Farkas	ungarischer Agent
Gabriel Riemann	Analyst, Melanies Partner, genannt »Professor«
Dr. Jochen Schwartz	Leiter der Abteilung für interne Angelegenheiten
Melanie Teubner	Agentin
Bence Török	ungarischer Agent

Sonstige Personen

Susanna und Till Berg	Jannas neunjährige Pflege-kinder, Zwillinge
Felicitas Berg	Jannas jüngere Schwester
Dr. Valentina Kostova	bulgarische Wissenschaftlerin
Enrico Oliveira	Bianca da Solvas Komplize
Ruslan Wassiljew	ehemaliger Agent beim FSB
Sasha:	Ruslan Wassiljews Komplizin
Bianca da Solva	portugiesische Waffenhändlerin
Dr. Gerd Sundermann	Tills und Susannas Vater, Professor der Archäologie an der Uni Köln
Annemarie und Egon Sutter	Passagiere auf der *MS Amandus*

1

»Hab ich alles?«, murmelte Janna vor sich hin, während sie nervös zwischen ihrem Schlafzimmer und dem Bad hin und her eilte. Auf ihrem Bett lag ein geöffneter Reisekoffer, aus dem bereits ein viel zu großer Stapel Kleidungsstücke herausragte. Sie würde noch einmal aussortieren müssen, denn andernfalls würde sie nicht einmal mehr ihren Waschbeutel unterbringen. Gleichzeitig ging sie fieberhaft im Kopf die Liste durch, auf der sie alle Gegenstände verzeichnet hatte, die sie in den nächsten elf Tagen unbedingt oder doch ziemlich wahrscheinlich benötigen würde. Zwischendurch schalt sie sich innerlich immer wieder ein dummes Huhn. Warum war sie eigentlich so aufgeregt? Es war schließlich nicht das erste Mal, dass sie zusammen mit Markus und noch zwei weiteren Agenten des Instituts in einen Einsatz geschickt wurde. Allerdings noch niemals auf einen so langen, das musste sie sich zugestehen.

»Bist du schon aufgeregt?« Ihr fast zehnjähriger Pflegesohn Till war im Türrahmen aufgetaucht und sah neugierig ihren Bemühungen zu, den Koffer zu packen.

»Ein bisschen«, gab sie lächelnd zu und hielt für einen Moment inne. »Immerhin war ich noch nie auf einer Flusskreuzfahrt.«

»Ich auch nicht.« Till grinste. »Machst du ganz viele Fotos für uns und rufst uns jeden Tag an?«

»Selbstverständlich.« Zumindest hoffte sie, dass es erlaubt sein würde, ein paar Fotos zu machen. Immerhin war ihr Einsatz streng geheim, doch es wäre wohl seltsam, wenn sie nicht wenigstens ein paar Bilder an ihre Familie schicken dürfte. »Ob ich es jeden Tag schaffen werde, euch anzurufen, weiß ich noch nicht, aber ich werde es versuchen. Ich weiß noch nicht, wie …« Sie zögerte und suchte nach den passenden Worten. »… wie viel wir mit unseren Umfragen an Bord zu tun haben werden«, vollendete sie den Satz schließlich.

»Ich finde es voll nice, dass du auf die Kreuzfahrt fahren darfst.« Der Junge grinste noch breiter. »Da kannst du dann gucken, ob es auf dem Schiff schön ist, und wenn wir nächstes Jahr unseren Urlaub buchen, können wir so was vielleicht auch mal machen.«

Janna lachte. »Voll nice? Wo hast du das denn her?«

Till zuckte mit den Achseln. »Das sagen die aus den höheren Klassen immer, weil es cooler ist als cool.«

»Nice ist also cooler als cool?« Schmunzelnd schüttelte Janna den Kopf. »Schon interessant, was ihr auf dem Gymnasium alles lernt.«

Till und seine Zwillingsschwester Susanna besuchten seit gerade zwei Wochen das Gymnasium in Rheinbach. Eigentlich war es deshalb ungünstig, dass sie gerade jetzt auf einen längeren Einsatz geschickt wurde, denn immerhin befanden die beiden sich noch in der Findungs- und Eingewöhnungsphase an ihrer neuen Schule. Doch daran ließ sich nun nichts mehr ändern. Walter Bernstein, ihr Vorgesetzter im Institut, hatte den Einsatz höchstpersönlich genehmigt, nachdem offenbar eine alte Bekannte Markus um Hilfe gebeten hatte. Genaueres wusste Janna noch nicht, denn Markus war bis gestern noch auf einem Einsatz in Russland gewesen, für den ihre Sicherheitsfreigabe als Zivilistin nicht ausgereicht hatte. Allerdings hatte sie alle seine eingehenden Anrufe und Informationen bearbeitet und gebündelt an die jeweils zuständigen Abteilungen weitergegeben. Sie hoffte, dass er sie auf dem Flug nach Wien über die Einzelheiten in Kenntnis setzen würde, falls ihm das erlaubt war. Sie wollte gerne mehr über seine Arbeit erfahren, musste sich aber oft mit Nichtigkeiten zufriedengeben, weil das Institut nach dem Need-to-know-Prinzip arbeitete, was bedeutete, dass alle Beteiligten an einem Fall nur gerade so viele Informationen erhielten, wie notwendig waren, damit sie ihre Aufgabe erfüllen konnten.

»Erzählst du mir noch mal, wo ihr überall hinfahrt?«, bat Till, stieß sich vom Türrahmen ab und setzte sich neben den Koffer aufs Bett. Neugierig beäugte er dessen Inhalt. »Willst du das wirklich alles mitnehmen?«

Janna verdrehte seufzend die Augen. »Nein, ich fürchte, ich habe es ein bisschen übertrieben. Ich weiß nur einfach nicht so genau, was man auf so einer Flusskreuzfahrt trägt. Zwar steht auf dem Infoblatt des Veranstalters, dass man nur beim Kapitänsdinner schicke Abendgarderobe tragen muss, aber wenn ich mir die ganzen Fotos auf der Internetseite anschaue, sehe ich dort fast nur Leute in schicken Sachen.«

Hinzu kam, dass Gerlinde Bernstein sie am Vormittag informiert hatte, dass Janna und Markus nicht nur wieder einmal als Ehepaar auftraten, sondern auch an einem Tanzwettbewerb teilnehmen sollten. Als Janna sie gefragt hatte, warum es ausgerechnet ein Tanzwettbewerb hatte sein müssen, hatte Gerlinde ihr mit einem Augenzwinkern erklärt, dass die Alternative ein Schachturnier gewesen wäre – oder eine Seminarreihe zum Thema Kamasutra und tantrische Liebestechniken. Noch jetzt verschluckte Janna sich beinahe bei dem Gedanken, dass diese Kreuzfahrtgesellschaft überhaupt solche Freizeitangebote bereithielt. Dieser Tanzwettbewerb war also die sicherste und am wenigsten verfängliche Tarnung, bedeutete jedoch, dass sie entsprechende Kleidungsstücke mitnehmen musste. Doch wie in aller Welt sollte sie die alle in nur einem Koffer unterbringen? Vielleicht sollte sie doch noch eine zweite Tasche in Erwägung ziehen.

»Ich finde, du siehst in allen Sachen schick aus.« Till spielte am Verschluss des Koffers herum. »Das hat Papa neulich auch gesagt.«

»Hat er das?« Kritisch musterte Janna den Inhalt des Koffers, sortierte ein paar Stücke aus, wandte sich ihrem Kleiderschrank zu und überlegte, welche der darin verbliebenen Kleidungsstücke sie noch mitnehmen sollte.

»Ja.« Es klickte leise, als Till den Verschluss hoch- und runterklappte. »Finde ich aber auch.«

»Danke.« Lächelnd warf Janna ihrem Pflegesohn einen kurzen Blick zu. »Wir fliegen morgen früh nach Wien und gehen dort an Bord«, kam sie auf seine vorige Frage zurück. »Wir übernachten auf dem Schiff und besuchen am nächsten Tag wahrscheinlich noch einmal Wien, dann fahren wir zuerst nach Bratislava, das ist in Slowenien. Anschließend schippern wir durch Ungarn, Kroatien, Serbien und Bulgarien und zuletzt durch Rumänien. Dabei besuchen wir unter anderem Budapest, Vukovar und Belgrad, aber auch noch einige weitere Städte links und rechts der Donau. Am letzten Tag fahren wir von Rousse nach Bukarest und fliegen von dort zurück nach Hause.« Den Abstecher, den sie nach Sofia machen würden, erwähnte sie tunlichst nicht, denn der gehörte strikt der Geheimhaltungsstufe an.

»Nice«, wiederholte Till sichtlich beeindruckt. »Machen wir dann auch mal irgendwann so eine Flusskreuzfahrt?«

»Mal sehen.« Janna hob die Schultern. »Eigentlich bin ich gar keine große Freundin von Kreuzfahrten, ob nun auf Flüssen oder auf dem Meer. Die Belastung für die Umwelt ist ziemlich groß, weißt du?«

Zögernd nickte Till.

Sie trat zu ihm und strich ihm über den blonden Haarschopf. »Teuer ist es auch. Mal sehen, okay? Erst einmal muss ich herausfinden, ob so eine Kreuzfahrt überhaupt Spaß macht.«

»Macht sie bestimmt.«

»Janna!«, schallte aus dem Erdgeschoss Susannas Stimme herauf. »Komm mal! Papa ist da.«

Ehe Janna auch nur reagieren konnte, war Till bereits aufgesprungen und hatte das Schlafzimmer verlassen. Seine Schritte polterten auf der Treppe, und sie hörte, wie er seinen Vater freudig begrüßte.

Dr. Gerd Sundermann war Archäologe und erst seit Kurzem wieder in Deutschland, nachdem er zuvor jahrelang an verschiedenen Ausgrabungen in Indien und Südamerika teilgenommen hatte. Inzwischen hatte er eine Professur an der Uni Köln angenommen, um, wie er erklärt hatte, endlich mehr am Leben seiner Kinder teilhaben zu können. Einerseits freute Janna sich über diese Entscheidung, denn Susanna und Till hatten ihren Vater sehr vermisst, der zwar regelmäßig anrief, Postkarten und zu Weihnachten und Geburtstag Geschenke geschickt, ansonsten aber nie wirklich Verantwortung für die beiden übernommen hatte. Er war mit der Mutter der Zwillinge, Jannas Cousine Daniela, nicht verheiratet gewesen und hatte nach deren tragischem Unfalltod keine Anstalten gemacht, das Sorgerecht für sich zu beanspruchen. Vielmehr war er erleichtert gewesen, dass Janna sich bereiterklärt hatte, die Kinder bei sich aufzunehmen. Er hatte stets von sich selbst gesagt, dass er kein ausgemachter Familienmensch sei, sondern mehr ein Freigeist, der rastlos und neugierig von Ort zu Ort zog. Wie lange sein Vorsatz, sesshaft zu werden, also vorhielt, wagte Janna nicht einzuschätzen.

Sie mochte ihn; er war kein schlechter Mensch und liebte seine Kinder, doch was Verantwortungsbewusstsein und Zuverlässigkeit betraf, stand er nicht unbedingt ganz oben auf der Liste der von ihr bevorzugten Personen, wenn es um das Wohl der Kinder ging. Selbstverständlich würde sie ihm niemals den Kontakt zu den Zwillingen verwehren, im Gegenteil! Sie war froh, dass er sich in letzter Zeit immer wieder mit den beiden getroffen und sie in seine aktuellen Pläne einbezogen hatte. Skeptisch blieb sie dennoch, denn ihr Bauchgefühl sagte ihr, dass man bei Gerd stets mit allem rechnen musste.

Sie warf erst ihrem Schrank, dann ihrem Koffer noch einmal einen scheelen Blick zu und beschloss, eine kleine Pause vom Packen einzulegen und den Ankömmling ebenfalls zu begrüßen.

***

Bonn, Kaiserstraße
Institut für Europäische Meinungsforschung
Büro von Janna und Markus
Dienstag, 4. September, 16:15 Uhr

»Haben wir wirklich schon wieder die Ehepaar-Karte gezogen?« Ein Gähnen unterdrückend, rieb Markus sich über den Nacken und studierte die Unterlagen, die seine Kollegin Melanie Teubner ihm soeben auf den Schreibtisch gelegt hatte. Er fühlte sich wie gerädert, da er in der Nacht gerade erst aus Russland zurückgekehrt war und seither kaum Schlaf gefunden hatte.

Noch während des Austauschs von russischen Agenten gegen deutsche, bereits dem dritten in diesem Jahr, bei dem er anwesend gewesen war, hatte sich eine alte Bekannte bei ihm gemeldet und ihn dringend um Hilfe gebeten. Da Valentina Kostova eine wertvolle Informantin und Kontaktperson für das Institut war, hatten sowohl sein direkter Vorgesetzter Walter Bernstein als auch der Leiter der Abteilung für interne Angelegenheiten, Dr. Schwartz, der unmittelbaren Kontakt zur obersten Chefetage besaß, dem Hilfegesuch stattgegeben.

Melanie, die ihr langes schwarzes Haar heute lässig hochgesteckt trug und wie immer in einem teuren Designerhosenanzug steckte, setzte sich auf die Kante seines Schreibtischs, erhob sich jedoch gleich wieder, als er ihr einen stirnrunzelnden Blick zuwarf. Grinsend wanderte sie zu Jannas Schreibtisch, der Kopf an Kopf mit dem von Markus stand, und ließ sich auf deren Stuhl nieder. Interessiert ließ sie ihren Blick über die Fotos von Jannas Familie wandern und tippte die rosafarbene Orchidee mit dem Zeigefinger an, die links neben dem Computerbildschirm stand. »Ihr gebt nun einmal das perfekte Ehepaar ab«, frotzelte sie. »Zumindest habt ihr diese Karte, wie du sie nennst, schon mehrmals erfolgreich eingesetzt. Warum also nicht auch jetzt? Oder stört es dich etwa, dass du diesmal ganze acht Nächte mit ihr in einer Kabine verbringen musst? In *einem* Bett«, betonte sie feixend. »Schnarcht sie etwa?«

»Nein.« Er verdrehte die Augen. »Aber Geschwister oder so etwas hätten es diesmal auch getan, finde ich.«

Melanie prustete. »In welcher seltsamen Welt gehen denn zwei Geschwister miteinander auf Kreuzfahrt? Außer vielleicht, sie sind schon nahe der hundert und beide verwitwet. Ganz abgesehen davon seht ihr euch überhaupt nicht ähnlich. Du bist doch sonst nicht so zimperlich, wenn es darum geht, mit einer netten und hübschen Frau auf Tuchfühlung zu gehen.«

Markus runzelte die Stirn. »Es ist nicht im Mindesten notwendig, mit ihr auf Tuchfühlung zu gehen, um diesen Einsatz erfolgreich hinter uns zu bringen.«

Neugierig neigte Melanie den Kopf leicht zur Seite. »Notwendig vielleicht nicht, aber möglich.«

»Nein«, wiederholte er und bemühte sich, den Ärger, der in ihm aufstieg, nicht allzu deutlich zu zeigen. »Das wäre im höchsten Maße unprofessionell.«

»Wohl wahr«, stimmte Melanie zu. Die Neugier war noch immer nicht aus ihrem Blick gewichen. »Aber durchaus menschlich, würde ich sagen. Wir beide hatten ja schließlich auch mal was am Laufen.«

Markus kniff die Augen zusammen und schnaubte spöttisch. »Wir sind ein paar Mal miteinander ausgegangen, mehr nicht.«

»Für ein bisschen Knutschen im Mondschein hat es aber gereicht«, gab sie zu bedenken.

»Vielleicht solltest du dein Oberstübchen mal ein bisschen ölen«, schlug er missvergnügt vor. »An Mondschein kann ich mich jedenfalls nicht erinnern.«

Grinsend winkte Melanie ab. »Ist ja auch egal. Trotzdem wüsste ich gerne, ob es einen bestimmten Grund gibt, weshalb du so wenig davon begeistert ist, mit Janna als Ehepaar aufzutreten. Wie gesagt, ihr macht das doch ganz gut.« Sie verzog schmerzlich die Lippen. »Ganz sicher tausendmal besser als Gabriel und ich. Eigentlich müsste ich mich bei Walter darüber beschweren, dass er uns ebenfalls diese Tarnung aufgedrückt hat. Wie ich es mit diesem Idioten acht Nächte lang in einer Kabine aushalten soll, ohne ihn zu lynchen, weiß ich wirklich nicht.«

Markus runzelte die Stirn. »Was läuft da eigentlich zwischen euch? Unser Professor mag ja alles Mögliche sein, aber als Idioten würde ich ihn ganz sicher nicht bezeichnen.«

»Nur, weil du ihn nicht so gut kennst wie ich«, knurrte Melanie. Sie schob ihr Kinn ein wenig vor. »Zwischen uns läuft gar nichts. Verstanden?«

»Laut und deutlich.« Nun neigte auch Markus seinen Kopf ein wenig zur Seite. »Ich glaube es dir allerdings nicht. Was immer da zwischen euch beiden abgeht, ich hoffe sehr, dass es unseren Einsatz nicht gefährden wird.«

»Ganz sicher nicht.« Melanie verschränkte die Arme vor der Brust. »Wo nichts ist, besteht auch keinerlei Gefahr. Walter ist nur leider aus unerfindlichen Gründen der Meinung, dass wir ein gutes Team abgeben, und will uns zukünftig häufiger als Partner einsetzen.«

Markus ging nicht weiter darauf ein, sondern blickte wieder auf die Papiere, die er vor sich auf dem Schreibtisch ausgebreitet hatte. Stirnrunzelnd schob er sie hin und her. »Diesmal haben sie es aber sehr genau genommen«, brummelte er. »Diese Heiratsurkunde sieht verdammt echt aus. Wozu brauchen wir die überhaupt? Danach wird doch wohl auf einer Kreuzfahrt niemand fragen.« Er legte das Dokument zur Seite und zog ein weiteres näher heran, auf dem gemeinsame Bankkonten und weitere steuerliche Daten und Angaben vermerkt waren. Er schürzte die Lippen. »Das sieht mir ganz nach dem Paket für langfristige Undercover-Einsätze aus. Wer hat das alles angefertigt?«

Melanie lehnte sich in Jannas Schreibtischstuhl zurück. »Das muss der Neue gewesen sein, Steffen Breuer. Er ist ja wohl frisch aus der Ausbildung und unterstützt nun unsere Abteilung für Szenarien. Soweit ich weiß, ist er ziemlich gut – und gründlich.« Sie grinste. »Vielleicht ein bisschen zu gründlich, wenn er euch gleich das große Paket eingerichtet hat. Uns übrigens auch, muss ich hinzufügen.« Sie wurde wieder ernst. »Ich habe es bei Gerlinde bereits reklamiert, aber sie meinte, es sei zu spät, jetzt noch etwas rückgängig zu machen. Zumindest sind wir mit dem großen

Datenpaket auf der absolut sicheren Seite, was mögliche Entdeckung angeht. Da können unsere Gegner sich sogar ins Finanzamt, das Einwohnermeldeamt oder das Standesamt hacken und würden uns nicht enttarnen. Entsprechende Seiten in den sozialen Netzwerken und Suchmaschinen-Treffer bei Google, Bing und Konsorten sind auch bereits in Arbeit.« Das Grinsen kehrte auf ihre Lippen zurück. »Wir müssen nur daran denken, ab und zu ein paar Fotos auf Facebook zu posten, damit die ganze Arbeit nicht für die Katz war.« Sie erhob sich wieder. »Ich mache mich jetzt mal besser auf den Weg nach Hause; ich muss nämlich noch packen.« Auf ihrem Weg zur Tür tätschelte sie kurz seine Schulter. »Ich hoffe, du besitzt ein Paar gute Tanzschuhe.«

»Was? Wieso Tanzschuhe?« Verwundert hob er den Kopf, doch da hatte Melanie das Büro bereits verlassen. »Wieso Tanzschuhe?«, rief er ihr hinterher, doch da keine Antwort kam, richtete er seinen Blick wieder auf den Schreibtisch. Stirnrunzelnd ging er jedes einzelne Papier darauf durch, bis er auf Gerlindes Informationen zu dem Tanzwettbewerb stieß. Zischend stieß er die Luft aus. Das konnte ja heiter werden! An einem Tanzwettbewerb sollten sie gemeinsam teilnehmen? Wer hatte sich das denn bloß ausgedacht? Nicht, dass er nicht gerne das Tanzbein schwang, aber eine Tarnung mitten im Scheinwerferlicht? Und es ging laut Infoblatt nicht nur um Walzer und Foxtrott, sondern auch um heiße lateinamerikanische Tänze. Er wusste, dass Janna hier über

Erfahrungen verfügte, weil er bereits in früheren Fällen mit ihr getanzt hatte und weil sie laut ihren Erzählungen und ihrer Akte auch in der Schulzeit mit dem Tanzen in Berührung gekommen war, unter anderem auch als Funkenmariechen. Er selbst hatte diverse Tänze während seiner Einsätze der vergangenen fünfzehn Jahre erlernt. Dennoch war er nicht sicher, ob sie sich mit so etwas einen Gefallen taten.

Es war erst etwas mehr als eine Woche her, dass er zusammen mit Janna ein äußerst gefährliches Abenteuer bestanden hatte; einen Einsatz, bei dem er auf ein siebzehnjähriges Mädchen hatte schießen müssen und ihr das Leben genommen hatte. Gänzlich mit sich im Reinen deswegen war er immer noch nicht, doch wenn Janna nicht gewesen wäre, die ihn noch am Abend jenes Vorfalls aufgesucht und ihm eine Schulter zum Anlehnen geboten hätte, stünde es vermutlich deutlich schlimmer um ihn. Sie hatte sogar darauf bestanden, auf seiner Couch zu übernachten, was ihm, so verrückt es auch klang, den Halt gegeben hatte, den er in diesem Moment gebraucht hatte, um wenigstens ein paar Stunden Schlaf zu finden.

In den Tagen danach hatten sie kein Wort mehr darüber verloren; es war schlicht nicht notwendig gewesen. Zwischen ihnen war inzwischen eine tiefe Freundschaft entstanden, was ihn nach wie vor erstaunte, weil er stets geglaubt hatte, ohne Bindungen besser dazustehen. Sein Beruf war alles andere als einfach oder sicher, und persönliche Verstrickungen, insbesondere zu einer Kollegin und inzwischen Partnerin, mit der er tagtäglich zusammenarbeitete, konnten gefährlich werden, wenn man sich davon zu sehr ablenken ließ und den Blick für das große Ganze verlor.

Allerdings kam es ihm gar nicht so vor, als ob Jannas Nähe einen negativen Einfluss auf seine Arbeit hätte – im Gegenteil. Fast hatte er den Eindruck, dass seine Sinne in ihrer Gegenwart sogar noch geschärft waren. Möglicherweise lag es daran, dass sie eine Zivilistin war, keine ausgebildete Agentin, und er deshalb die Verantwortung nicht nur für seine eigene, sondern auch für ihre Sicherheit trug.

Das war auch so etwas, was ihn vor einem Jahr noch abgeschreckt hätte: Verantwortung für eine andere Person zu übernehmen, war das Letzte gewesen, was er gewollt hatte. Er war jahrelang als Solo-Agent unterwegs gewesen, doch die Statuten des Instituts besagten, dass so etwas nur auf Zeit möglich war. Grundsätzlich arbeiteten Agentinnen und Agenten paarweise oder in größeren Teams zusammen.

Seine Beförderung zum Leiter der neuen Abteilung sieben A, die sich mit besonders kniffligen, komplizierten oder ungewöhnlichen Fällen im Bereich der Terrorismus-Abwehr und des organisierten Verbrechens befassen sollte, hatte er auch nur deshalb erhalten, weil er sich bereiterklärt hatte, Janna als vollwertige Partnerin zu akzeptieren. Vielmehr hatte er sie sogar selbst für diesen Posten vorgeschlagen, auch wenn sie nicht in allen Bereichen die gleiche Sicherheitsfreigabe hatte wie er selbst und deshalb in manchen Fällen, wie dem Austausch von Agenten in Russland, dem er gerade erst beigewohnt hatte, nicht aktiv beteiligt sein durfte. Sie hatten dennoch ausgezeichnet zusammengearbeitet: er vor Ort und sie hier im Institut.

Als er sie im Juli des vergangenen Jahres durch puren Zufall und aus einer Notlage heraus als Kurier für die Übergabe eines Umschlags mit einer wichtigen DVD rekrutiert hatte, hätte er niemals erwartet, dass sie sich einmal als die beste Freundin entpuppen würde, die er jemals gehabt hatte. Und auch nicht als die fähige Partnerin, die sie mittlerweile unbestritten war. Vieles hatte sich für ihn seitdem verändert; manchmal konnte er mit all den neuen Entwicklungen kaum Schritt halten, die sie in seinem Leben verursacht hatte.

Es war jedoch auch nicht ausgeblieben, dass er einiges über ihr Privatleben in Erfahrung gebracht hatte, das meiste davon hatte sie ihm mit der Zeit selbst anvertraut. Deshalb wusste er, dass es angebracht war, in mancherlei Hinsicht besonders vorsichtig mit Janna umzugehen. Ihre Seele hatte in der Vergangenheit Verletzungen erlitten, die gerade erst dabei waren zu verheilen. Es kam überhaupt nicht infrage, diese alten Wunden absichtlich oder versehentlich wieder aufzureißen, indem er der leider unbestritten vorhandenen Anziehung nachgab, die sich zwischen ihnen immer deutlicher bemerkbar machte.

Janna vertraute ihm, und wenn er es recht einschätzte, war er der erste Mann seit vielen Jahren, sah man vielleicht von ihrem offenbar platonischen Ex-Freund Sander ab, der dies für sich beanspruchen konnte. Auch wenn er leider kein Experte auf dem Gebiet war, war er doch fest entschlossen, sich dieses Vertrauens würdig zu erweisen. Also würde er einen Weg finden, ihre Freundschaft zu bewahren, ohne dabei versehentlich zu große Nähe entstehen zu lassen, die sich, wie er argwöhnte, schnell zu etwas auswachsen könnte, mit dem sie beide nicht zurechtkommen würden.

Melanies Andeutungen in diese Richtung fielen ihm wieder ein, und er grinste amüsiert vor sich hin. Dann griff er nach seinem Handy und wählte Melanies Nummer.

»Ja, Markus?« Sie klang etwas atemlos. Das Klappern ihrer hohen Absätze auf hartem Untergrund war zu vernehmen; offenbar hatte sie es eilig. »Gibt es noch etwas Wichtiges?«

Sein Grinsen verbreitete sich noch eine Spur. »Seit wann hältst du Janna eigentlich für hübsch und nett?«

»Was?« Es entstand eine langgezogene Stille, dann vernahm er ein für Melanie sehr typisches genervtes Schnauben. Im nächsten Moment hatte sie die Verbindung unterbrochen.

Amüsiert legte Markus sein Smartphone auf dem Schreibtisch ab und begann, die Papiere einzusammeln. Ganz offensichtlich hatte Janna seit ihrem Auftauchen im Institut nicht nur auf ihn eine Wirkung ausgeübt.

2

Wien
Kreuzfahrtschiff MS Amandus
Check-in
Mittwoch, 5. September, 14:36 Uhr

»Was für ein Wetter!« Markus hatte eine leutselige Miene aufgesetzt und Janna einen Arm um die Schultern gelegt, während sie darauf warteten, dass der junge Mann am Check-in-Schalter des Flusskreuzfahrtschiffs *MS Amandus* alle Papiere überprüfte, die sie ihm vorgelegt hatten. »Es ist noch einmal richtig sommerlich geworden, ist das nicht toll, Schatz?«

»Und wie!« Janna nickte so enthusiastisch, wie sie nur konnte. »Blauer Himmel, Sonnenschein – und es ist noch einmal richtig schön warm geworden. Schau mal!« Sie deutete auf die Fensterfront rechts von ihnen, durch die man den bereits bevölkerten Freizeit- und Spa-Bereich sehen konnte. »Da sind sogar schon Leute im Whirlpool. Die müssen aber früh hier angekommen sein.«

»Gegen eine Runde Planschen im Wasser hätte ich nach dem Flug auch nichts einzuwenden Vielleicht sogar oben auf dem Sonnendeck.« Markus grinste so gekonnt fröhlich und unbeschwert, dass Janna ihm dafür glatt einen Oscar verliehen hätte. »Was meinst du, sollen wir es wagen? Ich reibe dich auch überall mit Sonnenmilch ein.«

Mit einem, wie sie hoffte, ebenfalls fröhlichen Kichern stieß sie ihm den Ellenbogen in die Rippen. »Ich hatte mit so warmem Wetter gar nicht gerechnet und habe deshalb gar keinen Badeanzug eingepackt.«

»Wier könnten schnell einen kaufen.« Er deutete nach links. »Da vorne gibt es eine Boutique, die bestimmt auch sexy Bikinis führt.«

Janna prustete. »Das würde dir wohl gefallen.«

»Und wie!« In seinen Augen glitzerte es schalkhaft, und für einen Moment hatte sie das seltsame Gefühl, Markus würde seine Worte tatsächlich ernst meinen. Das eigentümliche Flattern, das dieser Gedanke in ihrer Magengrube auslöste, versuchte sie zu ignorieren. Stattdessen drohte sie ihm scherzhaft mit dem Zeigefinger. »Du willst uns wohl gleich mal in Verruf bringen, was? Vielleicht sollten wir erst mal unsere Sachen auspacken und uns auf dem Schiff umsehen.«

»Feigling«, raunte er ihr erheitert zu und sagte gleich darauf in normaler Lautstärke: »Na gut, wie du meinst. Der Pool läuft uns ja nicht weg. Bestimmt habe ich dich bis zum Abendessen zu einem Bad überredet.«

Wieder lachte Janna und stieß ihn scherzhaft an. In Wahrheit fühlte sie sich bereits ein wenig erschöpft, weil sie seit mehreren Stunden ohne Unterbrechung ihre Rolle als verliebte Ehefrau spielen musste, die sich wie verrückt auf die bevorstehende Donaukreuzfahrt freute. So viel belanglosen Blödsinn wie während des Flugs von Köln-Bonn nach Wien hatte sie bestimmt noch nie am Stück von sich gegeben. Sie bemühte sich jedoch, zu keinem Zeitpunkt aus der Rolle zu fallen, ebenso wie Markus, der in bewundernswerter Weise seine gute Laune zur Schau stellte. Es war ihm nicht anzumerken, was er wirklich dachte, doch sie kannte ihn inzwischen gut genug, um zu wissen, dass auch er vermutlich inzwischen liebend gerne einmal laut geflucht hätte. Undercover-Einsätze waren anstrengend, selbst wenn sie so vergleichsweise einfach daherkamen wie dieser hier.

Irgendwo hinter sich vernahm Janna ein genervtes Zischen und musste sich ein Grinsen verkneifen. Melanie fiel es offenbar noch deutlich schwerer, gute Miene zum bösen Spiel zu machen. Warum Walter Bernstein bei diesem Einsatz ausgerechnet wieder Melanie und Gabriel als Team und Verstärkung mitgeschickt hatte, konnte sie sich nicht erklären. Sobald die beiden auch nur die gleiche Luft atmeten, flogen die Fetzen – zumindest, wenn sie unbeobachtet waren. Nach außen hin gaben auch sie das perfekte Bild eines glücklichen Ehepaars ab. Sie hielten Händchen, hier und da warfen sie sich sogar innige Blicke zu. Hinsichtlich ihrer schauspielerischen Leistung übertrafen sie Markus und Janna damit ganz eindeutig, wenn man bedachte, wie wenig sie sich in Wahrheit leiden zu können schienen.

Janna und Markus hatten zumindest den Vorteil, dass sie wirklich miteinander befreundet waren und sich deshalb nicht ständig irgendwelche unterschwelligen Spannungen zwischen ihnen entluden. Sie hätte zu gerne gewusst, was zwischen Gabriel und Melanie vorgefallen war, dass Melanie ihm am liebsten ständig ins Gesicht springen wollte, doch bislang war es ihr nicht gelungen, aus den beiden auch nur einen Hinweis auf vergangene Ereignisse herauszukitzeln.

Sie war der Ansicht, dass es sinnvoll sein könnte, einmal offen über das zu sprechen, was zwischen den beiden stand. Markus hatte sie jedoch gewarnt, dass jeglicher Versuch, die beiden zu analysieren oder ihnen helfen zu wollen, gefährlich sein könnte, weil vor allem Melanie dazu neigte, giftig zu werden, wenn man sich in ihre privaten Angelegenheiten einmischte.

»Hier, bitte sehr, Frau und Herr Neumann.« Der junge Mann am Check-in-Schalter händigte ihnen ihre Ausweise und sonstigen Papiere wieder aus und reichte Janna zwei elektronische Schlüsselkarten für ihre Kabine. »Ihre Sweet-Holiday-Suite mit Flussblick und Balkon finden Sie auf dem B-Deck.« Er deutete nach links, wo sich Treppen und der Aufzug befanden. »Nehmen Sie einfach den Lift. Ihr Gepäck wurde bereits für Sie in die Kabine gebracht. Wenn Sie etwas benötigen sollten oder Fragen haben, scheuen Sie sich bitte nicht, sich an mich oder an das Bordpersonal zu wenden. Weiteres Informationsmaterial sowie die Menükarte des Zimmerservice und ein ausführliches Programmheft haben wir

Ihnen ebenfalls in ihrer Kabine hinterlegt. Ich wünsche Ihnen beiden einen wunderschönen Aufenthalt und eine unvergessliche Reise auf der *MS Amandus*.«

»Vielen Dank.« Janna nahm die Schlüsselkarten mit einem strahlenden Lächeln entgegen und blickte dann, wie sie hoffte, immer noch überzeugend begeistert zu Markus auf. »Dann lass uns mal unsere Kabine stürmen. Ich bin schon ganz gespannt darauf. Außerdem möchte ich mich gerne umziehen und etwas essen. Ich sterbe vor Hunger!« Sie schielte kurz zu Gabriel und Melanie hinüber, die nicht weit hinter ihnen in der Schlange standen. Ihre letzten Worte waren ein vereinbartes Signal, auf das Melanie auch sofort mit einem fröhlichen Lächeln reagierte.

»Da sagen Sie was. Hunger habe ich auch schon seit Stunden. Ich hoffe, wir sind bald hier fertig, nicht wahr, mein Lieber?« Sie hakte sich bei Gabriel unter und schaffte es sogar, kurz ihren Kopf gegen seine Schulter zu lehnen und dabei absolut echt zu wirken. Dann wandte sie sich wieder an Janna. »Sagen Sie mal, hätten Sie vielleicht Lust, später zusammen etwas zu essen und das Schiff zu erkunden?« Sie machte eine vage ausholende Geste, die die übrigen Gäste einschloss, die in der Schlange standen. »Es sieht ja so aus, als würden wir zu den jüngeren Gästen hier zählen. Vielleicht sollten wir uns ein wenig zusammentun.«

»Warum nicht?«, kam Markus Janna mit einer Antwort zuvor. »Was meinst du, Schatz?« Er warf Janna einen fragenden Blick zu. »Hast du Lust?«

»Klar.« Janna kam sich merkwürdig vor, dieses einstudierte Gespräch zu führen, doch das gehörte nun einmal auch zu ihrer Tarnung. »Was halten Sie davon«, wandte sie sich wieder Melanie zu, »wenn wir uns in einer halben Stunde wieder hier treffen? Dann machen wir uns gemeinsam auf die Suche nach dem Restaurant.«

Melanie blickte auf ihre silberne Armbanduhr und nickte dann. »Abgemacht.« Sie warf Gabriel einen äußerst glaubhaften liebevollen Blick zu. »Siehst du, habe ich nicht gesagt, dass wir schnell Anschluss finden werden?« Nun lächelte sie Janna zu und senkte die Stimme zu einem verschwörerischen Ton. »Wissen Sie, mein Mann ist ein bisschen schüchtern.« Ihre Worte veranlassen Gabriel dazu, sich unterdrückt zu räuspern. Sein Blick, der Melanie traf, war alles andere als schüchtern, nett allerdings auch nicht, verflog jedoch so schnell, dass wahrscheinlich niemand sonst ihn bemerkt hatte. Melanie sprach derweil einfach weiter: »Ich habe ihn zu dieser Flusskreuzfahrt überredet, wissen Sie. Eigentlich wollte er lieber in den Bergen wandern, aber ich habe ihm gesagt, dass wir uns hin und wieder auch mal unter Menschen wagen sollten. Finden Sie nicht auch?« Sie streckte Janna die rechte Hand entgegen. »Mein Name ist übrigens Melanie. Und das ist mein Mann Gabriel.«

Janna ergriff die Hand, schüttelte sie kurz und gleich darauf auch die von Gabriel. »Ich heiße Janna und das ist mein Mann Markus.« Die Worte bereiteten ihr ein eigentümliches Unbehagen, obwohl sie den Satz im

Kopf bereits unzählige Male geübt hatte. Sie hatte sich zwar schon früher als Markus' Ehefrau oder Verlobte ausgeben müssen, doch es fühlte sich nach wie vor ungewohnt und auch in bisschen unheimlich an.

»Dann bis gleich, Janna und Markus.« Melanie winkte noch einmal kurz zum Abschied und wandte sich dann dem Check-in-Schalter zu, da sie und Gabriel nun an der Reihe waren.

***

»Das lief doch ganz gut, oder?« Janna betrat vor Markus den Aufzug.

Anstelle einer Antwort hüstelte er nur leise, denn hinter ihm betraten noch zwei weitere Paare die Aufzugkabine. Eines davon war etwa in ihrem Alter, das andere bereits offenbar jenseits der siebzig. Der ältere Herr betätigte den Knopf zum Schließen der Tür und sah dann fragend in die Runde. »Möchten Sie ebenfalls zum B-Deck?«

Als ringsum alle nickten, betätigte er den entsprechenden Schalter.

»Hach, ich hoffe, die Kabinen sind hier nicht so winzig.« Die jüngere Frau gab ein deutlich vernehmbares Seufzen von sich. »Wir konnten gerade noch eine ergattern, weil wir uns erst so spät für diese Kreuzfahrt entschieden haben. Ich hoffe, dass wir nicht die nächsten zehn Tage wie in einer Sardinenbüchse hausen müssen.«

»Ist doch egal«, befand ihr Mann, der beständig mit der linken Hand den Ehering an seinem rechten Ringfinger drehte. »Wir werden doch sowieso die wenigste Zeit in der Kabine verbringen. So eine Flusskreuzfahrt ist schließlich nicht dazu da, dass man sich einigelt.«

»Ja, stimmt schon«, gab seine Frau achselzuckend zu. »Trotzdem mag ich es lieber, wenn ich mich nicht so eingepfercht fühle.«

»Keine Sorge«, warf die ältere Dame ein. »Wir sind jetzt schon zum fünften Mal auf der *MS Amandus*. Wir lieben Flusskreuzfahrten und machen jedes Jahr eine. Hier auf dem Schiff haben wir schon jede mögliche Kabinenkategorie ausprobiert, bis auf die Flitterwochensuite.« Sie lachte fröhlich. »Ich kann Ihnen versichern, dass alle Kabinen sehr geräumig und gemütlich eingerichtet sind. Und die Aussicht ist wunderschön. Bei den Kabinen unten auf dem D-Deck kann man zwar die Fenster nicht öffnen, weil sie doch sehr dicht über dem Wasser liegen, aber darüber brauchen Sie sich ja auf dem B-Deck keine Gedanken zu machen.«

»Sie waren schon fünfmal auf diesem Schiff?« Die jüngere Frau blickte die ältere erstaunt an. »Wird das nicht irgendwann langweilig?«

»Nein, überhaupt nicht. Wie gesagt, wir lieben diese Flusskreuzfahrten und auch die Städte, die von hier aus angesteuert werden. Jedes Mal entdecken wir etwas Neues ...« Der Aufzug war inzwischen an seinem Bestimmungsort angekommen und die beiden Paare verließen ihn, einträchtig in ihr Gespräch vertieft.

Janna und Markus sahen einander erheitert an, dann betraten auch sie den hell erleuchteten Gang, der links und rechts zu den Kabinen führte. Ein Wegweiser gegenüber der Aufzugtür verriet, welche Kabinennummern sich in der jeweiligen Richtung befanden. Einträchtig wandten sie sich nach links und steuerten die Kabine B24 an.

Janna atmete auf, als sich die Kabinentür hinter Markus schloss. Prüfend sah sie sich in der äußerst geräumigen Kabine um, die sich vollmundig Sweet-Holiday-Suite nannte, diesen Namen aber auch wirklich verdiente. Neben einem großzügigen Doppelbett und einer gemütlichen Polstersitzecke gab es verspiegelte Kleiderschränke mit Schiebetüren und einen großen Flachbildfernseher. Auch das Badezimmer war überraschend geräumig und vom Wohnraum durch eine Milchglastür getrennt. Es enthielt eine Dusche, eine Badewanne, ein überdimensionales Waschbecken und hinter einer Abtrennung WC und Bidet.

Markus stieß einen Pfiff aus. »Da hat sich das Institut diesmal nicht lumpen lassen, wie es aussieht. So feudal bin ich auf einem Einsatz noch selten gereist.« Er grinste. »Offenbar hat es Vorteile, eine Partnerin zu haben, mit der man ein Ehepaar mimen kann. Da wird gleich mal die nächsthöhere Spesenstufe veranschlagt.«

»Ich hätte nicht gedacht, dass die Kabinen hier so riesig sind. Auf den Fotos im Internet wirkten sie kleiner.« Bewundernd streichelte Janna über das weiche hellgrüne Bettzeug und trat dann an die große Fensterfront, von der aus sie Blick über die Anlegestelle und in der Ferne auf Wien hatten. Testweise öffnete sie die Schiebetür, hinter der ein Balkon lag, und ging hinaus. »Wahnsinn«, murmelte sie mehr zu sich selbst und erschrak, als sie Markus ebenfalls auf den Balkon treten hörte.

»Was meinst du?« Aufmerksam betrachtete er die Umgebung.

»Ich hätte nie gedacht, dass mir so etwas einmal passieren würde.«

»So etwas?« Fragend sah er sie von der Seite an.

»Na, das hier.« Sie breitete die Arme aus, stieß dabei jedoch versehentlich gegen ihn und schob die Hände rasch in die Taschen ihrer beigefarbenen Leinenhose. »So eine Mission. Job«, verbesserte sie sich rasch. »Einsatz.« Verlegen hob sie die Schultern. »Du weißt schon, was ich meine. Das ist irgendwie alles ein bisschen unwirklich.«

»Nicht unwirklicher als unsere bisherigen Einsätze.« Auch Markus schob die Hände in die Taschen seiner dunkelblauen Anzughose. »Lass dich von der luxuriösen Einrichtung der Kabine nicht ablenken. Bisher sieht es zwar so aus, als ob diese Mission einigermaßen still und leise vonstattengehen wird, aber man kann nie wissen, was passiert. Die Situation kann sich von jetzt auf gleich vollkommen verändern. Valentina hat nicht ohne Grund Kontakt zu mir aufgenommen. Es kann sehr gut sein, dass sie in Gefahr schwebt. Wir müssen Augen und Ohren Tag und Nacht offen halten. Den Anfang werde ich mit diesem Pärchen aus dem Aufzug machen. Dem jüngeren, nicht die beiden Senioren.«

»Warum?« Überrascht hob sie den Kopf.

»Weil der Typ sich auffällig benommen hat. Hast du nicht bemerkt, wie er ständig an seinem Ehering herumgespielt hat, so als ob er nervös wäre oder er nicht an diesen Ring gewöhnt ist?«

Janna runzelte die Stirn. »Ja, schon, mir ist aufgefallen, dass er den Ring ständig zwischen den Fingern gedreht hat, aber vielleicht hat er auch nur Platzangst. Im Aufzug war es ja ziemlich eng.«

»Möglich.« Vage nickte Markus. »Vielleicht steckt aber auch etwas anderes dahinter. Sie haben eine Kabine am anderen Ende des Decks. Ich werde seine Personalien und die seiner angeblichen Frau überprüfen lassen.«

Obwohl es auf dem Balkon im strahlenden Sonnenschein angenehm warm war, fröstelte Janna. Abrupt wandte sie sich um und kehrte in die Kabine zurück. Dort setzte sie sich auf die Bettkante am Fußende und heftete ihren Blick auf die Koffer und Taschen, die ein Steward mitten im Raum abgestellt hatte.

»Wir sollten uns rasch umziehen und ein bisschen frischmachen.« Markus' Stimme klang aufgeräumt, während er die Balkontür wieder schloss. »In zwanzig Minuten treffen wir uns mit Melanie und Gabriel.«

Hastig erhob Janna sich wieder und rieb sich über die Oberarme, auf denen sich eine Gänsehaut gebildet hatte. »Willst du mir nicht erst einmal erzählen, was es mit dieser Mission auf sich hat? Ich meine, ich habe zwar von Gerlinde ein paar Informationen erhalten, aber ich weiß überhaupt nicht, wer genau diese Valentina Kostova ist und warum sie sich ausgerechnet an dich gewandt hat. Du sagst, sie könnte in Gefahr sein, also wäre es doch wohl am besten, wenn ich etwas mehr Hintergrundinput erhalte. Ich weiß, dass im Institut nach dem Need-to-know-Prinzip gearbeitet wird, aber als deine Partnerin ...«

»Du hast recht.« Nun ließ Markus sich auf dem Fußende des Bettes nieder, streckte seine langen Beine aus und überkreuzte sie an den Knöcheln. »Tut mir leid, dass ich dich nicht früher ins Bild setzen konnte, aber ich wollte nicht riskieren, im Flugzeug über geheime Details der Mission zu sprechen. Damit unsere Tarnung glaubhaft ist, müssen wir darauf achten, nie aus der Rolle zu fallen, wenn wir in der Öffentlichkeit sind oder auch nur die Gefahr bestehen kann, dass wir hier auf dem Schiff oder außerhalb jemandem begegnen könnten. Deshalb ja auch die Scharade mit dem zufälligen Kennenlernen beim Check-in mit Gabriel und Melanie.« Er warf einen kurzen Blick auf seine Armbanduhr, bevor er fortfuhr: »Ich bin Valentina vor sechs Jahren in Bulgarien begegnet. Du weißt wahrscheinlich schon, dass sie einen Doktortitel in Quantenphysik hat. Ihre Forschungen, die sie damals für die bulgarische Regierung durchgeführt hat, waren ein Unterpfand bei den Verhandlungen Bulgariens zum EU-Beitritt. Im Rahmen des EU-Beitritts wurde selbstverständlich auch eine Zweigstelle des Instituts in Bulgarien eingerichtet. Ich wurde damals dorthin entsendet, um Valentina zu beschützen, bis die EU-Beitrittsverhandlungen abgeschlossen waren. Bei der Gelegenheit habe ich außerdem ein paar bulgarische Geheimdienstler, die zum Institut gewechselt sind, mit den Abläufen dort vertraut gemacht. Während dieser Zeit haben Valentina und ich uns angefreundet.« Er hob die Schultern. »Glücklicherweise ist damals alles einigermaßen friedlich vonstattengegangen, sodass ich im Grunde nicht mehr als ihr Schatten war.«

»Das klingt so, als hättest du damit nicht gerechnet.« Nun ließ Janna sich ebenfalls wieder auf das Bett sinken. »Schwebte sie denn in Gefahr, dass sie einen Leibwächter aus dem Institut benötigte?«

»Ich weiß es nicht genau.« Markus zog sein dunkelblaues Jackett aus und warf es hinter sich aufs Bett. Dann begann er, sein weißes Hemd aufzuknöpfen und aus dem Hosenbund zu ziehen. »Wir konnten es ihr damals nicht beweisen, aber Valentina hat einige ihrer geheimen Forschungsergebnisse an Unbefugte weitergegeben– gegen Geld.«

»Ach.« Janna richtete ihren Blick erneut auf die Koffer, um nicht in Versuchung zu geraten, Markus' durchtrainierten Oberkörper anzustarren. Es ärgerte sie, dass sie nach den vielen Monaten, die sie inzwischen mit ihm zusammenarbeitete, immer noch nicht immun gegen seine männliche Ausstrahlung war. Andererseits war es wohl nur natürlich, dass eine gesunde dreiunddreißigjährige Frau der Anblick einer wohlbemuskelten Männerbrust und ebensolcher Arme nicht kalt ließ. Allerdings hatten ihre Hormone in dieser Angelegenheit kein Wörtchen mitzureden – nicht jetzt, nein, überhaupt nicht. Entschlossen konzentrierte sie sich auf das Thema des Gesprächs. »Ist sie also kriminell?«

Wieder hob Markus nur die Schultern. »Sie hat mir geschworen, dass sie schon seit Jahren keine unlauteren Geschäfte mehr getätigt hat.«

»Das klingt nicht so, als ob du ihr glauben würdest.«

Geräuschvoll stieß er die Luft aus. »Sagen wir mal so, ich bleibe skeptisch. Sie hat das Geld damals wohl gebraucht, weil sie ihre Eltern und einen kranken Bruder zu versorgen hatte. Soweit ich weiß, sind ihre finanziellen Verhältnisse heute deutlich besser.«

»Und warum genau hat sie dich nun um Hilfe gebeten?«

Markus warf auch sein Hemd aufs Bett und hob eine seiner beiden Reisetaschen auf das Fußende. Während er sprach, begann er in der Tasche zu wühlen. »Sie wird erpresst.« Er zog ein dunkelrotes Freizeithemd und eine helle Stoffhose aus der Tasche, schüttelte beides aus und breitete die Kleidungsstücke auf der Bettdecke aus. »Von ihrem Ex-Freund«, setzte er mit grimmigem Unterton hinzu.

»Erpresst?« Nun erhob sich auch Janna und griff nach ihrem Koffer. Sie legte ihn auf der anderen

Betthälfte ab und öffnete ihn, um nach passenden Kleidungsstücken zu suchen. »Was will er von ihr?«

»Sie hat zuletzt abwechselnd in Polen, Brüssel und hier in Österreich in verschiedenen Forschungsinstituten an diversen Militärprojekten gearbeitet. Finanziert werden sie nicht nur von den Ländern, sondern auch von der EU. Ruslan Wassiljew, ihr Ex, war früher Agent beim FSB.«

Janna schnappte nach Luft. »Beim russischen Geheimdienst?«

Markus nickte. »Seit er vor etwas mehr als zwei Jahren den Geheimdienst verlassen hat, kursieren Gerüchte, dass er Geheimnisse an internationale kriminelle Vereinigungen verkauft. Manchmal auch Waffen oder was ihm sonst so in die Hände fällt.«

»Und er erpresst also Valentina?« Das Frösteln kehrte zurück; Janna rieb sich erneut über die Oberarme. »Was hat er denn gegen sie in der Hand?«

»Er weiß, dass sie früher manchmal Geheimnisse verkauft hat, und verlangt nun von ihr, dass sie ihre aktuellen Forschungsergebnisse an ihn weitergibt. Anderenfalls droht er, ihre früheren Fehltritte öffentlich zu machen, was ihrem international ausgezeichneten Ruf als Wissenschaftlerin natürlich erheblichen Schaden zufügen würde, ganz zu schweigen von den rechtlichen Folgen für sie. Für ihre Forschungen wäre es auch das Ende, und das müssen wir unbedingt verhindern. Offenbar hat sie einen Quantencode entwickelt, der es ermöglicht, Daten in bisher unerreichter

Geschwindigkeit und Sicherheit zu übertragen.« Markus ließ sich wieder auf der Bettkante nieder. »Dieser Code hat das Potenzial, bestehende Kommunikationsnetzwerke weltweit zu revolutionieren. Wenn er in die falschen Hände gerät, kann das prekäre Folgen für den Weltfrieden haben.«

»Aber …« Janna ließ sich, eine gerüschte hellblaue Bluse mit kurzen Ärmeln in den Händen, auf die Bettkante sinken. »Wenn sie doch in Forschungseinrichtungen arbeitet, die von den Landesregierungen finanziert werden, dann müsste sie dort doch sicher sein.«

»Das wäre sie wohl«, stimmte Markus grimmig zu. »Wenn sie ihre Entdeckung denn während ihrer regulären Arbeitszeit gemacht hätte.« Er fuhr sich mit gespreizten Fingern durch sein kurzes dunkelbraunes Haar. »Sie ist ein absoluter Nerd und besitzt privat eine Menge teurer Ausstattung. Frag lieber nicht, woher sie die hat. Alles, was sie nicht zu Hause erledigen kann, macht sie nebenbei – neben ihrer offiziellen Arbeit – an ihrem Arbeitsplatz. Sie ist … nun ja.« Er zuckte mit den Achseln. »Ziemlich genial.«

»Genial«, echote Janna ratlos.

»Diese neue Technologie hat sie heimlich und ganz allein entwickelt, und sie will sie nun der EU zur Verfügung stellen«, konkretisierte Markus. »Wie Ruslan darauf aufmerksam werden konnte, weiß ich nicht. Es war nicht genügend Zeit, dass sie mir jedes Detail erklären konnte. Auf jeden Fall scheint er darüber Bescheid zu wissen und verlangt, dass sie ihm alle Informationen und Daten aushändigt, damit er sie weiterverkaufen kann. Er würde sie sogar am Erlös beteiligen.«

»Wie großzügig.«

»Nicht wahr? Vor allem, weil er sie, wenn sie nicht darauf eingeht, ganz sicher foltern und sehr wahrscheinlich hinterher töten wird.«

Ihr wurde eiskalt. »Foltern.«

»Ein vielfach angewendetes Mittel, um an Informationen zu gelangen.«

»Ich weiß. Ich kann mich nur nicht daran gewöhnen, dass so etwas wirklich passiert und nicht nur in Filmen.« Sie schluckte. »Und was jetzt?«

Markus seufzte. »Nun ist es unsere Aufgabe, Valentina sicher in ihre Heimatstadt Sofia zu begleiten, wo sie zukünftig leben und arbeiten möchte. Es gibt dort ein großes Forschungslabor, das von der bulgarischen Regierung überwacht wird. Dort ist sie sicher. Sie möchte verhindern, dass ihr Code auf dem Weg dorthin in die falschen Hände gerät. Mit anderen Worten: nicht in Ruslans Hände. Der wiederum gilt für den FSB als Abtrünniger, was bedeutet, dass seine alten Freunde dort, sollten sie ebenfalls von Valentinas Erfindung Wind bekommen, und das ist ziemlich wahrscheinlich, Jagd auf ihn machen werden. Auf ihn und auf Valentina.«

Janna schluckte. »Das klingt …«

»… nicht gut«, vollendete Markus den Satz mit dumpfer Stimme. »Deshalb hat sie sich auch an mich gewandt. Sie weiß, dass sie tief in der Sch... Klemme steckt. Wenn Ruslan sie erwischt …«

»Schon gut, ich kann es mir vorstellen.« Janna schauderte. »Das klingt wie in einem dieser Action-Thriller.«

»Nur dass wir leider nicht in einem Film sind«, bestätigte Markus mit einem knappen Nicken. »Valentina hat sich in den letzten zehn Wochen in Österreich versteckt gehalten und wird, zumindest ist es so geplant, morgen hier auf dem Schiff zu uns stoßen, bevor wir ablegen.«

»Sie möchte sich also in aller Öffentlichkeit hier auf dem Schiff verstecken, anstatt einfach einen Flieger zu nehmen? Hoffentlich geht das gut.«

»Das wird es, wenn wir uns genau an den Plan halten. Sie hat extreme Flugangst, deshalb fällt der Flieger aus. Ganz abgesehen davon, dass sie dort nicht wesentlich sicherer wäre, als sie es hier auf dem Schiff ist.« Markus warf erneut einen Blick auf seine Armbanduhr. »Möchtest du dich kurz im Bad frischmachen? Ich warte so lange.«

Janna erhob sich wieder und steuerte mitsamt ihrer Bluse das Badezimmer an. »Ich beeile mich.«

3

»Schön ist es hier.« Anerkennend sah Melanie sich in dem großen Restaurant um, das sich auf dem C-Deck befand. Um diese Zeit waren nur etwa ein Viertel der Tische belegt. Da jedoch immer mehr Passagiere eintrafen, würde sich dies vermutlich bald ändern. Sie hatten einen Tisch für vier Personen sehr nah am Ausgang und mit Blick auf den Anleger gewählt, denn in diesem Teil des Lokals saß bisher niemand. Die meisten Gäste hatten Tische bei den gegenüberliegenden Fenstern auf der dem Fluss zugewandten Seite belegt., durch die man jedoch, da inzwischen neben ihnen ein weiteres Kreuzfahrtschiff angelegt hatte, nur in das dort befindliche Restaurant sehen konnte. »Hoffen wir mal, dass die Küche hält, was die Speisekarte verspricht.« Die Agentin blätterte, während sie sprach, in der Karte und studierte interessiert das Speisenangebot.

»Meine Eltern haben erst kürzlich eine Kreuzfahrt auf einem Schwesterschiff der *MS Amandus* mitgemacht.« Auch Gabriel überflog mit Blicken die Speisekarte. »Sie waren ausgesprochen begeistert vom Essen. Wäre schön, wenn es uns hier ähnlich ergeht.«

»Deine Eltern ...« Melanie schien etwas sagen zu wollen, hielt sich dann jedoch ganz offensichtlich zurück. »Wie geht es ihnen?«

Über den Rand seiner Speisekarte hinweg warf Gabriel ihr einen seltsam ernsten Blick zu. »Gut. Sehr gut sogar, aber das wüsstest du, wenn du sie ab und zu mal besuchen oder anrufen würdest.«

Melanies Augen verengten sich und in ihre Stimme schlich sich eine unüberhörbare Schärfe. »Du weißt genau, dass das nicht geht.«

»Ach ja, weiß ich das?« Gabriels Augenbrauen hoben sich leicht. »Ich wusste nicht, dass du ein Problem mit ihnen hast.«

»Das habe ich auch nicht!« Ihre Augen sprühten Funken. »Aber dir sollte doch wohl klar sein ...« Sie schob ihr Kinn ein wenig vor und ihr Blick wanderte zwischen Janna und Markus hin und her, die schweigend ihre Speisekarten studierten. »Es ... geht einfach nicht. Lass es gefälligst dabei bewenden.«

Markus räusperte sich vernehmlich. »Die Kellnerin.«

Sogleich setzten sowohl Melanie als auch Gabriel unbeschwerte Minen auf und klappten beinahe zeitgleich ihre Karten zu. Janna staunte immer wieder, dass die beiden so schnell in ihre jeweiligen Rollen schlüpfen konnten, und das noch dazu so glaubhaft, dass die junge Kellnerin, die nun an den Tisch trat, das strahlende Lächeln, das ihr entgegenschlug, unwillkürlich erwiderte.

»Hatten Sie schon Gelegenheit, sich zu entscheiden?«

Melanie nickte. »Ja, haben wir. Nicht wahr, mein Lieber?« Ihr Blick wanderte zu Gabriel, dann zu Janna und Markus. »Ihr doch auch, oder?«

Nachdem die beiden pflichtschuldigst genickt hatten, fuhr sie fort: »Sie haben ja eine unglaublich große Auswahl, da fällt die Entscheidung gar nicht so leicht.« Ihr Lachen klang so fröhlich, dass Janna es ihr jederzeit abgenommen hätte, obwohl sie genau wusste, dass es nur gespielt war. »Aber wir haben ja in den nächsten Tagen ausreichend Gelegenheit, uns die Karte rauf- und wieder runterzufuttern, nicht wahr? Ich nehme den Seelachs auf dem Kräuter-Gemüsebeet und dazu Petersilienkartoffeln. Eine Vorspeise lass ich lieber aus und nehme stattdessen lieber später einen Nachtisch.«

Auch die anderen gaben ihre Bestellungen auf – ebenfalls ohne eine Vorspeise zu wählen – und warteten dann, bis die Kellnerin außer Hörweite war. Diesmal ergriff Markus zuerst das Wort: »Genug der albernen Floskeln.« Er hatte seine Stimme leicht gesenkt, obgleich noch immer niemand in ihrer unmittelbaren Nähe saß. »Übrigens hoffe ich, dass ihr euch nicht die gesamten kommenden zehn Tage in den Haaren liegt. Das ist nämlich ganz schön anstrengend, und außerdem will ich mir nicht ständig Sorgen machen müssen, dass ihr versehentlich aus der Rolle fallt, nur weil ihr euch dauernd gegenseitig an die Kehle gehen wollt.«

»Ich will Melanie mitnichten an die Kehle gehen.« Gabriel lächelte leicht, seine Stimme blieb jedoch ernst. »Sie ist nur immer noch verschnupft, weil einige Dinge in der Vergangenheit nicht so gelaufen sind wie erwartet.« Mit leicht verengten Augen musterte er sie. »Ist es nicht so, Melli?«

»Nenn mich noch einmal Melli«, zischte sie ihm zwischen zusammengebissenen Zähnen zu, während sie weiterhin ihr fröhliches Lächeln beibehielt, »und ich werde dich bei nächster Gelegenheit im Schlaf ersticken.«

Gabriel schien vollkommen unbeeindruckt zu bleiben. Nur bei genauem Hinsehen meinte Janna, ein leichtes Flackern in seinem Blick wahrzunehmen. »Du scheinst allmählich weich zu werden, mein Schatz. Deine Gewaltandrohungen waren schon einmal furchteinflößender.« Da Markus sich erneut vernehmlich räusperte, wechselte Gabriel unvermittelt das Thema: »Bleibt es bei unserem ursprünglichen Plan? Dr. Kostova wird morgen im Lauf des Vormittags hier eintreffen?«

Markus nickte. »So ist es vorgesehen. Sie checkt gegen elf auf dem Schiff ein, während wir an der Stadtrundfahrt durch Wien teilnehmen. Sobald sie sich in ihrer Kabine eingerichtet hat, wird sie mir über ein Prepaid-Handy, das sie von Walter über einen toten Briefkasten erhalten hat, eine SMS schicken. Unsere

Aufgabe ist es, bis dahin schon einmal möglichst viele der bereits eingetroffenen Passagiere ins Auge zu fassen, um herauszufinden, ob sich unter ihnen potenziell gefährliche Personen verbergen. Ich habe bereits mit dem Pärchen, das vorhin mit uns im Aufzug stand, den Anfang gemacht.«

»Was?« Überrascht hob Janna den Kopf. »Wann denn?«

»Während du im Bad warst.« Um seine Mundwinkel zuckte es kurz. »Der erste Personencheck hat nichts Auffälliges ergeben. Wir sollten die beiden aber trotzdem vorsorglich im Auge behalten, denn der Mann, sein Name ist übrigens Ralf Sielmann und der seiner Angetrauten Gabi, hat auf den ersten Blick einen nervösen Eindruck auf uns gemacht.«

»Nervös?«, hakte Melanie nach. »Inwiefern?«

»Er hat ständig an seinem Ehering herumgespielt«, antwortete Janna an Markus' Stelle. »Markus meinte, das könnte sein, weil er nicht gewöhnt ist, den Ring zu tragen. Aber anscheinend sind die beiden doch tatsächlich verheiratet, oder nicht? Also ist er vielleicht nur von Natur aus nervös oder er mag keine engen Aufzüge.«

Markus warf ihr einen vielsagenden Blick zu. »Wenn du unseren Background checkst, wirst du auch herausfinden, dass wir verheiratet sind. Das muss nicht viel heißen.«

Janna biss sich auf die Unterlippe. »Stimmt auch wieder. Glaubst du wirklich, das sind irgendwelche

Ganoven? Aber dürften sie dann erst recht nicht so nervös sein? Damit verraten sie sich doch nur.«

»Guter Punkt«, gab Melanie ihr recht. »War das dieses blonde Pärchen, das beim Check-in gleich hinter euch stand?« Als Markus erneut knapp nickte, wies sie mit dem Kinn zur Eingangstür des Restaurants. »Das sind sie doch, oder?«

Kaum hatte Melanie die Worte ausgesprochen, als Janna, die ihren Kopf automatisch in die angegebene Richtung gewandt hatte, einen Tritt gegen ihr Schienbein spürte. Melanies Augen hatten sich eine Spur verengt. »Nicht so auffällig hinsehen!«

Rasch richtete Janna ihren Blick wieder auf den Tisch. »Entschuldigung, ein Reflex. Aber ja, das sind sie.« Diesmal deutlich unauffälliger folgte sie den beiden mit Blicken, wie sie das Restaurant durchquerten und sich ganz vorne am Bug einen Fensterplatz suchten. »Die sehen aber wirklich ganz normal aus.«

»Wir doch auch.« Markus ließ sich gegen die Rückenlehne seines Stuhls sinken und gab sich äußerlich den Anschein völliger Entspanntheit. »Und doch sind wir keine normalen Passagiere, oder?«

»Glücklicherweise ist dieses Schiff überschaubar«, befand Gabriel. »Die Kreuzfahrt ist zu etwa fünfundneunzig Prozent ausgebucht, was bedeutet, wir haben es mit genau hundertneunundneunzig Passagieren zu tun, davon sind siebenundachtzig Personen über fünfundsechzig Jahre alt und neun unter sechs Jahre. Keine schulpflichtigen Kinder oder Jugendlichen bis neunzehn Jahre, aber das ist kaum verwunderlich, da im Augenblick nirgendwo Ferien sind. Die für uns relevante Personenzahl beläuft sich demnach, wenn man die Kleinkinder und die älteren Leute abzieht, auf einhundertdrei bei den Passagieren. Hinzu kommt noch eine Besatzung von zweiundvierzig Personen, die jedoch durchweg schon seit mehreren Jahren auf der *MS Amandus* arbeiten. Sobald wir sicher sind, dass alle Passagiere eingecheckt haben, kann ich einen allgemeinen Backgroundcheck aller unserer Mitreisenden veranlassen.«

»Ist so etwas überhaupt erlaubt?« Leicht unbehaglich blickte Janna zu den anderen besetzten Tischen hinüber. »Ich dachte, so etwas geht wegen des Datenschutzes nur bei einem konkreten Verdacht. Zumindest steht das in den Kursunterlagen, die ich im Augenblick durcharbeite.«

»Das ist korrekt.« Melanie nickte ihr zu. »Der allgemeine Backgroundcheck umfasst auch nur solche Daten, die öffentlich zugänglich sind. Erst bei einem wirklich konkreten Verdacht gegen eine Person können wir weiter in der Tiefe ihrer Vergangenheit forschen. Oftmals reicht aber auch schon ein oberflächlicher Check, um abschätzen zu können, ob jemand eine potenzielle Gefahr darstellen könnte. Ich gehe davon aus, dass die allermeisten Passagiere hier an Bord nicht viel zu verbergen haben dürften. Allerdings sind die Verbrecher heutzutage natürlich clever und nicht zu unterschätzen und verstecken sich oftmals ebenso mitten in der Öffentlichkeit wie Dr. Kostova das vorhat.« Sie hielt kurz inne. »Mir erschließt sich ehrlich gesagt nicht, weshalb sie solch einen umständlichen Weg gewählt hat. Sie hätte auch einfach in ein Flugzeug nach Sofia steigen können.«

»Hätte sie nicht.« Markus richtete sich wieder auf und stützte seine Unterarme an der Tischkante ab. »Sie hat extreme Flugangst.«

»Ist das weithin bekannt?« Auf Gabriels Stirn erschienen ein paar Furchen. »Falls ja, dürften unsere Gegner auch schon davon Wind bekommen haben und annehmen, dass sie nicht per Flugzeug reist, sondern auf anderem Weg. Eine Reise mit der Bahn wäre zugegebenermaßen noch viel umständlicher, weil es nicht einmal ansatzweise eine Direktverbindung gibt, sondern sie vielfach umsteigen müsste. Aber was bleibt dann noch? Auto, Bus, Schiff.«

»Die Kollegen aus unserer Zweigstelle hier in Wien wollen heute am späten Abend mit Valentinas Auto aufbrechen«, erklärte Markus. »Eine Kollegin wird sich so verkleiden, dass sie ihr hoffentlich ähnlich genug sieht, um die Ablenkung glaubhaft aufrechtzuerhalten, bis wir Valentina in Sicherheit gebracht haben.«

Nachdenklich tippte Janna sich mit dem Zeigefinger gegen die Lippen. »So viel Aufwand nur wegen eines Codes«, murmelte sie vor sich hin.

»Eines enorm wichtigen Codes«, fügte Markus hinzu.

»Sie hätte sich sofort an die österreichische Regierung wenden müssen.« Melanie griff nach ihrem Glas mit Mineralwasser und trank einen Schluck. »Oder an die deutsche. Immerhin arbeitet sie schon seit einer Weile hier in Wien am Ettner-Institut, das eng mit dem Erltal-Labor verbunden ist. Hätte sie sofort um Hilfe gebeten, säße sie jetzt nicht in der Klemme.«

Markus schüttelte den Kopf, nickte, schüttelte dann aber erneut den Kopf. »Ja und nein. Auf ihrem Gebiet ist die Konkurrenz zwar nicht groß, aber extrem hart. Wahrscheinlich wollte sie verhindern, dass jemand frühzeitig ihre Ergebnisse zu Gesicht bekommt oder dass das Labor an ihrer statt die Lorbeeren einheimst. Du weißt doch, wie es in der Wissenschaft zugeht. Immerhin hatten wir erst kürzlich das Vergnügen in einem ähnlich gelagerten Fall.« Damit spielte er auf einen Einsatz an, bei dem sie vor wenigen Wochen eine Wissenschaftlerin während eines Kongresses hatten beschützen müssen. Die Sache war alles andere als einfach gewesen und schließlich sogar in einer lebensgefährlichen Verfolgungsjagd gegipfelt, weil die betreffende Wissenschaftlerin ihren Kopf hatte durchsetzen wollen.

Mit einem Achselzucken fügte Markus noch hinzu: »Abgesehen davon hat sie offenbar erst zu spät bemerkt, dass jemand ihre Wohnung verwanzt hatte. Sie ist zwar schon seit einer ganzen Weile nicht mehr mit Ruslan Wassiljew zusammen, anscheinend hat er sie aber die ganze Zeit beobachten und abhören lassen.

Als ihr das klar wurde, war es wohl schon zu spät, sich an die offiziellen Stellen zu wenden. Da sie zudem befürchtet, dass Ruslan womöglich jemanden am Ettner-Institut bezahlt, wusste sie sich keinen anderen Ausweg mehr, als mich um Hilfe zu bitten.«

»Klasse.« Wieder stieß Melanie ein Schnauben aus. »Zumindest wissen wir jetzt, wozu die neue Abteilung sieben A ins Leben gerufen wurde. Für solche verzwirbelten Fälle hat doch sonst niemand Zeit.«

»Verzwirbelt?« Gabriel schmunzelte. »Ist das eine deiner neuesten Wortkreationen?«

»Und wenn schon.« Melanie zuckte mit den Achseln. »Wie willst du die Sache denn sonst nennen?«

»Verzwickt.«

Melanie winkte ab. »Fantasielos.«

»Wie du meinst.« Aus Gabriels Schmunzeln wurde ein Grinsen, im nächsten Augenblick jedoch wieder das leutselige Lächeln von zuvor. »Da kommt unser Essen.«

***

MS Amandus
Kabine von Janna und Markus
Mittwoch, 5. September, 17:14 Uhr

»Das dürften zehn sehr lange Tage werden«, brummelte Markus, als er etwa zwei Stunden später Janna erneut den Vortritt in ihre Kabine ließ. »Ich könnte

Walter dafür erwürgen, dass er schon wieder Melanie und Gabriel als Teamergänzung mitgeschickt hat. Die beiden sind ein verfluchtes Pulverfass, das jederzeit hochgehen und unsere Mission über den Jordan schicken kann. Was hat er sich nur dabei gedacht?«

Janna ließ sich auf der Couch nieder und streckte die Beine aus. »Weißt du wirklich nicht, was zwischen den beiden vorgefallen ist? Es muss doch irgendetwas aus ihrer Vergangenheit sein. Die beiden kennen sich schon lange, nicht wahr? Sind miteinander aufgewachsen?«

Markus nickte vage. »Sie waren wohl Nachbarn oder so etwas. Er ist zwei Jahre jünger als sie, viel mehr weiß ich leider auch nicht. Melanie spricht nicht darüber und Gabriel erst recht nicht, aber ihn kenne ich auch noch nicht so lange. Er ist viel später als sie ins Institut gekommen und streng genommen immer noch in der Ausbildung. Eigentlich ist er Analyst, aber er durchläuft auf eigenen Wunsch alle Abteilungen des Instituts, um einen umfassenden Einblick in unsere Arbeit zu gewinnen. Ich schätze, Walter hat sich in den Kopf gesetzt, ihn dem neuen Team sieben A dauerhaft anzugliedern. Grundsätzlich wahrscheinlich keine schlechte Idee, denn ein guter Analyst kann Gold wert sein, aber in Kombination mit Melanie will mir das so gar nicht gefallen.«

»Vielleicht solltest du dich mal mit ihm hinsetzen und im Vertrauen sprechen«, schlug Janna vorsichtig vor. Sie teilte Markus' Meinung, dass die ständigen

Spannungen zwischen Melanie und Gabriel zumindest sehr unangenehm waren. Ob sie wirklich gefährlich werden konnten, vermochte sie nicht einschätzen, denn immerhin waren die beiden ausgezeichnete Schauspieler und blieben nach außen hin ständig in ihrer Rolle. »Es muss doch eine Möglichkeit geben, diese Sache zu klären.« Sie zögerte. »Glaubst du ...« Verlegen brach sie ab.

»Glaube ich was?« Aufmerksam musterte Markus sie von seinem Standort an der Balkontür.

»Hatten die beiden vielleicht mal etwas miteinander?«

Er war verblüfft. »Melanie und Gabriel? Das kann ich mir nicht vorstellen. Wie gesagt, er ist zwei Jahre jünger als sie und ...«

»Seit wann ist das denn ein Ausschlusskriterium?« Janna schüttelte den Kopf. »Zwei Jahre sind doch nicht viel.«

»Mag sein, aber er ist auch ganz sicher nicht ihr Typ. Und wenn man davon ausgeht, dass sie sich schon seit dem Sandkasten kennen oder der Grundschule oder was auch immer, kommt mir das doch eher unwahrscheinlich vor.«

»So unwahrscheinlich nun auch wieder nicht.« Janna schmunzelte. »*Tausendmal berührt, tausendmal ist nix passiert*«, intonierte sie den Song der Klaus Lage Band aus den Achtzigerjahren. »Fällt dir vielleicht eine andere Erklärung für das Verhalten der beiden ein?«

»Nein.«

Sie lächelte wieder. »Und du willst dich am liebsten auch nicht einmischen.«

»Nur ungern«, bestätigte er.

»Als Teamchef wird dir aber vermutlich nichts anderes übrig bleiben«, konterte sie. »Du hast gesagt, dass du dir Sorgen um die Sicherheit der Mission machst. Wenn du im Verhalten der beiden eine solche Gefahr siehst, dann musst du das ansprechen.«

»Kann schon sein«, gab er zögernd zu, schob die Hände in die Taschen seiner Hose und wandte sich der Fensterfront zu. »Ich bin nur ausgesprochen schlecht in solchen Sachen. Eigentlich wollte ich ja auch nie Chef eines Teams sein. Liebe Güte, ich wollte nicht einmal einen Partner haben – oder eine Partnerin. Und jetzt …«

»Jetzt hast du gleich alles auf einmal.« Janna erhob sich und trat neben ihm, um ebenfalls den Anblick des frühabendlichen Wiens in sich aufzunehmen – zumindest den kleinen Teil, den sie vom Schiff aus sehen konnten. »Ich könnte versuchen, mit einem von beiden zu reden.«

Skeptisch blickte Markus sie von der Seite an. »Glaubst du etwa, du bekommst mehr aus Melanie heraus als ich?«

»Oder aus Gabriel.« Sie hob die Schultern. »Ich weiß es nicht, aber einen Versuch ist es sicherlich wert.« Sie gluckste. »Wir könnten natürlich auch einfach Flaschendrehen spielen.«

»Flaschendrehen?«, echote er verwirrt.

»Ja genau. Wahrheit oder Pflicht.« Sie grinste breit. »Ich weiß noch, dass dieses Spiel früher in der Schule oft die interessantesten Dinge zutage gebracht hat.«

»Wir sind aber nicht in der Schule, und Melanie und Gabriel sind ausgebildete Agenten. Die werden sich von ein bisschen Flaschendrehen ganz sicher nicht aus der Reserve locken lassen.«

»Weiß man es?« Janna wurde wieder ernst. »Wie auch immer, du musst mit ihnen reden.« Während sie sprach, wandte sie sich ab und begann, ihren Koffer und die kleine Reisetasche auszupacken und deren Inhalt in der rechten Hälfte des Kleiderschranks zu verstauen. »Was machen wir denn jetzt mit dem Rest des Abends?«

Auch Markus schnappte sich sein Gepäck und begann, die Kleidungsstücke in der linken Schrankhälfte zu stapeln. »Ich würde sagen, wir machen das, was alle anderen auch tun. Wir sehen uns auf dem Schiff um und setzen uns später in diese Lounge und Bar, in der auch der Tanzwettbewerb stattfinden soll.« Er griff nach dem Programmheft, das auf dem kleinen Schreibtisch neben dem Bett lag, und blätterte darin. »Immerhin hat Gerlinde uns dafür angemeldet, was bedeutet, dass wir dort heute aufschlagen müssen.« Er überflog die Beschreibung im Programmheft und verdrehte die Augen. »Wie es aussieht, müssen wir uns erst einmal für diesen Quatsch qualifizieren. Wusstest du übrigens, dass wir danach auch mindestens drei Tanzstunden wahrnehmen dürfen Schrägstrich müssen? Hier steht, dass es unerlässlich ist, damit am Ende alle Teilnehmer einigermaßen auf dem gleichen Stand des Könnens sind.«

»Tanzstunden?« Janna schmunzelte. »Macht bestimmt Spaß.«

»Ich kann schon tanzen.«

»Ich auch.« Aus ihrem Schmunzeln wurde ein Lächeln. »Dann kann doch eigentlich gar nichts schiefgehen, oder?«

Markus hüstelte amüsiert. »Beschrei es nicht. Weißt du noch, die seltsamen Kurse, die wir damals in dem Hotel in der Eifel belegen mussten?«

Janna lachte. »Du meinst die Kurse, von denen du etliche gar nicht erst besucht hast?«

»Ich hatte anderes zu tun.« Er zuckte mit den Achseln. »Und überhaupt, ein Ehevorbereitungsseminar! Etwas Alberneres ist mir lange nicht untergekommen.«

Janna schien darauf etwas sagen zu wollen, zögerte, schien es sich anders zu überlegen und sagte schließlich: »Manches davon war durchaus aufschlussreich.«

Überrascht horchte Markus auf. »Findest du?« Er ließ seine Gedanken zu jenem Einsatz zurückwandern, und prompt fielen ihm noch mehr Dinge ein, die damals geschehen waren. Ein eigentümlich flaues Gefühl machte sich in seiner Magengrube breit. Besser war es vermutlich, es zu ignorieren. Sie hatten nämlich damals nicht nur ihr Seelenleben vor der Kursleiterin ausbreiten müssen – oder vielmehr das angebliche

Seelenleben, denn sie waren ja auch damals undercover gewesen –, sondern hatten bei einem ärgerlich lästigen Kennenlern-Spiel auch noch ihren angeblich ersten Kuss nachspielen müssen. Allein die Erinnerung daran verstärkte das flaue Gefühl und verwandelte es in einen bedenklichen Stich, den er sofort zu unterdrücken versuchte. Auf gar keinen Fall würde er mit irgendeiner unbedachten Handlung oder einem falschen Wort die gute Freundschaft zerstören, die sich zwischen ihnen entwickelt hatte. Dumm nur, dass es ihm in letzter Zeit immer öfter schwerfiel, sich in ihrer Gegenwart allein auf diesen Aspekt zu konzentrieren. Zwar war es wahrscheinlich nicht ungewöhnlich, dass seine Hormone in ihrer Gegenwart hin und wieder aus der Reihe tanzen, immerhin war sie alles andere als hässlich, doch unter den gegebenen Umständen wollte er lieber nichts riskieren, was er hinterher nicht mehr rückgängig oder wiedergutmachen konnte.

»Was ist?«, riss Janna ihn aus seinen Gedanken. »Hat es dir die Sprache verschlagen? Du siehst ein bisschen so aus, als hättest du einen Geist gesehen.«

»Einen Geist? Ganz und gar nicht.« Er versuchte sich an einem Grinsen. »Ich habe mich nur gefragt, ob es mir bei diesem Tanzkurs womöglich ebenso ergehen wird wie damals«, rettete er sich in eine Ausrede. »Immerhin hat sich herausgestellt, dass eher ich diesem Monsieur Thibault, oder wie dieser Tanzlehrer hieß, noch etwas hätte beibringen können als umgekehrt.«

Janna gluckste. »Eingebildet bist du aber gar nicht, was?«

Ehe er darauf eine Antwort geben konnte, klingelte ihr Handy. »Huch!« Sie fischte das Smartphone aus ihrer Hosentasche und warf einen Blick aufs Display. Dabei hoben sich ihre Augenbrauen ein klein wenig. »Entschuldige, da muss ich rangehen.«

»Soll ich mich verkrümeln?« Schon begab er sich in Richtung Tür.

»Nein, Quatsch.« Sie schüttelte den Kopf. »Aber sei bitte leise, denn offiziell habe ich ja eine Kabine für mich allein.« Sie grinste kurz und nahm den Anruf an. »Hallo Gerd!« Ihre Stimme klang zwar fröhlich, hatte jedoch einen leicht wachsamen Unterton. »Was gibt es denn? Ich wollte mich später auch noch kurz melden. Geht es Susanna und Till gut?« Sie lauschte und entspannte sich dann sichtlich. »Das ist schön.« – »Dieses Wochenende?« – »Na klar, warum nicht? Aber denkt bitte daran, dass die beiden nächste Woche ihre ersten Klassenarbeiten schreiben werden; in Deutsch, Englisch und Mathe. Das ist ziemlich viel für eine Woche, und ...« Sie räusperte sich. »Ja, ich weiß, dass es ungünstig ist, ausgerechnet jetzt nicht da zu sein, aber leider ließ sich dieser Auftrag nicht verschieben. Außerdem ist es das erste Mal, seit ich fest im Institut angestellt bin, dass man mich auf eine größere Reise schickt. Das wollte ich ungern ausschlagen.« Wieder lauschte sie der Stimme am anderen Ende und nickte dabei vage. »Stimmt, und es ist wahnsinnig nett von dir, dass du dich die ganze Zeit um die beiden kümmerst, bis ich wieder da bin.« Sie runzelte leicht die Stirn, wohl, weil sie Markus' leicht irritierten Gesichtsausdruck wahrgenommen hatte. Er hatte inzwischen erraten, wer der Anrufer war: der Vater der Zwillinge. Allzu viel wusste er nicht über ihn, lediglich das, was er vor langer Zeit in Jannas Dossiers über ihn gelesen und was sie hin und wieder erzählt hatte. Gerd Sundermann war ein weit gereister Archäologe, Weltenbummler und, zumindest kam es Markus so vor, ein Mann mit nur zweifelhafter Befähigung für die Rolle als Vater. Janna schien ihn jedoch sehr zu mögen, deshalb hielt Markus sich in dieser Angelegenheit mit seiner Meinung gänzlich zurück.

»Nehmt aber auf jeden Fall Sonnencreme mit und etwas gegen Insektenstiche und die Tabletten gegen Kopfweh, die wir von Frau Dr. Steinheim bekommen haben. Du weißt ja, sowohl Susanna als auch Till haben manchmal damit zu tun; bei Susanna ist es ein bisschen schlimmer. Die Ärztin hat gesagt, das könnte sich in der Pubertät zu Migräne auswachsen, muss es aber nicht.« − »Okay. Dann wünsche ich euch jetzt schon mal viel Spaß im Wildpark Daun.« − »Ja, wir waren vor einiger Zeit schon mal dort, und es hat den beiden sehr gefallen. Deshalb haben sie dich wahrscheinlich auch dazu überredet, noch mal hinzufahren.« − »Was?« Erneut runzelte sie die Stirn. »Das kann ich jetzt noch nicht sagen, Gerd. So lange habe ich den Job ja noch nicht, und eigentlich habe ich noch kein großartiges Anrecht auf Urlaub.« – »Äh, also, ja, vielleicht. Darüber sollten wir reden, wenn ich wieder da bin.« Die Furchen auf ihrer Stirn vertieften sich noch eine Spur. »Mhm, ja, sicher, warum nicht? Die Kinder würden sich bestimmt ...« – »Ach so, nur wir beide? Ja, also ...« Sie zwang sich sichtlich zu einem unbefangenen Lächeln, damit man es ihrer Stimme anhörte. »Auch da muss ich erst mal schauen, wie mein Arbeitsplan aussehen wird. Aber ich bin sicher, es wird sich eine Gelegenheit finden.« – »Ja, ich mich auch.« Sie schluckte. »Sind die beiden in der Nähe?« – »Ach so.« Lachend verdrehte sie die Augen. »Guter Plan, dann sind sie auf jeden Fall heute Abend richtig schön müde. Grüß sie bitte ganz lieb von mir und gib ihnen eine Umarmung und einen Kuss von mir. Ich werde wahrscheinlich heute Abend arbeiten müssen und weiß nicht, ob ich es schaffe, noch mal anzurufen. Aber ich schicke euch auf jeden Fall gleich noch ein paar Fotos vom Schiff und der Kabine, okay?« Wieder entspannte sich ihre Miene erkennbar. »Ja, auf jeden Fall. Danke noch mal und mach's gut, ja? Ich melde mich.« Sie unterbrach die Verbindung, starrte für einen Moment schweigend auf das Display, dann tippte und wischte sie darauf herum, offenbar, um ihre Fotos aufzurufen.

»Alles okay?« Markus ließ sich am Fußende des Bettes nieder und musterte sie aufmerksam.

»Was?« Sie hob ruckartig den Kopf, lächelte etwas zerstreut und richtete gleich darauf ihren Blick wieder auf das Smartphone. »Ja, natürlich. Das war Gerd. Er wollte wissen, ob wir gut angekommen sind und wie es mir auf dem Schiff gefällt.« Wieder tippte und wischte sie auf dem Display herum. »Ich muss nur rasch … Ich schicke ihm und den Kindern ein paar Fotos. Das ist hoffentlich okay?«

Markus nickte. »Solange niemand von uns darauf zu sehen ist.«

»Gut, also …« Sie schien bereits ein paar Fotos versendet zu haben und hob nun erneut den Kopf. »Wird es meiner Familie nicht seltsam vorkommen, wenn ich nur Fotos ohne meine Kollegen verschicke oder Selfies von mir selbst? Immerhin wissen Sie ja, dass ich nicht alleine diese angeblichen Umfragen mache. Früher oder später werden sie wissen wollen, wie ihr ausseht. Was mache ich denn dann?«

»Das überlegen wir uns, wenn es so weit ist.« Markus musterte sie aufmerksam, denn sie schien immer noch ein wenig zerstreut zu sein. »Stimmt irgendetwas nicht?«

»Wie kommst du darauf?« Diese Art der Gegenfrage war für Janna eher ungewöhnlich, was seinen Argwohn nur noch steigerte.

»Du wirkst ein bisschen verdattert.«

»Ver… was?« Verblüfft weiteten sich ihre Augen.

»Kann es sein …?« Er zögerte kurz. »Es geht mich zwar nichts an, aber hat er dich eben um ein Date gebeten?«

»Ein Date?« Ein wenig fahrig strich Janna sich eine ihrer knapp schulterlangen roten Locken hinters Ohr.

»Ja, äh, also … gewissermaßen.« Sie schluckte. »Na ja«, schränkte sie dann ein, »eigentlich kein richtiges Date. Mehr ein Treffen, also ein gemeinsames Abendessen, um zu besprechen, wie wir die Herbstferien verbringen. Gerd hatte die Idee, dass wir alle zusammen irgendwohin fahren könnten. Ins Fichtelgebirge zum Beispiel oder auch an die See oder so. Er meinte, dass es auch an der Mecklenburger Seenplatte sehr schön sein soll. Er dachte, es wäre schön, wenn wir als Familie alle zusammen Urlaub machen, und damit hat er eigentlich auch recht. Er ist jetzt dauerhaft hier, also in Köln«, verbesserte sie sich hastig. »Er will sich irgendwo in einem der Vororte nach einem Häuschen umsehen oder sogar nach Rheinbach ziehen. Die Wohnung, die er im Augenblick in Köln hat, ist ein bisschen eng und für die Kinder nicht unbedingt geeignet. Sie haben zwar schon zweimal dort übernachtet, aber ideal ist es nicht. Deshalb kommt er auch meistens zu Besuch zu uns, und die Kinder freuen sich immer sehr, wenn sie ihn sehen und etwas mit ihm unternehmen dürfen. Sie mussten ja schließlich auch lange Zeit auf ihn verzichten. Er ist zwar auch früher schon zu Besuch gekommen, so oft er konnte, aber die ständig wechselnden Ausgrabungen, bei denen er mitgearbeitet hat, haben es ihm schwer gemacht, eine echte Beziehung zu seinen Kindern aufzubauen. Das möchte er jetzt nachholen, und ich kann natürlich voll und ganz verstehen, dass er gerne mit ihnen zusammen in Urlaub fahren möchte. Es dauert ja jetzt auch nicht mehr lange bis zu den Herbstferien, sodass wir uns sicherlich bald entscheiden müssen, wohin es gehen soll. Allerdings ist noch nicht klar, ob ich überhaupt Urlaub bekomme, denn immerhin bin ich ja eigentlich noch in der Probezeit und hätte gar kein Anrecht darauf. Also müssen wir das Ganze vielleicht auf die Weihnachtsferien verschieben oder sogar bis Ostern, wer weiß?« Sie lachte kurz und hörbar nervös. »Na ja, und um all das zu besprechen, hat er mich gefragt, ob ich Lust hätte, nach meiner Rückkehr mit ihm zusammen irgendwo schön essen zu gehen. Das finde ich vollkommen in Ordnung und auch sehr sinnvoll, denn wenn die Kinder dabei sind, werden sie natürlich auch ständig mitreden wollen, was verständlich ist, aber zuerst einmal müssen wir grundsätzlich klären, was wir uns vornehmen können und wollen, bevor wir die beiden in die Planung des Ziels einbeziehen. Immerhin ist es …«

»Janna!«, unterbrach Markus sie mit energischer Stimme, sodass sie erschrocken verstummte. Sogleich lächelte er. »Vergiss nicht zu atmen«, sagte er in milderem Ton.

Tatsächlich sog sie hörbar Luft in ihre Lungen und stieß sie gleich darauf geräuschvoll wieder aus. Ihre Miene hatte einen verlegenen Ausdruck angenommen. »Ich habe es schon wieder getan. Tut mir leid.«

»Braucht es nicht.« Tatsächlich hatte er sich längst an die wasserfallartigen Wor?ergüsse gewöhnt, die Janna zuweilen von sich gab, wenn sie aufgeregt, verängstigt oder nervös war. Zwar wollte er sie nicht noch mehr in

Verlegenheit bringen, doch etwas in ihm drängte ihn dazu, noch ein wenig Öl ins Feuer zu gießen. »Du kannst es meinetwegen nennen, wie du willst, aber für mich klingt das trotzdem nach einem Date.«

»Findest du?« Janna knabberte an ihrer Unterlippe. »Nein, also ... oder ... na ja.«

»Er scheint also an dir interessiert zu sein.«

Offensichtlich aus dem ersten Impuls heraus schüttelte Janna entschieden den Kopf, zögerte dann aber. »Ich weiß es nicht. Wir kennen uns schon ewig und sind auch immer gut befreundet gewesen. Er war mir sehr dankbar, dass ich mich bereiterklärt habe, nach Danielas Tod für Till und Susanna zu sorgen.«

»Kann ich mir vorstellen«, murmelte er mehr zu sich selbst.

»Wie bitte?« Mit hochgezogenen Brauen musterte sie ihn.

Er hob die Schultern. »Wäre das nicht eigentlich seine Aufgabe gewesen? Immerhin ist er der leibliche Vater der Kinder.«

»Ja, natürlich, aber er war einfach nicht der Typ dafür ... Er ist nicht der Typ dafür, auf Dauer so eine Verantwortung zu übernehmen.« Wieder strich sie sich die Haarsträhne hinters Ohr. »Er hat uns oder vielmehr die Kinder ja immer unterstützt, wo er konnte, hat Geld und Geschenke geschickt und Briefe und er hat regelmäßig angerufen und ...«

»Und er hat dir die ganze Verantwortung überlassen«, fasste er zusammen. »Sogar das Sorgerecht. Den

Pokal für den Vater des Jahres würde ich ihm also bestimmt nicht verleihen.«

»Darum geht es ja auch gar nicht«, setzte sie an, doch er unterbrach sie erneut.

»Selbst mein Vater hat nicht gezögert, sich um mich zu kümmern, als es nottat. Ich kann nicht behaupten, dass ich ihm damals sonderlich dankbar dafür gewesen wäre, doch inzwischen weiß ich natürlich, dass es das Beste war, was mir passieren konnte. Auch wenn wir alles andere als gute Freunde sind, rechne ich es ihm hoch an, dass er die Augen vor dem Fehltritt, der ich nun einmal bin, nicht einfach verschlossen hat. Im Fall deiner Zwillinge wäre es meiner Meinung nach noch viel wichtiger gewesen, dass ihr Vater sich der Verantwortung gestellt hätte, denn immerhin hatten sie ja ihre Mutter verloren.«

Janna richtete den Blick auf ihre Hände. »Du hast natürlich vollkommen recht. Gerd ist kein perfekter Vater. Er ist es nie gewesen, und ich weiß nicht, ob er es je sein wird. Er ist ein Freigeist und hat es noch nie lange an einem Ort ausgehalten. Trotzdem ist er nun mal Tills und Susannas Vater, und auch wenn er nicht das Sorgerecht besitzt, hat er doch Rechte, und ich kann ihm ja wohl kaum verbieten zu versuchen, mit den beiden eine engere Beziehung aufzubauen. Das ist schließlich genau das, was er bislang immer versäumt hat. Wenn er jetzt vorhat, das zu ändern, werde ich ihm nicht im Weg stehen.«

»Das sollst du ja auch gar nicht.« Markus erhob sich und trat ein paar Schritte auf sie zu, blieb dann aber stehen, weil er nicht sicher war, wie er sich verhalten sollte. »Ich frage mich nur, was er wohl vorhaben mag.«

»Vorhaben?« Mit leicht verengten Augen sah sie zu ihm auf.

»Ich meine ja nur.« Er zuckte mit den Achseln. »So lange ist er noch nicht wieder im Land, oder? Und plötzlich fragt er nach einem Date.«

Wieder knabberte sie an ihrer Unterlippe. »So plötzlich nun auch wieder nicht. Wir haben in den letzten Wochen viel Zeit miteinander verbracht.«

Eingehend musterte er sie. »Also hast du auch an ihm Interesse?«

»Was?« Ihre Augen weiteten sich.

»In dem Fall will ich nichts gesagt haben.« Er schob wieder einmal seine Hände in die Hosentaschen. Das mulmige Gefühl in seiner Magengrube versuchte er erneut tunlichst zu ignorieren. »Wenn du denkst, dass es eine gute Idee ist und er ... nun ja. Wenn es passt, dann will ich dir da nicht hineinreden.«

»Wenn es passt?«, echote sie. »Nein, also, ich weiß nicht ... Darüber habe ich mir überhaupt noch keine Gedanken gemacht.« Sie schluckte hörbar. »Glaubst du denn, das wäre gut? Wegen der Kinder, meine ich?«

Hastig hob Markus beide Hände in Abwehr. »Nichts da, halt mich da heraus. Ich will nichts gesagt haben, wenn du in Erwägung ziehst, etwas mit ihm anzufangen. Das kannst nur du allein entscheiden. Allerdings würde ich mir gut überlegen, so etwas nur wegen der

Kinder zu tun. Immerhin bist du mit ihnen bisher auch allein gut zurechtgekommen. Aber wie gesagt, ich will mich dazu gar nicht auslassen.«

Diesmal unterbrach sein Handy ihn mit einem Signalton und gleichzeitigem Vibrieren, das den Erhalt einer Textnachricht ankündigte. Rasch zog er es hervor und öffnete die Kurznachrichten-App. »Wir sollten uns allmählich an die Arbeit machen.« Rasch schob er das Handy wieder in seine Hosentasche. »Melanie schreibt, dass sie mit Gabriel zusammen gerade das Sonnendeck überprüft. Wir sollten uns mit dem C-Deck befassen. Dort gibt es ein paar Geschäfte und einen Wellnessbereich. Wir sehen uns ein bisschen um und machen danach ebenfalls noch einen Rundgang über das A-Deck. Die Sonne geht bald unter, und bei dem schönen Wetter wäre es verdächtig, wenn wir nicht auch wenigstens ein bisschen die Aussicht genießen würden.«

»Ja, selbstverständlich.« Janna sprang auf und strich ihre Kleidung glatt. Prüfend blickte sie auf ihre bequemen Sneakers. »Ich gehe nur noch einmal rasch zur Toilette und ziehe mir andere Schuhe an. Wenn wir nachher bei diesem Tanzwettbewerb mitmachen wollen, sollten wir sowieso ein bisschen anders gekleidet sein, oder?«

Markus winkte ab. »Umziehen können wir uns nachher auch noch. Lass jetzt besser die bequemen Schuhe an, nur für alle Fälle.«

»Für alle Fälle?« Sie hüstelte. »Glaubst du etwa, es

könnte gefährlich werden oder so?«

»Ich hoffe nicht.« Er lächelte leicht. »Aber wir werden sicherlich noch eine Weile auf den Beinen sein, da kann bequemes Schuhwerk nicht schaden.«

4

MS Amandus
Gang vor der Kabine von Janna und Markus
Mittwoch, 5. September, 21:25 Uhr

»Hey, hey, stopp, hiergeblieben!« Prustend griff Markus nach Jannas Arm, als diese, während sie aus dem Aufzug stiegen, leicht nach rechts driftete.

Janna kicherte. »Tschuldige, ich glaube, ich habe ein wenig Schlagseite.«

»Ein wenig?« Zur Sicherheit legte Markus ihr einen Arm um die Schultern. »Du schwankst wie ein besoffener Seemann auf Landgang.«

Diesmal prustete Janna. »Ich kann nichts dafür, diese Piña coladas waren einfach zu lecker.«

»Da. Da vorne müssen wir hin.« Markus fuchtelte ein wenig mit dem Zeigefinger in die Richtung, in der ihre Kabine lag. »Langsam, schön langsam, sonst fällst du noch über deine eigenen Füße.«

»Über deine Füße meinst du wohl.« Immer noch kichernd deutete Janna auf Markus' Füße, über die sie, weil sie erneut schwankte, tatsächlich beinahe gestolpert wäre.

»Ich pass schon auf dich auf.«

»Ach ja?« Janna warf ihm einen amüsierten Blick zu.

»Damit du nicht fällst, meine ich.« In Schlangenlinien schlenderten die beiden den langen Gang entlang, bis sie schließlich ihre Kabine erreichten. Umständlich suchte Markus seine Schlüsselkarte. »Dieser Tanzwettbewerb war aber wohl ein Witz, oder? Wenn der so weitergeht, haben wir schon gewonnen, bevor das Ganze überhaupt richtig angefangen hat.«

»Langsamer Walzer und ein einfacher Foxtrott.« Janna hielt sich, weil sie erneut schwankte, an der Türzarge fest. »Vielleicht müssen sie das so einfach gestalten, weil sonst niemand mitmachen würde. Ich meine, hast du mal gesehen, wer unsere Konkurrenten sind? Entweder lauter Senioren oder Ehepaare, die schon seit ihrer Hochzeit nicht mehr miteinander getanzt haben. Und natürlich Gabriel und Melanie. Die beiden«, sie warf einen Blick den Gang hinab, bevor sie fortfuhr, »die beiden sind wirklich nett, nicht wahr? Ich finde es schön, dass wir sie hier kennengelernt haben. So eine Reise macht doch viel mehr Spaß, wenn man ein bisschen Anschluss hat.«

»Das ist wahr.« Markus nickte. Er hatte inzwischen die Schlüsselkarte gefunden und hielt sie vor den Scanner. Ein leises Klicken verriet, dass die Tür entriegelt war. »Aber eine Konkurrenz im Wettbewerb sind die beiden ganz sicher auch nicht.«

»Glaubst du?« Als Markus ihr die Tür aufhielt, betrat sie vor ihm die Kabine. »Da bin ich mir nicht ganz sicher. Sie haben doch ein gutes Tanzpaar abgegeben.«

Markus folgte ihr und ließ die Tür hinter sich ins Schloss fallen, bevor er antwortete: »Ja, aber erst einmal müssen sie sich darüber einig werden, wer von beiden führt.« Seine Stimme hatte sich ganz plötzlich verändert, die leicht alkoholisierte Färbung, die er ihr gegeben hatte, war verschwunden.

Janna drehte sich zu ihm um. Sie schwankte nun ebenfalls nicht mehr und gab auch das alberne Kichern auf. »Die beiden sind wirklich wie Hund und Katze. Zwischendurch dachte ich fast, Melanie würde Gabriel mit der Dessertgabel erstechen. Warum neckt er sie auch nur ständig mit diesem Spitznamen? Er weiß doch, dass sie nicht Melli genannt werden will.«

»Misch dich lieber nicht ein.« Markus entledigte sich seiner Anzugjacke und hängte sie in den Schrank. »Sonst wenden sie sich irgendwann gegen dich.« Er warf einen Blick auf seine Armbanduhr. »Tja, es ist noch nicht sehr spät. Gerade halb zehn. Da aber die meisten anderen inzwischen auch auf dem Weg in ihre Kabinen sind, gehe ich davon aus, dass man sich hier nicht unbedingt die Nacht um die Ohren schlägt. Schon gar nicht am ersten Abend.«

»Bis auf diese Gruppe von Leuten, die hier offenbar einen Betriebsausflug oder so etwas veranstalten«, schränkte Janna ein. »Die scheinen richtig Party machen zu wollen.«

»Vielleicht ist es auch ein Verein.« Markus griff nach der Fernbedienung für den Fernseher und warf sich aufs Bett. »Wenn ich das richtig verstanden habe, haben sie Tschechisch gesprochen. Vielleicht sollten wir sie überprüfen lassen.«

»Nur weil sie Tschechisch gesprochen haben?« Auch Janna ließ sich, angezogen, wie sie war, in die Kissen auf ihrer Betthälfte sinken und beobachtete, wie Markus nach einem Fernsehsender suchte, der halbwegs gute Unterhaltung bot. Auch wenn es nicht ganz ihr Geschmack war, protestierte sie nicht, als er an einer Sendung hängen blieb, in der ein bekannter Fernsehkoch seine Interpretation von gutbürgerlicher Hausmannskost zubereitete.

»Nein, nicht nur deshalb.« Markus überkreuzte die Beine an den Fußknöcheln. Die Fernbedienung landete zwischen ihnen auf der Tagesdecke. »Aber du weißt, dass solche Gruppen eine hervorragende Tarnung bieten. Du warst doch selbst einmal Teil einer Gruppe, als ihr mich während meines Undercover-Einsatzes observiert habt.«

»Stimmt.« Janna schauderte. Sie dachte nicht gerne an diesen Einsatz zurück, bei dem es so ausgesehen hatte, als ob Markus und noch ein weiterer Mann auf einem explodierenden Motorboot ums Leben gekommen wären. Sie schluckte. »Das Institut hatte tatsächlich sogar eine Gruppe junger Agenten mit auf das Ausflugsschiff geschickt, die so getan haben, als wären sie irgendein Verein auf Clubtour.«

»Siehst du. Also gehen wir lieber auf Nummer sicher.« Markus warf ihr einen kurzen Seitenblick zu und hielt inne. »Stimmt etwas nicht?«

»Nein, nein, alles okay.« Sie wusste, dass sie viel zu schnell geantwortet hatte, denn prompt hob Markus die Augenbrauen.

»Wirklich?«

Nach einem Moment des Zögerns nickte sie. »Ja, wirklich. Ich denke nur nicht sehr gerne an diese Sache zurück, das ist alles.«

»Kann ich verstehen.« Er hob die Hand, so als wolle er sie ihr auf den Arm legen, griff dann aber nur nach der Fernbedienung und regelte die Lautstärke minimal hoch. »Du weißt, dass ich mit dem Vorgehen von Dr. Schwartz in dieser Angelegenheit nicht einverstanden war. Wenn es nach mir gegangen wäre ...« Er brach ab, weil es in diesem Moment leise an der Tür klopfte.

Janna merkte sofort, wie Markus sich anspannte. Betont langsam erhob er sich und ging auf die Kabinentür zu. »Ja, bitte?«

Janna vernahm ein leises Wispern, das wie »Ich bin's, lasst mich rein!« klang.

Markus' Kopf hob sich ruckartig, und er spannte sich noch mehr an. »Was zum Teufel ...?« Er öffnete die Tür und starrte die Frau an, die davorstand. »Valentina! Wie kommst du denn hierher? Du solltest doch erst morgen einchecken.«

Erschrocken sprang Janna vom Bett auf. »Frau Dr. Kostova?«

»Es gibt eine kleine Planänderung.« Die Frau klang etwas atemlos und sprach mit leichtem Akzent, der eine Färbung des Bulgarischen sein konnte. Sie blickte sich hektisch nach allen Seiten um. »Ich fürchte, ich werde verfolgt.«

»Komm rein.« Markus zog sie an der Schulter in die Kabine und schloss die Tür sorgfältig hinter ihr. »Was ist passiert?«

»Ich wollte eigentlich nur noch ein paar Kleinigkeiten für die Reise besorgen, dabei hatte ich plötzlich das Gefühl, dass mir jemand folgt. Ich war nicht ganz sicher, deshalb bin ich gleich zurück in meine Wohnung, habe alles zusammengepackt und bin durch die Hintertür raus. Zwei Straßen weiter habe ich ein Taxi hierher genommen. Zum Glück gilt mein Ticket schon ab heute, sodass ich meine Kabine gleich beziehen konnte. Aber was, wenn sie mich bis hierher verfolgt haben? Vielleicht sind sie dann schon längst ebenfalls auf dem Schiff.«. Fahrig fuhr sich mit beiden Händen durch ihr langes, glattes hellbraunes Haar; dann erst schien sie Janna wahrzunehmen. »Oh, Verzeihung, ich habe mich noch gar nicht … Ich meine, natürlich wissen Sie, wer ich bin. Guten Abend, Frau …?«

»Das ist Janna, meine Partnerin«, antwortete Markus, bevor Janna auch nur Luft holen konnte. »Wir haben hier als Ehepaar eingecheckt – Janna und Markus Neumann. Hat man dich darüber nicht informiert?«

»Ja, ja doch.« Valentina Kostova ließ die Hände wieder sinken und verschränkte sie ineinander. »Jetzt, wo du es sagst, erinnere ich mich natürlich daran. Ich bin nur so … Ich war sehr erschrocken, weil ich dachte, dass ich vorerst in Sicherheit wäre.«

Markus ging zur Tür, öffnete sie einen Spalt und warf einen kurzen Blick hinaus. »Niemand zu sehen, aber das will natürlich nichts heißen.« Er zog sein Smartphone aus der Tasche und tippte darauf herum. »Ich gebe meinem Team Bescheid, dass sie die Wachsamkeit erhöhen sollen.«

»Danke.« Valentina Kostova seufzte unterdrückt. »Zu wie vielen seid ihr? Ich glaube nicht, dass mir das mitgeteilt wurde. Zumindest kann ich mich daran nicht erinnern. Ich weiß nur von dir und«, sie nickte Janna zu, »Ihnen.«

Markus tippte noch immer oder vielmehr schon wieder auf seinem Handy, da er bereits eine Antwort erhalten zu haben schien. »Wir sind zu viert, bei Bedarf können wir aber auf weitere Institutsagenten zurückgreifen. In jeder Stadt, die wir passieren werden, haben wir entsprechende Vorkehrungen getroffen.«

Janna trat auf die Wissenschaftlerin zu, die so ganz anders wirkte, als sie erwartet hatte. Zwar hatte sie ein Foto gesehen, doch das besagte natürlich nichts über die Persönlichkeit eines Menschen. Valentina Kostova war etwa eine Handbreit kleiner als Janna und von rundlicher Statur. Sie trug Jeans, wadenhohe Stiefel und eine dünne Lederjacke über einem einfachen, weißen T-Shirt. Ihre graublauen Augen waren leicht geweitet und blickten unruhig im Raum hin und her. Sie schien sehr nervös zu sein, dafür, dass sie angeblich bereits mit solchen Gangstern wie denen, die jetzt hinter ihr her waren, zu tun gehabt hatte. Immerhin hatte sie ja wohl bereits in der Vergangenheit Geheimnisse an solche Leute verkauft. »Kommen Sie, Frau Dr. Kostova, setzen Sie sich.« Sie berührte die Frau leicht am Arm und deutete auf die Couch.

»Danke. Sagen Sie doch bitte Valentina zu mir.« Die Wissenschaftlerin setzte sich, sprang jedoch gleich wieder auf die Füße. »Verzeihung, ich kann einfach nicht ruhig hier sitzen.« Sie trat zum Fenster und warf einen Blick hinaus, dann betätigte sie den Schalter, der die Vorhänge schloss. »Wenn die mich hier finden ...«

»Das werden sie schon nicht.« Janna führte sie erneut zur Couch, und als Valentina sich setzte, ließ sie sich neben ihr nieder. »Werden sie doch nicht, Markus, oder?«

Markus stand noch immer an der Tür, ging nun jedoch zum Bett und ließ sich auf dem Fußende nieder. »Heute Abend ziemlich wahrscheinlich nicht mehr.« Er warf noch einmal einen Blick auf das Display seines Smartphones. »Melanie und Gabriel sind in Alarmbereitschaft.« Er legte das Smartphone neben sich ab. »Da nicht davon auszugehen ist, dass diese Leute jede einzelne Kabine durchsuchen, bist du jetzt erst einmal hier sicher.« Prüfend sah er sich um. »Ich nehme die Couch, dann kannst du neben Janna im Bett schlafen.«

»Ich soll heute Nacht hier bei euch in der Kabine bleiben?« Verlegen blickte Valentina zwischen Markus und Janna hin und her. »Danke. Aber ich habe alle meine Sachen in meiner Kabine am anderen Ende des Ganges.«

»Das ist nicht zu ändern.« Markus hob die Schultern. »Für diese eine Nacht wird es schon gehen, danach lassen wir uns etwas einfallen. Erst einmal müssen wir herausfinden, ob sie dich wirklich bis auf das Schiff verfolgt haben. Vielleicht hast du sie auch abgehängt. Heute Abend wird uns das jedoch nicht mehr gelingen. Ich werde gleich noch mit unserem Vorgesetzten darüber sprechen, dann sehen wir weiter.«

»Also gut.« Valentina schien sich erneut erheben zu wollen, blieb dann jedoch sitzen. »Aber ich nehme die Couch, Markus. Die ist doch viel zu klein für dich. Das ist schon in Ordnung. Immerhin passt ihr auf mich auf, dann dürft ihr auch im bequemen Bett liegen.« Prüfend blickte sie erneut zwischen Janna und Markus hin und her und dann auf das große Doppelbett. »Ihr seid aber nicht wirklich verheiratet oder so?«

»Nein.« Janna schüttelte den Kopf. »Wir sind nur Kollegen – und Freunde.«

»Und da macht es Ihnen gar nicht aus, zusammen in einem Bett zu schlafen?« Noch während Valentina die Worte aussprach, schüttelte sie den Kopf und lachte verlegen. »Natürlich nicht, sie sind ja als Agenten darauf spezialisiert und trainiert. Für sie ist es bestimmt alles ganz normal.« Nun stand sie doch wieder auf. »Dürfte ich kurz das Bad benutzen?«

»Selbstverständlich.« Janna deutete auf die Milchglastür. »Wir informieren inzwischen das Institut über die neue Situation.«

Sie wartete, bis Valentina im Bad verschwunden war, bevor sie sich im Flüsterton an Markus wandte: »Und was jetzt?«

Markus zuckte mit den Achseln und antwortete ebenfalls mit gesenkter Stimme. »Jetzt tun wir genau das, was du gesagt hast. Ich informiere Walter, und dann versuchen wir, etwas Schlaf zu bekommen. Ab sofort müssen wir mindestens doppelt so wachsam sein. Es ist schwer abzuschätzen, ob Valentina sich die Verfolger nur eingebildet hat oder ob ihr tatsächlich jemand auf den Fersen ist. Falls ja, müssen wir natürlich auch erst mal herausfinden, um wen es sich handelt.«

»Ihr Ex-Freund, von dem du erzählt hast?« Unbehaglich rieb Janna sich über die Oberarme.

»Möglich. Es ist aber auch nicht ausgeschlossen, dass andere Wind von der Sache bekommen haben. Wir wissen auch nicht, ob Ruslan mit jemandem zusammenarbeitet.« Mit einer fahrigen Bewegung fuhr er sich durchs Haar. »Wenn mir die Sache zu heiß erscheint, ziehe ich für dich die Reißleine.«

»Was?« Verblüfft starrte Janna ihn an. »Nein.«

»Es könnte zu gefährlich für dich werden.«

Energisch schüttelte Janna den Kopf. »Ich bin deine Tarnung. Wie würde es wohl aussehen, wenn ich plötzlich verschwinde und du die Kreuzfahrt alleine weitermachst? Das geht nicht. Außerdem sind wir auch zu diesem Tanzwettbewerb angemeldet und überhaupt. Ich kann mich um Valentina kümmern, während du ...« Sie hob ein wenig ratlos die Hände. »Während du mit Melanie und Gabriel die bösen Jungs jagst.«

»Schon gut, schon gut.« Markus seufzte. »Du bist aber nach wie vor nicht für solche Einsätze ausgebildet.

Wenn es haarig werden sollte, liegt es in meiner Verantwortung, dich zu schützen.«

»Zusätzlich zu Valentina, meinst du?« Janna erhob sich von der Couch und setzte sich neben Markus aufs Bett. »Wir kriegen das schon hin. Ich fühle mich zwar nicht sonderlich wohl bei dem Gedanken, dass vielleicht irgendwelche Killer hier auf dem Schiff herumschleichen, aber du hast recht, heute Abend können wir wohl nicht mehr allzu viel tun. Ausgeschlafen geht das morgen auch bestimmt besser.« Suchend sah sie sich in der Kabine um, dann nahm sie eines der vielen Kopfkissen und trug es zur Couch. »Gibt es hier irgendwo eine Wolldecke oder so? Sollen wir uns vielleicht eine bringen lassen?«

»Nein.« Markus schüttelte energisch den Kopf. »Wir dürfen keine Aufmerksamkeit auf uns ziehen.« Er zog die Tagesdecke vom Bett und trug sie ebenfalls zur Couch. »Das sollte für heute Nacht ausreichen.«

5

»Mir gefällt das nicht.« Janna warf ein ums andere Mal Blicke auf das Display ihres Smartphones. »Hätten wir nicht besser alle auf diese Stadtführung verzichten sollen?«

Sie blieb stehen, weil die Stadtführerin gerade vor dem Wiener Rathaus haltmachte und zu einem kleinen Vortrag ansetzte.

Gabriel, der sich dicht an ihrer Seite hielt, blieb ebenfalls stehen. »Nein, so ist es besser. Wir sind ja als Team hier, damit wir uns bei Bedarf aufteilen können. Markus und Melanie haben ein Auge auf Valentina, während wir die Touristen mimen. Die Ausrede, dass Melanie und Markus Wien bereits von früheren Besuchen her kennen, wir jedoch nicht, ist doch beim Frühstück ausgezeichnet angekommen.«

Janna hüstelte. »Ich glaube eher, dass die Leute jetzt denken, wir hätten … Wir würden …« Sie räusperte sich. »Du weißt schon.«

»Dass wir einen Partnertausch zelebrieren?« Er grinste schief. »Immer noch besser, als unsere Tarnung auffliegen zu lassen, weil wir nicht an den üblichen Unternehmungen teilnehmen. Solange nicht sicher geklärt ist, ob sie verfolgt wird und wie sich die Lage insgesamt darstellt, müssen wir uns eben immer wieder abwechseln.«

»Aber ziehen wir damit nicht auch wieder Gerede auf uns?« Zweifelnd blickte Janna noch einmal auf das Display und schob das Handy schließlich in ihre Hosentasche.

»Sollen die Leute doch tratschen, wenn ihnen danach ist. Wenn das unser einziges Problem ist, können wir froh sein.« Gabriel winkte ab. »Erwartest du einen Anruf?«

»Was?« Beinahe hätte sie erneut ihr Smartphone hervorgezogen, unterließ es dann aber. »Nein, aber mein ... Also, der Vater meiner beiden Pflegekinder schickt mir dauernd Fotos und Nachrichten. Er wohnt so lange bei uns, wie ich hier im Einsatz bin.«

»Das passt dir nicht?«

»Nein. Doch.« Janna lachte unsicher. »Ich dachte eigentlich, das wäre keine große Sache. Er ist erst seit Kurzem wieder im Lande und bemüht sich jetzt sehr darum, eine enge Beziehung zu den Zwillingen aufzubauen.« Auf Gabriels fragenden Blick hin fügte sie hinzu: »Er ist Archäologe und war jahrelang bei vielen verschiedenen Ausgrabungen tätig. Inzwischen ist er Professor an der Uni Köln.«

»Und wo liegt das Problem?« Interessiert musterte Gabriel sie von der Seite.

»Ich weiß nicht.« Janna seufzte. »Wahrscheinlich mache ich mich einfach nur verrückt. Markus hat mir da wohl einen Floh ins Ohr gesetzt.«

»Markus?« Mit noch mehr Interesse hob Gabriel die Augenbrauen. »Seit wann ist er Experte in Familienfragen?«

Janna lachte. »Das ist er wahrscheinlich nicht, und darum geht es auch gar nicht. Es ist nur so ... Gerd, also Tills und Susannas Vater, scheint, na ja, er will in den Herbstferien mit uns in Urlaub fahren und so und hat mich zum Essen eingeladen, damit wir die Reise planen.«

»Hat er Interesse an dir?«

Janna stieß geräuschvoll die Luft aus. »Das hat Markus mich auch gefragt, und jetzt geht mir diese Sache nicht mehr aus dem Kopf.« Sie hielt kurz inne. »Ja, kann sein, dass er irgendwie ... Interesse hat. Ich weiß es nicht genau. Vielleicht will er auch einfach nur, dass sich alle gut verstehen. Immerhin habe ich das Sorgerecht für die beiden Kinder.«

»Will er vielleicht ein geteiltes Sorgerecht?«

Janna runzelte die Stirn. »Davon hat er noch nie etwas gesagt.« Sie schüttelte den Kopf. »Nein, das glaube ich nicht. Er war immer ganz zufrieden mit der Situation, so wie sie jetzt ist.«

»Aber er war auch ständig unterwegs«, gab Gabriel zu bedenken. »Jetzt ist er wieder zu Hause und will offenbar sesshaft werden. Ist es da so abwegig, dass er das Sorgerecht für sich beanspruchen möchte?«

Janna schlug die Hände vors Gesicht. »Herrje, jetzt muss ich mir darüber auch noch Gedanken machen!«

»Tut mir leid.« Gabriel stieß sie mit dem Ellenbogen leicht in die Seite. »Ich wollte dir nicht noch einen weiteren Floh ins Ohr setzen. Vielleicht ist es besser, wir konzentrieren uns wieder auf die Stadtführung.« Er wies mit dem Kinn auf die Gruppe von rund vierzig Personen, die zusammen mit der Führerin bereits einige Schritte weitergegangen war.

»Ja, da hast du recht.« Janna atmete tief durch und straffte die Schultern. »Außerdem war ich noch nie in Wien, also kann ich auch ein bisschen Kultur tanken.« Nun zog sie doch wieder ihr Smartphone hervor, diesmal jedoch, um Fotos vom Rathaus zu machen.

»So ist es recht.« Gabriel machte ebenfalls ein paar Fotos mit seinem Handy. »Immerhin müssen wir ja auch nachher jede Menge zu erzählen haben, wenn wir zurück auf dem Schiff sind.«

***

MS Amandus
Sonnendeck
Donnerstag, 6. September, 12:55 Uhr

»Die Tschechen scheinen sauber zu sein.« Markus schloss die Textnachrichten-App auf seinem Handy, über die er die neuesten Informationen von seinen Kollegen aus dem Institut erhalten hatte. Beiläufig legte er das Handy auf den Tisch und lehnte sich lässig in seinem Stuhl zurück. Er hatte sich zusammen mit Melanie und Valentina einen Sitzplatz mitten auf dem Sonnendeck gesucht. Da sie von mindestens dreißig oder vierzig Personen umgeben waren, ging er davon aus, dass sein Schützling hier vollkommen sicher sein würde. Weder Ruslan noch irgendein anderer Gangster würde so dumm sein, Valentina mitten in der Öffentlichkeit von einem Kreuzfahrtschiff zu entführen. Auch konnte sich Valentina kaum die ganze Seereise über in der Kabine verstecken, das würde in jedem Fall Aufsehen erregen, zumindest unter dem Bordpersonal. Da dieses stets auf das Wohlergehen aller Gäste bedacht war, würde es rasch zu Nachfragen kommen, wenn Valentina sich nicht öffentlich zeigte oder auch einmal an einem Ausflug teilnahm. Dennoch ließ er seinen Blick immer wieder unauffällig über die übrigen Passagiere wandern, konnte jedoch nicht erkennen, ob jemand ein besonderes Interesse an Valentina zeigte.

Mit etwas Glück hatte sie ihre Verfolger längst abgehängt, sodass sie am Abend planmäßig mit dem Kreuzfahrtschiff ablegen und eine unbehelligte Reise antreten konnten. Er nickte Valentina aufmunternd zu.

»Das ist gut.« Sie atmete sichtlich auf. »Vielleicht habe ich mir ja auch alles nur eingebildet.«

»Pst, kein Wort mehr darüber. Vergiss nicht, du bist nur Touristin.« Melanie warf Valentina einen vielsagenden Blick zu. Die beiden waren inzwischen dazu übergegangen, einander zu duzen, weil sie sich um der Tarnung willen ebenfalls als neue Bekannte ausgaben, die beschlossen hatten, sich auf der Reise zusammenzutun. Da sich in diesem Moment ein Kellner dem Tisch näherte, änderte Melanie prompt ihren Ton. »Ich bin ja mal gespannt, was Janna und Gabriel uns alles über die Stadtführung erzählen werden. Ich habe Gabriel extra ein paar Tipps gegeben, worauf er ganz besonders achten soll. Immerhin war ich schon so oft in Wien, dass ich es wie meine Westentasche kenne. Ich hoffe, er findet den kleinen Laden mit den Süßigkeiten und bringt mir eine schöne Auswahl mit.«

»Ich war beruflich auch schon so oft in Wien, dass mir die Führung bestimmt langweilig geworden wäre«, griff Markus das Thema sogleich auf. »Aber auf die nächsten Tage bin ich sehr gespannt und auf die Städte, die wir noch sehen werden. Ich war zwar schon mal auf einer Kreuzfahrt in Skandinavien, Fjorde und so, ihr wisst schon, aber auf der Donau bin ich noch nie gereist. Das wird bestimmt spannend. Janna hat bereits jede Menge Informationen über die einzelnen Orte gesammelt und wird wahrscheinlich besser über jede Sehenswürdigkeit informiert sein als unsere Führer vor Ort.« Er lachte leise, hielt dann aber inne, als der Kellner beim Tisch stehen blieb.

»Darf es noch etwas für die Herrschaften sein?« Der junge Mann hatte ein kleines elektronisches Gerät gezückt, mit dem er alle Bestellungen aufnahm.

»Für mich bitte noch einen Kaffee.« Melanie schenkte ihm ein strahlendes Lächeln.

»Für mich bitte auch«, ergänzte Valentina.

»Da schließe ich mich an.« Markus nickte dem Kellner zu. »Und vielleicht eine kleine Auswahl an Keksen oder so etwas? Wir haben beschlossen, das Mittagessen ausfallen zu lassen, weil wir gelesen haben, dass es ein schönes Kuchenbuffet am Nachmittag geben wird. Wenn meine«, er räusperte sich, »wenn meine Frau nachher von dem Stadtrundgang zurück ist, wird sie sicher auch Lust auf Kuchen haben.« Innerlich ärgerte er sich ein wenig, dass er ganz kurz gestoppt hatte, obwohl das dem Kellner offenbar gar nicht aufgefallen war. Er war doch nun wirklich lange genug Agent, um keine Probleme mit dieser Tarnung zu haben, besonders, weil er mit Janna ja schon mehrfach als Ehepaar aufgetreten war. Weshalb um alles in der Welt fiel es ihm manchmal so schwer, sie dementsprechend als seine Frau zu bezeichnen? Auch mit anderen Agentinnen hatte er in der Vergangenheit schon ähnliche Tarnungen genutzt, und da war immer alles ganz einfach gewesen. Mit denen war er jedoch nie so gut befreundet gewesen und hatte auch nicht so viel über ihre Vergangenheit gewusst. Vielleicht lag es daran.

»Sehr gerne.« Der Kellner tippte auf dem Gerät herum. »Wir haben tatsächlich eine sehr schöne Auswahl an Gebäck für unsere Gäste, einmal als kleine und einmal als große Portion. Die große Portion würde für sie alle drei reichen. Die Kekse werden übrigens alle aus sehr hochwertigen Zutaten in unserer Kombüse hergestellt.«

»Da nehmen wir doch die große Portion. Was meint ihr?« Markus blickte zwischen Melanie und Valentina hin und her, die daraufhin beide enthusiastisch nickten.

»Dauert nur einen Augenblick.« Der Kellner entfernte sich wieder.

Melanie stieß Markus mit der Fußspitze gegen das Schienbein. »Was ist denn mit dir los?«

Unbehagen stieg in ihm auf, doch er tat, als wäre nichts. »Was meinst du?«

»Ach, nichts.« Melanie winkte ab, bedachte ihn dabei jedoch mit einem sehr eindeutigen Blick, der besagte, dass sie sein kurzes Zögern zuvor genau bemerkt hatte.

»Worum geht es denn?«, mischte Valentina sich alarmiert ein. »Stimmt etwas nicht?«

»Nein, nein, alles gut.« Melanie lächelte ihr zu. »Markus hat nur gerade etwas ... abgelenkt gewirkt.«

»Ich bin nicht abgelenkt.« Den erneuten Tritt gegen sein Schienbein ignorierte er geflissentlich und senkte die Stimme zu einem Raunen. »Ich versuche hier nur gerade, alles im Blick zu behalten. Allerdings sieht es bisher nicht so aus, als ob sich auf dem Sonnendeck eine Person befindet, die nicht ausschließlich der Kreuzfahrt wegen hier ist.«

Glücklicherweise ließ Valentina sich davon sofort beruhigen. Auch sie senkte die Stimme zu einem

Flüstern. »Hoffentlich bleibt es so. Ich weiß, dass ich mich in einer prekären Lage befinde. Wahrscheinlich hätte ich schon viel früher die Behörden einschalten sollen, aber ich wollte erst vollkommen sicher sein, dass meine Forschungsarbeit wirklich Früchte trägt.«

»Sinnvoll wäre es wohl auch gewesen«, warf Melanie lakonisch ein, »sich nicht auf ein Verhältnis mit einem abtrünnigen FSB-Agenten einzulassen.«

Markus legte mahnend den Zeigefinger an die Lippen, konstatierte dann aber erleichtert, dass sich die Gäste an den beiden Tischen in ihrer unmittelbaren Nähe erhoben und fortgingen.

»Das ist mir inzwischen auch klar.« Valentina seufzte. »Aber als ich ihn kennenlernte, wusste ich doch nicht, wer er ist. Auch nicht, dass er mich gezielt ausgesucht haben muss, weil er in der Vergangenheit mit einigen Leuten zusammengearbeitet hat, mit denen ich schon ... zu tun hatte.«

»Du meinst, denen du in der Vergangenheit Geheimnisse verkauft hast«, präzisierte Markus.

Valentina senkte den Blick auf ihre Hände. »Ja. Aber ihr müsst mir glauben, dass ich so etwas wirklich schon lange nicht mehr tue. Ich würde niemals ...«

»Ah, da kommt ja schon unser Gebäck und der Kaffee«, unterbrach Melanie sie rasch, weil der Kellner sich bereits mit einem Tablett näherte. »Das sieht aber wirklich gut aus, findet Ihr nicht?« Sie gab ihrer Stimme wieder den fröhlichen Ton der eifrigen Touristin.

»Unbedingt.« Markus nahm die silberne Etagere mit der Gebäckauswahl entgegen und platzierte sie mitten auf dem Tisch, dann warteten sie geduldig, bis auch der Kaffee serviert war und der Kellner sich wieder zurückgezogen hatte.

Sie nahmen sich alle drei einen Keks und knabberten daran. Melanie lehnte sich dabei ebenfalls in ihrem Stuhl zurück und richtete ihren Blick kurz zum Himmel, an dem sich Sonne und Wolken abwechselten. »Hoffentlich haben wir Glück und können auf diesem Einsatz eine richtig schöne ruhige Kugel schieben. Das wäre zur Abwechslung mal ganz nett, oder? Fast wie Urlaub, und außerdem habe ich noch nie eine Flusskreuzfahrt gemacht. Das könnte doch wirklich interessant werden.«

»Beschrei es bloß nicht.« Markus warf ihr einen strafenden Blick zu.

»Tue ich doch gar nicht.« Melanie grinste schief. »Der einzige Wermutstropfen ist, dass ich mir mit Gabriel eine Kabine teilen muss, aber zum Glück geht so eine Nacht ja immer recht schnell vorüber, und tagsüber halten wir uns dort ja so gut wie nie auf.«

»Ihr kriegt das doch wohl hin, eure Tarnung aufrechtzuerhalten, ohne euch gegenseitig die Augen auszukratzen.« Markus musterte seine Kollegin scharf. »Ich habe keine Lust, am Ende dieser zehn Tage das Blut von den Wänden der Kabine waschen zu müssen.«

»Keine Sorge, es wird kein Blutvergießen geben.« Melanies Grinsen wurde wölfisch. »Sollte ich ihn killen müssen, wird keine Spur von ihm übrig bleiben.«

»Gibt es denn ein Problem zwischen euch?«, wollte Valentina mit neugierigem Blick wissen. »Habt ihr einen Streit?«

»Einen Streit?«, echote Melanie. »Nein, so kann man das nicht nennen. Mehr eine ...« Sie zögerte, schien nach den rechten Worten zu suchen. »Eine grundsätzliche Verschiedenheit der Ansichten ... auf mehreren verschiedenen Ebenen.«

Markus prustete spöttisch. »Das ist eine nette Beschreibung für euren Kleinkrieg. Seht nur zu, dass er unserem Einsatz nicht in die Quere kommt.«

»Wird er nicht.« Melanie verschränkte die Arme vor der Brust. »Wir sind Profis.« Ihr Blick traf auf den seinen. »So wie du, nicht wahr?«

***

Wien
Anlegestelle der MS Amandus
Donnerstag, 6. September, 16:16 Uhr

»Melanie schreibt, sie langweilen sich jetzt schon zu Tode.« Grinsend schob Gabriel sein Smartphone zurück in die Gesäßtasche seiner Jeans. »Anscheinend haben sie sich stundenlang auf dem Sonnendeck herumgetrieben, bis sie trotz der leichten Bewölkung alle fast einen Sonnenbrand hatten, und jetzt warten sie nur darauf, dass wir wieder an Bord gehen, damit wir zusammen das Kuchenbuffet stürmen können.«

»Kuchenbuffet klingt gut.« Janna lachte. »Dieser Gemüsestrudel in dem kleinen Bistro heute Mittag war zwar unglaublich lecker, aber inzwischen knurrt mir schon wieder ganz schön der Magen. Ich glaube, wir sind heute mindestens zehn Kilometer gelaufen, oder?«

»Gut möglich, vielleicht sogar ein bisschen mehr.« Gabriel blickte hinüber zum Kreuzfahrtschiff, vor dem sich eine lange Schlange gebildet hatte. Offenbar waren auch die übrigen Passagiere, die mit ihnen den Stadtrundgang gemacht hatten, inzwischen sehr hungrig und auf das Kuchenbuffet aus, denn kaum hatten sie den Anleger erreicht, als die meisten regelrecht auf das Schiff zugestürmt waren. Da das Bordpersonal jedoch alle Passagiere einzeln anhand des Ausweises und der Bordkarte überprüfte, dauerte es ein Weilchen, bis sie die Brücke passieren konnten. »Wir hätten vielleicht auch ein bisschen rennen sollen«, brummelte er. »Jetzt stehen wir ganz am Ende der Schlange.«

»Ich wusste nicht, dass es hier zugeht wie beim Sommerschlussverkauf.« Janna gluckste. »Aber so furchtbar lange wird es hoffentlich nicht dauern. Ich nehme doch an, dass das Bordpersonal geübt darin ist …« Sie stockte, da ihr in dem Gewühl von Passagieren und jeder Menge weiterer Touristen an der Anlegestelle des Kreuzfahrtschiffes eine Bewegung ins Auge gefallen war – und eine Person. Sie erschrak. »Gabriel?« Unwillkürlich fasste sie ihren Kollegen am Arm. »Schau mal, da drüben, ist das nicht Valentina? Wo will sie denn jetzt hin? Und wer ...« Sie schluckte. »Wer sind die beiden Männer bei ihr?«

»Wo?« Gabriel spannte sich an, so wie sie es auch von Markus kannte, wenn er alarmiert war. Sein Blick wanderte über die Menschenmenge.

Janna deutete in die Richtung, in die Valentina gerade ging. Zwei braunhaarige Männer hielten sich dicht hinter ihr. »Da vorne, siehst du? Diese beiden Typen bei ihr, sind das ...«

»Verfluchter Mist, das ist Ruslan!« Gabriel hatte einen der beiden offensichtlich erkannt, als dieser den Kopf ein wenig zur Seite gewandt hatte und sein Gesicht im Profil zu sehen war. »Wo kommt der denn jetzt plötzlich her? Shit, also hat er Valentina doch verfolgt und anscheinend in einem unbeobachteten Moment vom Schiff herunter entführt.« Er zog sein Handy aus der Tasche und wählte eine Nummer im Kurzwahlspeicher. »Komm, Janna, wir müssen ihnen folgen. Ich gebe Melanie und Markus Bescheid, damit ... Ja, Markus?«, unterbrach er sich. »Ihr müsst sofort vom Schiff runter. Wir sind gerade bei der Anlegestelle und haben Ruslan Wassiljew und einen weiteren Mann entdeckt. Die beiden haben Valentina in ihre Gewalt gebracht. Wir nehmen die Verfolgung auf. Beeilt euch; ich gebe euch die Richtung durch. Im Augenblick gehen sie in Richtung Südosten, möglicherweise auf die Marina Wien, also den Yachthafen zu. Wenn sie Valentina auf ein Boot bringen, haben wir sie verloren.« – »Was? Ja, klar müssen wir das verhindern. Also seht zu, dass ihr uns eingeholt.« Er schob sein Handy zurück in die Hosentasche und beschleunigte seinen Schritt. Janna fasste er am Arm und zog sie mit sich.

Als der zweite Entführer sich umdrehte und nach möglichen Verfolgern Ausschau hielt, schob Gabriel Janna rasch hinter einen Containerbau, in dem sich offenbar das Büro irgendeiner Firma befand. Er fluchte unterdrückt, lugte um die Ecke des Gebäudes und gab Janna dann ein Zeichen, ihm erneut zu folgen. »Okay, sie scheinen uns nicht bemerkt zu haben. Aber wir müssen uns etwas einfallen lassen, denn wie es aussieht, scheint ihr Ziel tatsächlich der Yachthafen zu sein. Bis dorthin ist es zwar noch ein gutes Stück, aber wir haben auf dem Weg kaum Deckung, und wenn sie Valentina erst einmal auf ein Boot gebracht haben, sind wir machtlos. Markus wird zwar Verstärkung anfordern, aber ob die rechtzeitig hier sein wird, ist bei dem Betrieb, der hier im Augenblick herrscht, fraglich.«

»War das Institut denn nicht genau auf so eine Situation eingestellt?«, fragte Janna etwas atemlos, während sie neben ihm herhastete. Erneut gingen sie hinter einem geparkten Wagen in Deckung, als die Entführer sich wachsam umsahen. Dabei konnte sie nun auch erkennen, dass beide eine Pistole in der Hand hielten und Valentina den Lauf in den Rücken drückten. Ihr Herzschlag beschleunigte sich unangenehm. Das war eine Sache, an die sie sich wohl nie wirklich gewöhnen würde – diese Gefahr von Schusswaffen oder vielmehr den Menschen, die nicht zögern würden, sie zu benutzen. »Haben wir keine Leute hier in der Nähe?«

»In der Nähe ist relativ.« Wieder bedeutete Gabriel ihr, ihm bis zur nächsten Deckung hinter einer Gebäudeecke zu folgen. »Unsere Zentrale hier in Wien liegt etwas am Stadtrand, und bis zum Anleger haben sie ein gutes Stück Weg zurückzulegen. Selbst wenn sie bereits Männer hier postiert haben, das Gelände ist nicht gerade klein. Wir können nur hoffen, dass sie jetzt nicht auch noch irgendwo einen Wagen geparkt haben und damit verschwinden.«

»Nein«, korrigierte er sich gleich darauf, »die wollen tatsächlich zum Yachthafen da drüben. Wahrscheinlich hat Ruslan sein eigenes Boot dort liegen. Wir müssen uns etwas einfallen lassen, um ...«

Hinter ihnen wurden Schritte laut, im nächsten Augenblick hatten Markus und Melanie sie bereits erreicht.

»Wo sind sie?« Markus folgte mit Blicken der Richtung, die Gabriel ihm vorgab und nickte grimmig. »Sie wollen Valentina auf ein Boot bringen, war ja klar.« Er war außer Atem, weil er und Melanie die Strecke im Sprint zurückgelegt hatten. »So ein verfluchter Mist. Es war den ganzen Tag ruhig, und wir konnten nichts Auffälliges beobachten. Deshalb ging ich davon aus, dass Valentina ihre Verfolger längst abgeschüttelt hatte. Offensichtlich habe ich mich getäuscht. Wir hatten sie gerade kurz in ihrer Kabine abgesetzt, damit sie sich ein bisschen frischmachen konnte. Nach einer

Viertelstunde wollten wir uns wieder am Aufzug treffen. Wie und wo sie ihr aufgelauert haben, wissen wir nicht. Ich hatte ihre Kabine überprüft, sie war sicher. Wir hätten ihr Verschwinden wohl auch erst ein bisschen später bemerkt, weil gerade erst fünf Minuten vergangen waren, als du uns angerufen hast, Gabriel.«

»Wir sollten uns ganz rasch etwas einfallen lassen, um Ruslan die Tour zu vermasseln.« Melanie deutete auf eine pompöse Yacht, die im Yachthafen vor Anker lag. »Wenn mich nicht alles täuscht, ist das die *Birmingham*, Ruslans Lieblingsyacht. In seinem Dossier waren Bilder davon enthalten. Am besten, wir teilen uns auf und ...« Sie stockte, musterte Janna nachdenklich. »Du bleibst hier. Für dich ist es zu gefährlich, der Sache zu nahezukommen.«

»Okay.« Janna nickte. Melanie hatte selbstverständlich recht, und einerseits war sie froh, bei einem möglichen Schusswechsel nicht in der Nähe zu sein. Andererseits wollte sie ihren Kollegen natürlich helfen. »Kann ich irgendetwas anderes tun?«

»Nein.« Markus schüttelte energisch den Kopf. »Im Augenblick nicht. Sollten wir deine Hilfe doch benötigen, geben wir dir Bescheid. Bleib hier in Deckung.« Er deutete auf ein niedriges Gebäude neben der Bootstankstelle.

Janna gehorchte ohne Protest. Atemlos beobachtete sie, wie Markus, Melanie und Gabriel sich vorsichtig der Yacht näherten und sie schließlich sogar betraten. Nur Augenblicke später waren sie aus ihrem Blickfeld verschwunden. Nervös trippelte Janna von einem Fuß auf den anderen und konnte dabei ihren Blick nicht von der Yacht abwenden. Es war kein Geräusch zu hören, keine Menschenseele zu sehen. Sie atmete ein-, zweimal tief durch, um ihre Nerven zu beruhigen, und verschluckte sich dabei fast, als sie drei Männer erblickte, die sich ähnlich vorsichtig und geduckt wie die drei Agenten auf die Yacht schlichen. Alle drei waren mit Pistolen bewaffnet.

Wer war das? Noch mehr Gangster? Und wie um alles in der Welt sollte sie Markus, Melanie und Gabriel warnen? Sollte sie anrufen? Schon griff sie nach ihrem Handy und öffnete Markus' Kontakt. Sie kam jedoch nicht dazu, ihn anzuwählen, denn im nächsten Augenblick erschienen auf dem Deck der Yacht nicht nur Markus, Gabriel und Melanie, sondern auch die drei Bewaffneten sowie zwei weitere Männer ganz in Schwarz und die beiden Entführer samt Valentina. Für einen kurzen Moment herrschte dort ein regelrechtes Gedränge, bis alle nacheinander die Yacht verließen und sich an der Anlegestelle um Valentina scharten. Es sah ganz so aus, als hätten die zwei schwarz gekleideten Männer Ruslan und seinen Komplizen festgenommen, denn die beiden Männer waren mit Handschellen gefesselt. Ein buntes Stimmengewirr wehte zu ihr herüber, gleichzeitig vibrierte das Smartphone in ihrer Hand.

Erschrocken blickte Janna auf das Display und erkannte Markus' Foto, das sie zu seinem Kontakt hinterlegt hatte. Rasch nahm sie das Gespräch an. »Ja? Was ist los?«

»Du kannst rauskommen.« Markus' Stimme klang ernst, aber aufgeräumt. Im nächsten Moment hörte sie ihn etwas auf Russisch sagen. Sie hatte ihn noch nie zuvor Russisch sprechen hören, obwohl sie wusste, dass er schon mehrfach Einsätze in Russland gehabt hatte und der Sprache mächtig war. Im nächsten Augenblick sprach er sie jedoch wieder an: »Es ist jetzt sicher, Janna. Die ... Kollegen vom FSB haben Ruslan festgenommen.«

»Okay.« Janna unterbrach die Verbindung und verließ mit wild klopfendem Herzen ihr Versteck hinter der Bootstankstelle. Während sie gemessenen Schrittes auf die kleine Versammlung zusteuerte, bemühte sie sich um eine gleichmütige Miene. Sie war noch nie auf waschechte russische Geheimagenten getroffen, doch das mussten die ja nicht gleich erkennen. In angemessenem Abstand blieb sie stehen, bis Markus sie noch ein wenig näher heranwinkte.

»Eine Kollegin«, sagte er knapp zu einem der schwarz gekleideten Männer, dann fügte er erneut etwas auf Russisch hinzu.

»Freut mich.« Der Mann, etwa eins achtzig groß und drahtig mit raspelkurzen blonden Haaren und Dreitagebart streckte ihr die rechte Hand entgegen, die sie nach kurzem Zögern ergriff. Sein Händedruck war kurz, aber energisch, sein Lächeln durchaus charmant, sein Akzent kaum wahrnehmbar. Er stellte sich nicht namentlich vor, genau wie sein ebenfalls schwarz gekleideter Kollege, der ebenfalls Jannas Hand schüttelte. Auch er war blond, jedoch etwas kräftiger gebaut und glatt rasiert. Die beiden schienen die Vorgesetzten der drei anderen Russen zu sein, die später die Yacht betreten hatten, denn der Drahtige gab ihnen auf Russisch knapp ein paar Anweisungen, woraufhin sie Ruslan und dessen Komplizen ergriffen und ein Stück zur Seite führten. Dann erst sprach er wieder in Markus' Richtung. »Mir scheint, da waren wir diesmal beide hinter derselben Zielperson her, wenn auch wahrscheinlich aus unterschiedlichen Gründen. Ich habe schon einiges von Ihnen gehört, Herr Neumann, und hoffe, wir kommen, was Ruslan Wassiljew angeht, zu einer für beide Seiten zufriedenstellenden Übereinkunft. Für unsere Vorgesetzten kommt nämlich nichts anderes infrage, als dass wir ihn nach der Ergreifung umgehend in unser Hauptquartier überführen.« Es folgten noch einige weitere Sätze auf Russisch, zu denen Markus zunächst die Stirn runzelte, dann jedoch nickte.

»Uns liegt hauptsächlich an der Sicherheit dieser Frau.« Er blickte kurz in Valentinas Richtung.

»Dr. Valentina Kostova.« Der russische Agent nickte lächelnd. »Das haben wir uns schon gedacht. Also, was sagen Sie?« Wieder folgten ein paar Sätze auf Russisch. »Deal?«

Markus dachte einen Augenblick lang nach, dann nickte er. »Deal.« Er drehte sich zu Melanie und

Gabriel um. »Bringt Valentina zurück auf das Schiff. Ich kläre hier alles Weitere und gebe dem Institut ein Update.«

Melanie und Gabriel reagierten sofort, nahmen Valentina in die Mitte und führten sie zurück Richtung Kreuzfahrtschiff.

Unsicher, wie sie sich verhalten sollte, blickte Janna zwischen ihnen und Markus hin und her. »Soll ich auch mitgehen?«

»Nein, warte einen Augenblick. Du kannst schon mal im Institut anrufen und unseren Vorgesetzten über die neue Situation in Kenntnis setzen.« Markus ging mit den beiden schwarz gekleideten FSB-Agenten ein paar Schritte zur Seite und tauschte sich erneut mit Ihnen auf Russisch aus.

Verblüfft, dass Markus ihr diese wichtige Aufgabe übertragen hatte, zog Janna erneut ihr Smartphone hervor und wählte Walter Bernsteins Nummer. Leise, damit die russischen Agenten sie nicht verstanden, gab sie die Daten durch, mit denen sie sich im Institut identifizieren musste. Dabei klopfte ihr Herz erneut schneller als normal, obwohl überhaupt kein Grund dazu bestand. Sie befand sich nicht in Gefahr, ihr wurde aber dennoch seltsamerweise ausgerechnet jetzt so richtig bewusst, dass sie inzwischen wirklich ein fester Bestandteil eines Geheimagenten-Teams war. Diese Erkenntnis löste bei ihr eine Gänsehaut aus.

»Hallo Janna«, sprach Walter Bernstein, der Leiter der Abteilung sieben, sie mit dem für ihn typischen ruhigen, väterlichen Ton an. »Was gibt es? Haben Sie Neuigkeiten für uns?«

»Ja, habe ich.« Sie räusperte sich, weil ihre Stimme ein wenig belegt klang. »Ich, also … Ich weiß gar nicht, wo ich anfangen soll.«

Walter lachte. »Am besten am Anfang, würde ich vorschlagen.«

Sie atmete tief durch. »Gut. Also … Wir, also Gabriel und ich waren heute auf dieser Stadtführung durch Wien, während Markus und Melanie mit Valentina auf dem Schiff geblieben sind. Also, ich wusste ja, dass Wien eine schöne Stadt ist, aber diese Führung hat meine Erwartungen wirklich übertroffen. Wir haben so viele interessante Orte gesehen! Ich muss unbedingt irgendwann noch einmal mit den Kindern herkommen. Aber …« Sie zögerte, weil sie merkte, dass sie, wenn sie nicht aufpasste, in einen ihrer nervösen Redeströme verfallen würde. Deshalb atmete sie noch mal durch und fuhr fort: »Wir waren gerade von dieser Stadtführung zurück, als ich zufällig sah, dass zwei Männer Valentina vom Schiff herunterführten. Einer davon war Ruslan Wassiljew.« Sie stockte kurz, weil Walter am anderen Ende der Leitung unterdrückt fluchte.

»Er hat sie erwischt?«

»Nein.« Janna blickte kurz zu Markus hinüber, der noch immer in das Gespräch mit den beiden Russen vertieft war. Rasch erzählte sie Walter Bernstein, was sich ereignet hatte. »Markus spricht gerade mit den

Leuten vom FSB«, endete sie. »Ich glaube, sie verhandeln darüber, wie es weitergehen soll. Soweit ich es verstanden habe, wollen die russischen Agenten Ruslan und seinen Komplizen haben, und wir nehmen dafür Valentina mit auf das Kreuzfahrtschiff. Ich glaube nicht, dass die an ihr Interesse haben.«

»Hm ... Da bin ich mir nicht so ganz sicher.« Walter brummelte etwas Unverständliches vor sich hin. »Ich kann mir kaum vorstellen, dass Russland kein Interesse an Valentinas Expertise und dem von ihr entwickelten Code hat. Aber vielleicht haben wir Glück, weil ihnen Ruslan im Augenblick wichtiger ist. Sagen Sie Markus, dass er auf jeden Fall die Wachsamkeit extrem hochschrauben muss. Im Zweifelsfall schicke ich noch ein paar weitere Agenten zu Valentinas Schutz. Wenn die russische Regierung mitmischt, wird die Sache noch um einiges haariger. Geben Sie außerdem von meiner Seite aus grünes Licht, dass die russischen Agenten Ruslan mitnehmen dürfen. Wir können uns im Augenblick keinen internationalen Vorfall leisten, das würde die Aufmerksamkeit nur noch mehr auf unsere Operation und auf Valentina richten. Sehen Sie stattdessen zu, dass Sie wieder auf das Kreuzfahrtschiff kommen und hoffentlich unbehelligt zum Zielpunkt gelangen. Wenn Ruslan ja nun von seinem ehemaligen FSB-Kollegen einkassiert worden ist, müsste die unmittelbare Bedrohung erst einmal gebannt sein.«

»Glauben Sie?« Noch einmal blickte Janna zu Markus hinüber, der ihren Blick fragend erwiderte. Sie begriff, dass er auf ein Okay seines Vorgesetzten wartete. Sie nickte ihm deshalb so knapp und geschäftsmäßig zu, dass hoffentlich auch diesmal nicht ersichtlich war, wie wenig Erfahrung sie in solchen Dingen hatte.

»Die Hauptbedrohung, von der wir wissen, ging von Ruslan Wassiljew aus«, antwortete Walter indes. »Da er nun aus dem Spiel genommen ist, besteht zumindest die Hoffnung, dass es zu keinem weiteren Zwischenfall kommen wird. Zwar gibt es durchaus einige weitere kriminelle Subjekte, die sich für Valentinas Forschungsergebnisse brennend interessieren dürften, aber Ruslan war nun einmal die aktuell größte Bedrohung. Wie gesagt, die Wachsamkeit muss bestehen bleiben oder vielmehr noch erhöht werden, damit ihr nicht aus Unachtsamkeit in irgendeinen Hinterhalt geratet, aber im Augenblick sehe ich es als enorme Erleichterung der Situation, dass mit Ruslan einer der gefährlichsten Player unschädlich gemacht worden ist. Haben Sie noch weitere Informationen für mich?«

»Nein, ich glaube nicht.« Janna beobachtete mit einer Mischung aus mulmigem Gefühl und Erleichterung, wie Markus den beiden schwarz gekleideten Agenten die Hände schüttelte. »Markus scheint mit den beiden Russen eine Übereinkunft getroffen zu haben.«

»Gut. Sagen Sie ihm, er soll sich später noch einmal bei mir melden. Und Janna?« Walter hielt einen kurzen Moment inne. »Gute Arbeit bis hierher.«

»Ja, danke, also ...« Janna räusperte sich unterdrückt. »Ich habe eigentlich gar nicht viel dazu beigetragen.«

»Wenn ich es richtig verstanden habe, haben Sie die Entführung zuerst bemerkt, nicht wahr?«

»Ja, das habe ich wohl.«

»Sehen Sie, und auch, wenn es Ihnen nur wie eine Kleinigkeit erscheint, war diese extrem wichtig. Denn wäre es Ihnen nicht aufgefallen, hätten die Russen nun nicht nur Ruslan, sondern auch Valentina in ihrer Gewalt. Wie das für sie ausgegangen wäre, will ich mir an dieser Stelle erst einmal nicht vorstellen müssen.«

Janna schauderte. »Wahrscheinlich hätten die Russen sie gefangen genommen, oder?«

»Was Sie und das ganze Team verhindern konnten.« In Walters Stimme trat ein wahrnehmbares Lächeln. »Geben Sie das Lob bitte auch an das Team weiter. Wir hören voneinander.« Im nächsten Augenblick war die Verbindung unterbrochen.

Janna steckte ihr Smartphone in die Hosentasche und trat vorsichtig auf Markus zu. Er blickte mit leicht gerunzelter Stirn den beiden FSB-Agenten nach, die sich in dieselbe Richtung entfernten, in die zuvor ihre Kollegen mit Ruslan und dessen Komplizen verschwunden waren. »Alles okay?«

Markus richtete seinen Blick auf sie. »Ich hoffe es. Die beiden waren überraschend kooperativ. Als Grund gaben sie an, dass der FSB schon sehr lange hinter Ruslan her ist. Wie sein Schicksal aussehen wird, wenn sie ihn in ihr Hauptquartier gebracht haben, möchte ich mir gerade lieber nicht vorstellen. Abtrünnige Agenten, die noch dazu Geheimnisse verraten haben, schmecken keiner Regierung, und Russland ist nicht gerade dafür bekannt, mit solchen Leuten zimperlich umzugehen.«

»Glaubst du, sie werden ihn umbringen?« Eine unangenehme Gänsehaut breitete sich auf Jannas Rückgrat aus.

»Wer weiß.« Markus hob die Schultern. »Vielleicht verschwindet er für immer von der Bildfläche, vielleicht landet er irgendwo in einem sibirischen Arbeitslager. Hast du Walter das Update komplett durchgegeben?«

»Ja, so gut ich konnte. Ich soll dir und den anderen ausrichten, dass wir gute Arbeit geleistet haben und dass wir jetzt noch wachsamer sein sollen als vorher, auch wenn Ruslan nicht mehr unser Problem ist.«

»Dafür haben wir jetzt möglicherweise den FSB am Hals.« Nachdenklich nickte Markus vor sich hin. »Sie sagen, sie waren hinter Ruslan her, und das ist nachvollziehbar. Sicherlich haben sie ihn bis hierher verfolgt. Da sie nun aber wissen, dass es uns um Valentina geht, werden sie sich denken können, dass wir sie samt ihrem revolutionären Code an einen sicheren Ort bringen wollen. Wo der liegt, werden sie sich ebenfalls zusammenreimen, denn wohin die Flusskreuzfahrt führt, ist ja kein Geheimnis. Hoffen wir, dass sie mit Ruslan erst mal genug zu tun haben und uns nicht weiter behelligen.«

»Du klingst nicht allzu überzeugt davon, dass es so kommen wird.«

»Ich weiß es nicht.« Er rieb sich mit verzerrter Miene über den Nacken. »Wir können nur hoffen, hundertprozentig wachsam sein und uns auf alle Eventualitäten vorbereiten.«

6

MS Amandus
Lounge & Bar
Bühne des Tanzwettbewerbs
Freitag, 7. September, 10:02 Uhr

»Eins, zwei, drei, eins, zwei, drei!« Die Stimme der ganz in leuchtendes Rot gekleideten, etwa fünfzigjährigen Tanzlehrerin überschlug sich beinahe vor Begeisterung. »Eins, zwei, drei, eins, zwei, drei … Ja, die Herrschaften, genauso! Wunderbar, nicht nachlassen, nicht aufhören. Sie machen das alle ganz ausgezeichnet.«

»Mir wird ganz schwindlig, wenn wir so weitermachen.« Janna konnte sich ein Kichern nicht verkneifen. »Ich weiß nicht, wann ich seit der Tanzschule jemals wieder Wiener Walzer getanzt habe. Das ist doch etwas anderes als der übliche langsame Walzer.«

»Wehe, du kippst mir um.« Markus grinste. »Wenn wir schon bei diesem Quatsch mitmachen müssen, dann gewinnen wir gefälligst auch.«

»Aber das hier ist doch noch gar nicht der Wettbewerb. Dafür haben wir uns doch schon qualifiziert.«

»Trotzdem sollten wir der guten Frau zeigen, dass wir Profis sind.«

Janna prustete. »Wo bin ich denn ein Profi?«

»Überlass mir nur weiterhin die Führung, dann wirst du zumindest einer.«

»Fall nicht selbst über dein überdimensionales Ego.«

Ehe Markus darauf etwas erwidern konnte, hüstelte die Tanzlehrerin, die sich Madame Marguerite nannte, vernehmlich. »Bitte keine heimlichen Unterhaltungen und kein Getuschel, die Dame, der Herr. Wir konzentrieren uns alle ausschließlich auf unsere Tanzschritte.«

»Oui, Madame.« Markus verdrehte leicht die Augen. Glücklicherweise sah die Tanzlehrerin das nicht, denn sie hatte sich bereits dem nächsten Paar zugewandt.

»Ätsch«, raunte Melanie ihm zu, die gerade mit Gabriel an ihnen vorbeitanzte.

»Nein, nein, die Dame!«, schalt Madame Marguerite prompt. »Wir machen uns auch nicht über unsere Konkurrenten lustig. Achten Sie vielmehr darauf, nicht die Führung an sich zu reißen. Diese obliegt beim Tanzen gänzlich dem männlichen Partner.«

»Wenn schon sonst nirgendwo.« Markus unterdrückte ein Lachen, woraufhin Janna ihn in die Schulter kniff.

»Ja, mein Schatz, hier musst du ausnahmsweise mal ganz mir die Führung überlassen.« Gabriels Stimme klang süß und fast schon salbungsvoll, was dazu führte, dass Melanie regelrecht die Zähne fletschte.

»Den Teufel werde ich tun«, zischte sie, was für Janna und Markus nur hörbar war, weil sie sich ihnen erneut genähert hatten.

»Aber du willst doch nicht etwa die gute Madame Marguerite verärgern!« In Gabriels Augen glomm der Schalk. »Und du möchtest doch diesen Wettbewerb unbedingt gewinnen, nicht wahr?«

»Gegen uns?« Markus schnaubte amüsiert. »Keine Chance.«

»Das werden wir ja sehen.« Melanie funkelte ihn an, dann maß sie Gabriel mit einem wütenden Blick. »Also los, dann führ endlich!«

»Das versuche ich schon die ganze Zeit zu tun, Liebste, aber du bist heute mal wieder allzu widerspenstig.«

»Was bin ich?«

Janna hätte schwören können, dass, wären sie in einem Zeichentrickfilm gewesen, schwarzer Rauch aus Melanies Ohren gequollen wäre. Ein unbändiger Drang zu lachen stieg in ihr auf.

»Reiß dich zusammen«, zischte Markus, der selbst immer noch grinste. Zum Glück endet in diesem Moment das Musikstück, und sie kamen leicht schwindelig zum Stehen.

»Gut, gut, gut.« Die Tanzlehrerin klatschte fröhlich in die Hände. »Nun wenden wir uns den lateinamerikanischen Tänzen zu. Beginnen werden wir mit dem Cha-Cha-Cha, denn der wird, genauso wie der Wiener Walzer, Bestandteil des Wettbewerbs sein. Bitte zeigen Sie mir nun alle, was sie können, damit ich sehe, auf welchem Level wir den Unterricht ansetzen müssen. Denn natürlich sollen Sie nicht nur den Grundschritt zeigen, sondern auch ein paar hübsche Drehungen und

Promenaden. Los geht's!« Die Musik wechselte zu Jannas Überraschung zu dem Song *Losing my Religion* von R.E.M.

»Wenigstens ist die Musikauswahl vernünftig«, kommentierte Markus prompt. »Wie sieht es bei dir aus? Grundkurs oder Fortgeschrittene?«

Janna schmunzelte. »Fortgeschrittene. Wir haben sogar mal bei einer Schulaufführung den Cha-Cha-Cha getanzt und dafür extra noch ein paar besondere zusätzliche Schritte gelernt. Vielleicht kann ich dir diesbezüglich sogar noch etwas beibringen.«

»Das bezweifle ich.«

»Konzentration bitte!«, mahnte die Tanzlehrerin erneut mit strengem Blick.

Markus verdrehte erneut die Augen, hielt sich dann aber an ihre Anweisungen, um nicht noch mehr Aufmerksamkeit auf sich zu ziehen. Um sie herum tanzten noch sieben weitere Paare, die am Wettbewerb teilnehmen wollten und die Vorauswahlrunde zwei Abende zuvor bestanden hatten. Die meisten waren mit Begeisterung dabei, und auch Janna fand den Tanzunterricht eigentlich ganz amüsant, denn sie hatte schon lange nicht mehr so viel getanzt. Eine Auffrischung der verschiedenen Schritte tat ihr also ganz gut. Markus war zwar ein ausgezeichneter Tanzpartner, doch auch wesentlich professioneller als sie. Wenn sie als Paar durchgehen wollten, das regelmäßig miteinander tanzte, musste sie sich sehr anstrengen.

Aus den Augenwinkeln warf sie immer wieder Blicke hinüber zu den Sitzplätzen an der Bar, wo Valentina sich niedergelassen hatte und ihnen zusah. Es war nicht ganz glücklich, dass sie alle vier laut Regelwerk des Wettbewerbs an dieser Tanzstunde teilnehmen mussten, und sich deshalb nicht in unmittelbarer Nähe ihrer Zielperson aufhalten konnten. Andererseits war es höchst unwahrscheinlich, dass jemand Valentina entführen würde, solange sie sich in Gesellschaft befand – oder zumindest, dass dies gleich zweimal hintereinander passieren würde. Sie hatten ihr eingeschärft, sich keinesfalls allein aus dem Raum zu entfernen, damit mögliche kriminelle Elemente keine Gelegenheit dazu bekamen, ihrer habhaft zu werden.

***

MS Amandus
Restaurant
Freitag, 7. September, 11:59 Uhr

»Ihr tanzt gut.« Valentina lächelte Janna anerkennend zu, nachdem sie sich an einen Tisch am Fenster auf der Flussseite des Restaurants gesetzt hatten. »Das sah richtig professionell aus.« Sie senkte ihre Stimme. »Machst du das schon lange? Diese Undercover-Einsätze mit Markus, meine ich.«

Auch Janna und Markus hatten sich gesetzt, und während Markus sich unauffällig im Raum umsah, antwortete Janna: »Nein, noch nicht sehr lange. Wir arbeiten erst seit etwas mehr als einem Jahr miteinander.« Da sie wusste, dass sie nicht allzu viel über sich und ihre wahre Identität verraten durfte, wechselte sie, wie sie es in den Seminaren gelernt hatte, die sie seit einiger Zeit im Institut besuchte, rasch das Thema. »Möchtest du morgen Bratislava besichtigen? Mein Reiseführer sagt, diese Stadt ist überaus sehenswert.«

»Vermutlich wird der überwiegende Teil der Passagiere morgen dort von Bord gehen«, fügte Markus hinzu. »Es wäre zu auffällig, diesen Landgang auszulassen.«

Sie mussten ihr Gespräch kurz unterbrechen, als die Kellnerin die Speisekarten brachte. Kaum war sie außer Hörweite, antwortete Valentina: »Ich war tatsächlich noch nie in Bratislava, kaum zu glauben, oder? Deshalb würde ich sehr gerne an der Stadtführung teilnehmen.« Sie griff nach ihrer Speisekarte und schlug sie auf. Während ihr Blick über die angebotenen Speisen wanderte, sprach sie weiter. »Auf diese Weise kann ich dieser Rückführung in mein Heimatland wenigstens noch etwas Positives abgewinnen. Nicht, dass ich mich nicht freue, nach Sofia zurückzukehren, aber die Umstände …« Sie zuckte mit den Schultern. »Ich fürchte, ich werde in nächster Zeit nicht allzu viel reisen, deshalb ist diese Flusskreuzfahrt eine gute Gelegenheit für mich, noch einmal Kultur zu trinken, so sagt man doch, nicht wahr?«

Janna schmunzelte. »Kultur zu tanken. Da hast du wahrscheinlich recht.« Gerne hätte sie Valentina etwas eingehender über ihre Arbeit befragt, doch sie waren übereingekommen, so wenig wie möglich über heikle Themen zu sprechen, nur für den Fall, dass jemand sie zufällig belauschte. Sie mochte allerdings Small Talk nicht besonders, deshalb versuchte sie, einen Mittelweg zu finden. »Hast du Familie in Sofia, die sich freut, dass du nach Hause kommst?«

Valentina lächelte. »Meine Eltern leben dort und auch meine Großeltern. Meine Onkel und Tanten wohnen etwas außerhalb. Ich habe Ihnen allerdings noch nicht gesagt, dass ich zurückkehre.«

»Warum nicht?« Überrascht blickte Janna von ihrer Speisekarte auf.

»Reiner Selbstschutz.« Auch Valentina hob den Blick und begegnete dem von Janna. »Wenn sie davon wüssten, würden meine Eltern wahrscheinlich ein großes Freudenfest veranstalten. Sie würden die gesamte Verwandtschaft aus ganz Bulgarien zusammentrommeln, sich in Unkosten stürzen, ein komplettes Hotel ausbuchen und eine ganze Woche lang feiern wollen. Das möchte ich verhindern, nicht nur, weil sie sich das gar nicht leisten könnten, sondern auch, weil ich im Gegensatz zu meiner Familie solche rauschenden Feste nicht besonders gerne mag.«

»Und weil du nicht daran erinnert werden willst, dass du dich so lange von ihnen ferngehalten hast?«, kam es überraschend von Markus.

Verblüfft über diese durchaus feinfühlige Feststellung, hob Janna die Augenbrauen und musterte ihn fragend. Er zuckte jedoch nur mit den Schultern.

»Das wahrscheinlich auch.« Valentina richtete ihren Blick wieder auf die Karte, blickte gleich darauf jedoch wieder auf und sah Markus an. »Denkst du, ich bin eine schlechte Tochter, weil ich meine Eltern so lange vernachlässigt habe?«

Markus klappte seine Speisekarte zu und legte sie vor sich ab. »Das ist schwer zu sagen. Es kommt sicherlich darauf an, was dein Beweggrund war, dich von ihnen fernzuhalten.«

»Ich wollte sie nicht in meine Probleme hineinziehen.« Etwas fahrig blätterte Valentina die Seiten ihrer Karte um. »Meine Vergangenheit ist leider nicht ganz ... Wie sagt man? Rein?«

»Astrein«, half Markus aus.

Valentina nickte. »Astrein. Auch wenn ich mich die letzten Jahre wirklich nur auf meine Forschungen konzentriert habe, so habe ich doch viele Fehler gemacht. Ich möchte nicht, dass meine Eltern zu viel davon erfahren oder da womöglich hineingezogen werden. Vielleicht sollte ich ihnen nicht einmal sagen, dass ich bald in Sofia bin.«

»Aber es sind doch deine Eltern«, protestierte Janna. »Deine Familie.«

Der Blick, den Valentina ihr daraufhin zuwarf, wirkte tief betrübt. »Das sind sie. Genau deshalb habe ich sie all die Jahre beschützt.«

»Indem du weggeblieben bist«, ergänzte Markus.

»Ja.« Kurz presste Valentina die Lippen aufeinander. »Ich weiß nicht, ob ich das Recht dazu habe, sie wieder an meinem Leben teilhaben zu lassen, wenn die Gefahr besteht …« Sie brach ab. Ihr Blick war ein wenig zur Seite gewandert und wurde im nächsten Augenblick ganz starr. »O nein.« Sie stieß ein paar tonlose Worte in ihrer Muttersprache aus, die sehr nach einem Fluch klangen.

Janna spürte, wie Markus neben ihr sich sofort anspannte. »Was ist los?«

»Bianca da Solva. Nicht umdrehen, Janna, sie ist gerade hereingekommen, zusammen mit einem Mann. Sie setzen sich an einen Tisch neben dem Eingang, rechts. Sie … sie …« Valentina brach ab und rang sich sichtlich gequält ein Lächeln ab, das offenbar der Frau galt, die gerade das Restaurant betreten hatte.

»Wer ist Bianca da Solva?« Es fiel Janna schwer, sich nicht doch zum Eingang umzudrehen. Markus und Valentina hatten einen direkten Blick dorthin, sie selbst würde den Kopf ein wenig drehen müssen, was natürlich Aufmerksamkeit erregt hätte. Markus hatte dafür gesorgt, dass sie diese Blickrichtungen einnahmen, denn auf diese Weise hatte er den größten Teil des Restaurants im Blickfeld, Valentina ebenfalls, da sie eine mögliche Bedrohung auf diese Weise schneller erkennen konnte, falls sie von jemandem ausging, den sie kannte. Janna hingegen sollte den rückwärtigen Teil des Restaurants im Auge behalten und gleichzeitig Blickkontakt mit Melanie und Gabriel halten, die sich an einen Zweiertisch an einem Fenster auf der Landseite gesetzt hatten. Tatsächlich begegnete Janna, als sie den Kopf hob, Melanies fragendem Blick, und sie deutete so unauffällig wie möglich mit einer Bewegung ihrer Speisekarte in die Richtung, in der sich in etwa diese Bianca aufzuhalten schien.

»Bianca da Solva ist die rechte Hand ihres Vaters Emanuel, der zufällig der Boss eines der gefährlichsten Kartelle Portugals ist.« Markus hatte die Stimme zu einem Raunen gesenkt, seine Augen hatten sich fast unmerklich verengt, das gleichmütige Lächeln behielt er jedoch bei.

Janna erschrak. »Ein Drogenkartell? In Portugal?« Auch sie bemühte sich, so leise wie nur möglich zu sprechen.

Markus schüttelte fast unmerklich den Kopf. »Waffen.« Er richtete seinen Blick auf Valentina. »Hattest du nicht vor sechs Jahren mit ihr zu tun?«

Valentina fiel es sichtlich schwer, ihren Blick wieder auf ihn zu richten. Ihre Hände zitterten leicht, deshalb legte sie die Speisekarte vor sich ab und verschränkte die Finger. »Ich habe ... Es gab einmal einen Deal, ja. Danach wollte ich nie wieder etwas mit ihr zu tun haben. Wie kommt sie jetzt hierher? Sie muss doch gestern schon in Wien zugestiegen sein, oder?«

»Wahrscheinlich.« Markus verzog kurz die Lippen. »Ich lasse das später überprüfen. Jetzt müssen wir erst einmal so tun, als ob wir sie nicht kennen, Janna, verstanden?«

Janna nickte. »Das dürfte mir nicht schwerfallen, da ich sie tatsächlich nicht kenne und auch nicht weiß, wie sie aussieht. Ich darf ja nicht zu ihr hinsehen.«

»Ich zeige dir später ein Foto von ihr.« Er räusperte sich und deutete fast schon überschwänglich auf seine Speisekarte. »Jetzt sollten wir erst einmal bestellen.«

Kaum hatte er die Worte ausgesprochen, als die Kellnerin erneut an ihrem Tisch erschien und sie alle drei mit einem strahlenden Lächeln bedachte. »Haben die Herrschaften gewählt?«

7

MS Amandus
Kabine von Melanie und Gabriel
Freitag, 7. September, 14:20 Uhr

Sichtlich nervös tigerte Valentina in der Kabine von Gabriel und Melanie auf und ab, in die sie sich alle nach dem Mittagessen zurückgezogen hatten, um die neuesten Entwicklungen zu besprechen. »Wie konnte Bianca wissen, dass ich mich hier auf diesem Schiff befinde? Wir hatten seit vielen Jahren keinen Kontakt mehr. Oder ist das bloß ein Zufall?«

»Das werden wir hoffentlich bald herausfinden.« Melanie tippte und wischte auf einem Tablet herum. »Ich habe um eine Dringlichkeitssitzung mit unserem Vorgesetzten gebeten.« Sie öffnete eine App für Videokonferenzen und stellte das Tablet in einen niedrigen Ständer auf dem kleinen Couchtisch, der exakt genauso aussah wie der in Jannas und Markus' Kabine. Markus, Melanie und Gabriel ließen sich auf der Couch davor nieder, während Janna sich neben Valentina stellte.

»Hoffentlich ist die Verbindung stabil«, murmelte Melanie, unterbrach sich dann aber. »Da ist er schon. Walter ...« Wieder brach sie ab und hüstelte überrascht. »Ach, guten Tag Herr Dr. Schwartz, ich wusste nicht, dass Sie dieser Konferenz ebenfalls beiwohnen werden.«

Auf dem Bildschirm war neben Walter Bernstein, dem Leiter der Abteilung sieben des Instituts, der Chef der Abteilung für interne Angelegenheiten zu sehen. Die beiden Männer hätten äußerlich nicht unterschiedlicher sein können. Während Walter von eher gedrungener, kräftiger Statur war und mit seinem braunen, leicht grau melierten Haar, dem legeren, ebenfalls braunen Anzug und dem freundlichen Lächeln eher gutmütig und väterlich wirkte, assoziierte Janna beim Anblick des hageren, schwarzhaarigen und stets in teure Designeranzüge gekleideten Dr. Schwartz mehr einen Greifvogel.

Walter warf Schwartz einen kurzen Blick zu, bevor er das Wort ergriff. »Guten Tag Melanie, Markus, Gabriel.« Sein Blick wanderte ein wenig zur Seite. »Janna, Frau Dr. Kostova.« Dann wandte er sich wieder direkt an die drei Agenten auf der Couch. »Nachdem Sie, Melanie, mir von den neuesten Entwicklungen berichtet hatten, musste ich Herrn Dr. Schwartz informieren, da Bianca da Solva schon lange auf sämtlichen internationalen Listen von Persons of Interest steht. Nicht nur sie natürlich, sondern auch ihr Vater und sämtliche Mitglieder des Da-Solva-Kartells.« Er räusperte sich und seine Miene verriet, dass er unangenehme Neuigkeiten zu übermitteln hatte. »Daraufhin bat mich Herr Dr. Schwartz, Sie persönlich zu informieren. Herr Dr.

Schwartz.« Er nickte dem ernst dreinblickenden Mann neben sich kurz zu.

Schwartz' Blick war kühl und gänzlich emotionslos, als er das Wort übernahm, ohne einen Gruß voranzustellen: »Unsere Kollegen bei der CIA, dem BND sowie dem MAD und einige weitere ausländische Geheimdienste überwachen das Kartell bereits seit vielen Jahren. Dabei wurden wir darauf aufmerksam, dass Bianca ganz offensichtlich Frau Dr. Kostova nach deren Kontakt mit ihr vor sechs Jahren im Auge behalten hat. Wir können also davon ausgehen, dass sie ein großes Interesse an Ihren Forschungsergebnissen hat.« Sein Blick wanderte ganz kurz in Valentinas Richtung. »Die Gelegenheit, Biancas habhaft zu werden, schätzen wir als so günstig ein wie schon lange nicht mehr, deshalb haben einige unserer Mittelsleute ihr die Information zukommen lassen, dass Sie, Frau Dr. Kostova, sich auf diese Flusskreuzfahrt begeben werden.«

»Wie bitte?« Entgeistert trat Valentina einen Schritt vor und starrte auf den Bildschirm des Tablets. »Wie konnten Sie das tun, noch dazu, ohne mir davon etwas zu sagen? Das ist doch ... Ich meine ... Sie benutzen mich als Köder?«

Schwartz' Miene blieb weiterhin völlig ausdruckslos. »Wir möchten, dass Sie sich von Bianca zu einem Deal überreden lassen. Dabei ist selbstverständlich absolute Vorsicht geboten, da Bianca mit Sicherheit davon ausgehen wird, dass Sie von Undercover-Agenten geschützt werden. Wenn irgend möglich, darf sie deren

Identitäten nicht herausfinden. Mischen Sie sich also möglichst auffällig immer wieder unter die anderen Passagiere und zeigen Sie nicht zu viel Vertrautheit mit jemandem von unseren Leuten. Bianca wird sehr wahrscheinlich bei der nächstbesten Gelegenheit versuchen, Sie zu isolieren, um Sie zu einem Handel aufzufordern. Gehen Sie zum Schein darauf ein, Frau Dr. Kostova. Wir haben uns mit den Kollegen in der Slowakei sowie in Ungarn kurzgeschlossen. Sie können also versichert sein, dass jeder Ihrer Schritte nicht nur von Ihrem derzeitigen Begleitschutz überwacht wird, sondern auch von einer ganzen Reihe slowakischer und ungarischer Institutsagenten. Wir tun alles, um Ihre Sicherheit zu gewährleisten. Da Bianca als rechte Hand ihres Vaters in erster Linie Geschäftsfrau ist, wird sie Ihnen kein Haar krümmen wollen, sondern einzig und allein darauf aus sein, den Code an sich zu bringen.«

Valentina schnappte hörbar nach Luft. »Und wenn ich mich weigere?«

Dr. Schwartz' Augenbrauen hoben sich ein ganz klein wenig. »Sie haben sich an uns um Hilfe gewandt. Wir wissen sehr wohl um Ihre Vergangenheit, Frau Dr. Kostova. Ihre unlauteren Aktivitäten sind noch längst nicht verjährt, deshalb wäre es für Sie nur von Vorteil, mit uns zu kooperieren. Das wird sich außerordentlich positiv auf ein mögliches Strafmaß auswirken, falls wir eine Strafverfolgung in Erwägung ziehen.«

»Das ist Erpressung.« Valentina raufte sich die Haare. »Bianca ist gefährlich. Was, wenn sie versucht, mich umzubringen? Sie behaupten, sie ist nur hinter meinem Code her, aber können Sie das wirklich wissen?«

»Wir gehen stark davon aus, dass sie nicht daran interessiert ist, eine derart lukrative Quelle auszutrocknen. Möglicherweise wird sie Ihnen anbieten, zukünftig für sie zu arbeiten. Gehen Sie, falls nötig, auch darauf ein. Wir werden Sie auf jedem Ihrer Schritte engmaschig überwachen, Frau Dr. Kostova. Es dürfte doch sicher in Ihrem Interesse sein, dass wir solcher mächtiger krimineller Global Player habhaft werden und dafür sorgen, dass sie zukünftig keine Bedrohung mehr darstellen, weder für Sie noch für den Rest der Welt.«

Markus räusperte sich vernehmlich. »Ich gehe davon aus, dass Sie diese Pläne schon vor unserer Abreise in der Schublade hatten, Herr Dr. Schwartz. Wäre es nicht sinnvoll gewesen, wenigstens uns vorab darüber zu informieren?«

»Wir mussten erst abwarten, ob Bianca den Köder schluckt.« Schwartz' ausdrucksloser Blick traf nun auf den von Markus, und Janna konnte ihrem Freund und Partner ansehen, dass er wütend war, sich jedoch zu beherrschen bemühte.

»Wer sind die Kollegen aus Ungarn und der Slowakei, die die Operation mit überwachen sollen?« Markus verschränkte die Arme vor der Brust. »Wir benötigen alle erforderlichen Daten, Fotos und so weiter. Wie können wir Kontakt zu ihnen aufnehmen? Immerhin können wir nicht wissen, wann und wo Bianca zuschlagen wird. Unsere nächste Station ist morgen früh Bratislava, aber wir haben keine Ahnung, ob Bianca nicht erst in Budapest, Solt oder womöglich in Belgrad aktiv wird oder wo auch immer. Sie könnte es auch hier auf dem Schiff versuchen.«

»Unwahrscheinlich.« Schwartz schüttelte den Kopf. »Das entspricht nicht ihrer üblichen Vorgehensweise. Sie wird nicht das Risiko eingehen, auf dem Schiff gefasst und festgesetzt werden, sondern sich möglichst viele Fluchtwege offenhalten. Das ist aber nur an Land möglich. Namen und Kontaktdaten der Kollegen aus der Slowakei und Ungarn lasse ich Ihnen selbstverständlich umgehend zukommen.« Er warf Walter einen Seitenblick zu. »Um die Details kümmern Sie sich, Herr Bernstein. Ich verabschiede mich nun.« Er nickte noch einmal in Richtung Kamera und war im nächsten Augenblick schon vom Bildschirm verschwunden.

»Es tut mir leid.« Walters sonore Stimme durchbrach die Stille, die entstanden war. »Auch ich wurde eben erst über die Pläne informiert, die Herr Dr. Schwartz zusammen mit den Kollegen der anderen Geheimdienste geschmiedet hat. Ich sehe Ihnen an, dass Sie nicht glücklich damit sind, und das kann ich gut verstehen. Dieses neue Szenario macht den gesamten Einsatz um einiges schwieriger und auch gefährlicher. Andererseits wurde die Abteilung sieben A für genau solche kniffligen Fälle geschaffen. Ich bin sicher, dass Sie alle vier«, sein Blick wanderte von Markus zu

Melanie zu Gabriel und zuletzt zu Janna, »vollkommen in der Lage sein werden, die neue Situation mit dem nötigen Fingerspitzengefühl zu handhaben und Frau Dr. Kostovas Sicherheit zu gewährleisten.« Er beugte sich ein wenig vor und hielt im nächsten Augenblick einen Hefter aus Pappe in der Hand, den er aufschlug. »Bei den Kollegen aus der Slowakei handelt es sich um zwei Frauen und einen Mann. Mit allen dreien haben Sie, Markus, schon einmal zusammengearbeitet. Bei den Kollegen aus Ungarn ist das Geschlechterverhältnis genau umgekehrt; zwei Männer und eine Frau, die bereits seit 2007 bzw. 2009 für das Institut tätig sind. Alle Daten lasse ich Ihnen umgehend zukommen. Leider fehlen mir im Augenblick noch die Fotos der ungarischen Agenten, mir liegt nur das der Kollegin vor. Das wird sich aber in Kürze alles nachliefern lassen. Geben Sie mir bitte eine bis zwei Stunden Zeit. Bleiben Sie wachsam, verstecken sie sich jedoch nicht in der Kabine, sondern agieren Sie wie gehabt und erwecken Sie den Eindruck, ganz normale Touristen zu sein. Halten Sie mich auf dem Laufenden, falls Sie, was Bianca betrifft, ungewöhnliche Aktivitäten feststellen. Ich werde Sie, Markus, heute Abend noch einmal zu einer kurzen Lagebesprechung anrufen.«

Er hielt einen Moment inne, bevor er fortfuhr: »Frau Dr. Kostova, es tut mir leid, dass Sie sich von uns in die Enge getrieben fühlen. Ich hoffe, Sie werden verstehen, dass wir ein großes Interesse daran haben, dass Da-Solva-Kartell auszuschalten. Bitte glauben Sie mir,

dass wir alles dafür tun, um ihre Sicherheit zu gewährleisten.«

Valentina verschränkte die Arme vor der Brust.
»Trotzdem ist und bleibt es Erpressung.«

***

MS Amandus
Aufzug
Freitag, 7. September, 21:55 Uhr

Janna wartete, bis sich die Türen des Aufzugs geschlossen hatten, bevor sie das Wort ergriff. »Valentina
hat recht, weißt du? Es ist Erpressung, was Herr Dr.
Schwartz da mit ihr macht. Ich denke schon den ganzen
Tag darüber nach. Wie kann er euch – uns – einfach
so vor vollendete Tatsachen stellen und damit diesen
ganzen Einsatz verkomplizieren? Ich meine, immerhin
mussten wir Valentina schon vor diesem Ruslan schützen, und es war ja wohl reiner Zufall, dass diese russischen Agenten sich eingemischt haben. Ich kann kaum
glauben, dass Herr Dr. Schwartz einfach hinter unserem
Rücken einer gefährlichen Waffenhändlerin den Tipp
gegeben hat, dass Valentina sich auf diesem Schiff befindet. Zumindest dich hätte er darüber informieren
müssen, denn immerhin leitest du diesen Einsatz.«

»So ist nun mal seine Vorgehensweise.« Markus hob
die Schultern. »Du weißt doch inzwischen, wie er tickt.
Er agiert streng nach der Need-to-know-Regel, die nun

einmal besagt, dass Agenten immer nur so viel vom Gesamtbild wissen müssen, wie notwendig ist, damit sie ihren Job erfüllen können.«

»Das mag ja sein.« Janna rieb sich wie fröstelnd über die Oberarme. »Aber was, wenn diese Bianca viel früher zugeschlagen hätte? Dann hättest du ... hätten wir doch überhaupt nicht mehr vernünftig reagieren können, weil uns wichtige Hintergrundinformationen gefehlt hätten.«

»Mit diesem Risiko müssen wir in unserem Job ständig leben.«

Als sich die Aufzugtür öffnete, ließ er ihr den Vortritt. Sie befanden sich nun auf dem obersten geschlossenen Deck, auf dem an diesem Abend eine Party mit Livemusik stattfand. Der lobbyartige Empfangs- und Check-in-Bereich sowie der Freizeit- und Spa-Bereich mit kleinen Bars, Whirlpools und einer Aussichtsplattform im rückwärtigen Teil des Schiffes waren von einer großen Zahl Passagiere bevölkert. Er wandte sich in Richtung der Treppe, die zum offenen Sonnendeck hinaufführte, auf dem sich neben zwei Pools jede Menge mit Sonnenschirmen überdachte Tische und Sitzgelegenheiten sowie drei Pavillons befanden, in denen Getränkebars untergebracht waren, die sich bei Bedarf schnell abbauen ließen. »Lass uns erst einmal Ausschau nach Valentina halten.«

Die Wissenschaftlerin hatte etwa zehn Minuten vor ihnen den Tanzwettbewerb verlassen, nachdem sie sich bereits während des Abendessens wie von Dr. Schwartz gefordert unter die anderen Passagiere gemischt und sich mit einem Paar etwa Mitte fünfzig angefreundet hatte. Mit ihnen war sie Richtung Sonnendeck verschwunden.

»Da vorne bei der Reling steht sie zusammen mit diesem Paar.« Janna wies mit einer eindeutigen Augenbewegung in die Richtung, in der sie Valentina ausgemacht hatte.

»Gut.« Markus legte ihr demonstrativ einen Arm um die Schultern. »Dann suchen wir uns jetzt erst einmal einen Standpunkt, von dem aus wir sie gut im Auge behalten können.« Er hielt inne. »Was ist? Ist dir kalt?«

Überrascht hob Janna den Kopf. »Wie kommst du darauf?«

»Du hast geschaudert, oder etwa nicht?«

Als ihre Blicke sich trafen, hätte Janna es beinahe erneut getan. Sie ärgerte sich, dass sie manchmal einfach nicht in der Lage war, ihre unwillkürliche körperliche Reaktion auf seine Nähe unter Kontrolle zu halten. Warum musste er sie auch so schrecklich intensiv ansehen? Noch dazu mit diesem gefährlichen warmen Lächeln! Ein Ehepaar, ermahnte sie sich, sie spielten ein Ehepaar, das sich natürlich auf diese Weise ansah und nahekam. Im Augenblick hätte sie allerdings gerne einen kleinen Streit vom Zaun gebrochen, um diese erzwungene Nähe ein wenig aufzulösen. Doch das gehörte eindeutig nicht zum Plan.

Schon während des bisherigen Abends, an dem der Tanzwettbewerb der Mittelpunkt ihrer Aktivitäten gewesen war, hatte sie Mühe gehabt, diese Maskerade von der Realität zu unterscheiden. Sie hatten nämlich bei dem Wettbewerb außerordentlich viel Spaß miteinander gehabt. Nicht nur der Wiener Walzer war ihnen ausgesprochen gut geglückt, sondern auch die Rumba, die sie der Jury hatten vorführen müssen. Nun taten ihr zwar vom Dauerlächeln die Wangenmuskeln weh, doch dank Markus' souveräner Art, sie selbst durch die etwas schwierigeren Figuren zu führen, hatten sie es tatsächlich in die nächste Runde geschafft. Allerdings war ihr erst heute, viele Jahre, nachdem sie diesen Tanz in einem Tanzkurs für Fortgeschrittene erlernt hatte, klar geworden, wie intim er werden konnte. Dabei hatten sich ihre Körper eigentlich nie berührt, sah man einmal von den Händen ab, seiner Schulter, die sie selbstverständlich hatte anfassen müssen, und diesem einen bestimmten Punkt auf der Mitte ihres Rückens, von dem aus er sie sanft, aber bestimmt geführt hatte. Selbst jetzt noch vermeinte sie, einen Nachhall der Hitze zu verspüren, die von seiner Hand an dieser Stelle ausgegangen war.

Nein, wahrscheinlich hatte sie sich das bloß eingebildet; ihre Hormone waren mit ihr durchgegangen. Sie wusste ganz genau, dass sie nicht Markus' Typ war – ebenso wie umgekehrt. Darüber hatten sie sogar gesprochen und waren übereingekommen, dass es sich genauso verhielt. Allmählich schlich sich jedoch der Verdacht bei ihr ein, dass sie womöglich, was ihren Typ anging, einer Fehleinschätzung zum Opfer gefallen war. Wie sonst waren ihre körperlichen Reaktionen zu crklären? Vielleicht lag es aber auch einfach nur daran, dass Markus nun einmal so etwas wie ein Alphatier war: breitschultrig, gut aussehend, interessant. Gleichzeitig aber auch extrem selbstsicher, was fast schon an Arroganz grenzte, charmant, wenn er etwas erreichen wollte, und darüber hinaus ein überraschend guter Freund. Der beste, den sie je gehabt hatte. Wahrscheinlich würde jede Frau bei dieser gefährlichen Mischung hin und wieder mit einem Gefühl der Schwäche zu kämpfen haben.

»Mir ist nicht kalt«, antwortete sie schließlich mit einiger Verspätung und sah ihm an, dass er sich fragte, was ihr wohl gerade durch den Kopf gegangen sein mochte. Deshalb fügte sie rasch hinzu: »Ich fühle mich nur noch nicht ganz wohl in meiner Rolle. Wahrscheinlich bin ich einfach noch zu wenig geübt darin, mich ständig zu verstellen.«

»Bisher klappt es doch gut.« Sanft führte er sie ebenfalls in Richtung der Reling, jedoch ein gutes Stück von Valentina und dem Paar mittleren Alters entfernt, mit dem sie sich offenbar gut zu verstehen schien. Sie lächelte, lachte und unterhielt sich lebhaft mit den beiden. »Bianca ist nirgends zu sehen«, fuhr Markus mit gesenkter Stimme fort und beugte sich dabei so weit vor, dass es aussehen musste, als ob er ihr etwas Vertrauliches ins Ohr flüstern würde.

Als sein warmer Atem ihr Ohr streifte, konnte Janna ihr Erschauern erneut kaum verbergen.

»Hey, lach mal, ich habe dir gerade etwas Anzügliches zugeflüstert«, hauchte Markus ihr erneut ins Ohr.

»Es soll doch echt aussehen, und du hast gerade noch gesagt, dass du Übung brauchst.«

»Übung?« Mit aller Kraft, die sie aufbringen konnte, stieß Janna ein, wie sie hoffte, heiteres Kichern aus. Gleichzeitig stieg ein Funken Ärger in ihr auf, einerseits über sich selbst, weil sie weiterhin so unkontrolliert auf Markus reagierte, andererseits jedoch auch auf ihn, dem diese Sache anscheinend auch noch Spaß machte.

»Klar«, raunte er ihr ins Ohr, und diesmal spürte sie sogar seine Lippen ganz leicht über ihre Ohrmuschel streichen. »Übung macht den Meister – pardon, die Meisterin.«

Sie verbot sich, dem Impuls nachzugeben, hart zu schlucken. Gleichzeitig wandelte sich ihr Ärger in Mutwillen. Warum sollte eigentlich nur er Spaß an dieser verrückten Situation haben? Was er konnte, konnte sie schon lange – oder würde es zumindest lernen, beschloss sie bei sich. Außerdem hasste sie es, wenn er ihr seinen deutlichen Vorsprung an Erfahrung allzu nachdrücklich unter die Nase rieb. Schließlich wusste sie selbst, dass sie in diesem Metier noch eine absolute Anfängerin war.

Zwar hatte er recht damit, dass nur besagte Übung sie eines Tages in die Lage versetzen würde, mit solchen Situationen souverän umzugehen, doch plötzlich erinnerte sie sich an eine Situation, die noch gar nicht allzu lange zurücklag. Auch Markus war einmal kurz davor gewesen, die Fassung zu verlieren. Nein, genau genommen hatte er sie verloren, wenn auch nicht während eines Undercover-Einsatzes. Sie hatten sich nach einer Observierung, die mit einer unfreiwilligen Dusche unter einem künstlichen Wasserfall geendet hatte, im Institut umgezogen. Dabei waren ihm durch puren Zufall einige blaue Flecke an ihrem Körper aufgefallen, woraufhin er geradezu rotgesehen hatte. Dass besagte blaue Flecke nur von einem Sport-Hula-Hoop-Reifen verursacht worden waren, spielte dabei weniger eine Rolle als die Tatsache, dass auch Markus Neumann nicht gänzlich über allen Dingen stand und seine Gefühle ebenfalls nicht ständig zu einhundert Prozent im Griff hatte.

Ausgehend von dieser Erkenntnis, beschloss sie, den Spieß umzudrehen, und sei es auch nur in der Hoffnung, auf diese Weise die Kontrolle über die Situation zurückzugewinnen.

»Tja, nun, Herr Oberlehrer.« Mit einem, wie sie sich ziemlich sicher war, strahlenden Lächeln und sämtlichem Mut, den sie zusammenkratzen konnte, stellte sie sich auf die Zehenspitzen, schlang ihre Arme fest um seine Mitte und näherte sich nun ihrerseits mit den Lippen seinem linken Ohr, bis sie es beinahe berührte. Ihr wurde heiß, weil sich nun ihre Körper auf ganzer Länge berührten und ihr ein flüchtiger Hauch seines Aftershaves in die Nase stieg. Ihre Wange streifte seine, und sie konnte die winzigen Bartstoppeln spüren, die sich dort seit seiner morgendlichen Rasur gebildet hatten. Ihr Blutdruck schnellte in garantiert ungesunde

Höhen und ihr Herzschlag verdreifachte seine Geschwindigkeit. Dennoch blieb sie fest entschlossen,
ihm einen guten Schluck seiner eigenen Medizin zu
verabreichen. »Wahrscheinlich hast du recht, ich muss
deutlich mehr üben.« Sie bemühte sich, ihrer Stimme
ein ähnliches Raunen zu verleihen, wie er es vorher
bei ihr eingesetzt hatte. Prompt spürte sie, wie sein
Körper sich leicht anspannte, obgleich er nach außen
hin vollkommen natürlich ihre Umarmung erwiderte,
was dazu führte, dass seine Arme im nächsten Augenblick ebenso fest um ihre Mitte lagen wie umgekehrt.
Ihr Herzschlag geriet völlig außer Kontrolle, doch das
wollte sie sich um nichts in der Welt anmerken lassen.
Stattdessen fühlte sie sich in ihrem Plan ermutigt und
fügte deshalb noch ein »So besser?« hinzu. Sie ließ
ihren Worten ein kurzes, warmes Lachen folgen, was
dazu führte, dass sein Körper sich noch eine Spur mehr
anspannte.

»Hervorragend.« Seine Stimme klang ein wenig gepresst und deutlich rauer als zuvor. »Bleib so.«

»Wie bitte?« Vor Verblüffung wäre sie fast zurück-
gezuckt, doch er hielt sie so fest an sich gedrückt, dass
ein Rückzug nicht möglich war.

»Ich sehe Bianca.« Zu Janna Schrecken begann
Markus, mit einer Hand ihren Rücken hinauf und
wieder hinab zu streicheln. »Sie kommt gleich in dein
Blickfeld. Behalt sie im Auge und sag mir, was sie tut.«

Janna schluckte, schluckte noch einmal. Die Wärme
seiner Hand schien sich geradezu durch den dünnen

Seidenstoff ihrer Bluse hindurchzubrennen. Als sie den Kopf hob und ein wenig drehte, begegnete sie seinem Blick, in dem sich eine ernsthafte Aufforderung, seinem Befehl zu gehorchen, und eine leicht grimmige Schalkhaftigkeit mischten. Obwohl die Situation sich gerade grundlegend geändert hatte und sie sich voll und ganz auf ihren Einsatz konzentrieren mussten, schien er eindeutig immer noch zu viel Spaß an der Sache zu haben.

Auch wenn es sie beinahe übermenschliche Kraft kostete, behielt sie die Rolle bei, in die sie nun hineingeschlüpft war, und ließ nun ihrerseits ihre Handflächen sachte über seinen Rücken wandern. Sie drehte den Kopf wieder ein wenig und stellte sich erneut auf die Zehenspitzen, denn auf diese Weise konnte sie die Frau mit den langen schwarzen Haaren, die sich diesmal ohne ihren männlichen Begleiter auf dem Sonnendeck zeigte, besser im Auge behalten. »So sieht also eine kriminelle Waffenhändlerin aus«, flüsterte Janna erneut ganz dicht an Markus' Ohr. Inzwischen hatte sie ein Foto der Frau gesehen und sie deshalb gleich erkannt. »Irgendwie verrückt.«

***

»Was ist verrückt?« Um den Anschein eines sehr trauten Gesprächs aufrechtzuerhalten, brachte Markus seine Lippen ebenfalls wieder dicht an Jannas Ohr, auch wenn das dazu führte, dass ihm der Duft ihres Shampoos, vermischt mit dem ihres Parfüms, in die Nase stieg. Prompt beschlossen seine Hormone, einen Generalangriff zu starten. Verflucht, wie war er bloß in diese unselige Situation geraten? Eigentlich hatte er Janna nur ein klein wenig aufziehen wollen, doch irgendwie hatte sie es geschafft, den Spieß umzudrehen und ihn gehörig aus dem Gleichgewicht zu bringen. Selbstverständlich war es ausgeschlossen, sich das auch nur für einen Augenblick anmerken zu lassen, denn sie spielten diese Maskerade im Augenblick höchst glaubwürdig, und er würde den Teufel tun, ihre Bemühungen zu torpedieren. Deshalb hielt er nach außen hin die Fassade des innig vertrauten Ehepaars stoisch bei. Allerdings suchte sein Gehirn bereits fieberhaft nach einer Möglichkeit, die Situation aufzulösen, weil er fürchtete, dass sie andernfalls seine sich anbahnende mehr als eindeutige Reaktion auf ihre körperliche Nähe bemerken würde, und das musste er unbedingt verhindern – aus vielerlei Gründen. Glücklicherweise musste er ihr zumindest nicht in die Augen schauen, denn die momentane Tuchfühlung und ihr eindeutig besserer Blick auf Bianca zwangen sie dazu, ihre Antwort erneut in sein Ohr zu flüstern.

»Ich habe mir nie Gedanken darüber gemacht, wie eine Waffenhändlerin wohl aussehen mag.« Zu seiner grenzenlosen Erleichterung hielten ihre streichelnden Hände auf seinem Rücken inne. »Man hat eigentlich immer nur solche Bilder vor Augen, die man aus irgendwelchen Filmen oder Krimiserien kennt, du weißt schon, solche abgebrühten Powerfrauen, die gnaden-los ihre Gegner kaltmachen und dabei immer perfekt und wie aus dem Ei gepellt aussehen.«

»Und was ist daran verrückt?« Auch er ließ nun sei-ne Hände auf der Mitte ihres Rückens ruhen.

»Na, dass dieses Bild aus den Filmen der Realität zu hundert Prozent entspricht. Sie sieht wirklich aufs Haar genauso aus wie die böse Gegenspielerin in ei-nem Hollywood-Actionstreifen.«

»Reiner Zufall.« Er hörte, wie sie scharf den Atem einsog. »Was ist?«

»Sie kommt näher.« Jannas Stimme war nur noch ein Hauch. »Was jetzt?«

Markus konnte regelrecht spüren, wie Janna nervös wurde. Auch wenn es seiner aufgescheuchten Libido alles andere als gut bekommen würde, schaltete er ins-tinktiv. Er ließ seine rechte Hand über ihren Rücken und Nacken hinauf bis in ihr Haar gleiten und brachte sie sanft, aber bestimmt dazu, ihr Gesicht in seiner Halsbeuge zu verbergen. Gleichzeitig brachte er seinen Mund direkt an ihr Ohr, strich mit den Lippen in nach außen hin eindeutiger Absicht darüber und tat so, als flüsterte er ihr eine anzügliche Aufforderung zu. »Jetzt lachen«, fügte er kaum hörbar hinzu. »Ich habe dir gerade ein unanständiges Angebot gemacht.«

Janna stieß an seinem Hals ein verblüfftes Prusten aus, das glücklicherweise nach außen hin tatsäch-lich wirkte wie eine erheiterte Reaktion auf jenes Angebot.

»Entfernt sie sich wieder etwas?«, fragte er nach einem weiteren Atemzug.

Janna atmete eindeutig schwerer als sonst, was dazu führte, dass ihr warmer Atem seinen Hals regelrecht verbrannte. Vorsichtig hob sie den Kopf wieder und blickte über seine Schulter. »Ja, sie sitzt jetzt neben dem Pavillon auf der anderen Seite des Pools. Ein blonder Mann hat sich neben ihr niedergelassen, und sie unterhalten sich. Das ist einer der anderen Passagiere; ich habe ihn schon mehrmals gesehen. Ich glaube, sie ...«

»Was?«, hakte er nach.

»Sie flirtet mit ihm. Jetzt erkenne ich ihn auch, er gehört zu dieser kleinen Gruppe von Männern, die zusammen diese Kreuzfahrt machen. Ein Verein oder so etwas. Hattest du sie nicht überprüft?«

»Der Skatclub?« Ganz vorsichtig lockerte Markus seinen Griff und entließ Janna aus der festen Umarmung. Als sie prompt einen halben Schritt zurücktrat, hätte er beinahe erleichtert aufgeatmet, denn der Hormoncocktail, der mittlerweile durch seine Adern kreiste, hatte nun doch zu einer nicht mehr zu leugnenden körperlichen Reaktion bei ihm geführt. Glücklicherweise schien Janna nichts davon bemerkt zu haben, wahrscheinlich weil ihre Aufmerksamkeit nun gänzlich auf Bianca gerichtet war. Sicherheitshalber drehte er sich in Richtung der Reling.

»Nein, nicht der Skatclub. Oder kannst du dir etwa vorstellen, dass sie sich auf einen dieser bierbäuchigen älteren Herrn einlässt? Nein, die andere Gruppe, du weißt schon, die Umweltschützer.«

»Ach, die.« Markus lachte trocken und versuchte gleichzeitig mit purem Willen, seinen Körper wieder zur Räson zu bringen. »Wollen die Gewässer schützen und schippern gleichzeitig mit einem Kreuzfahrtschiff auf einem davon herum.«

Janna lachte ebenfalls, und für einen kurzen Moment klang es ein wenig angestrengt, aber vielleicht hatte er sich auch getäuscht. »Vielleicht machen sie Feldstudien vor Ort.«

»Ja, ganz bestimmt.« Vielsagend verdrehte er die Augen. »Sie flirtet also mit einem von ihnen?«

»Sieht ganz so aus.« Janna runzelte die Stirn. »Sie spricht also Deutsch.«

»Soweit ich weiß, spricht sie sechs Sprachen fließend.« Da er immer noch mit sich kämpfte, stützte Markus sich mit den Unterarmen auf der Reling ab und tat so, als blicke er mit großem Interesse auf die nächtliche Donau.

***

»Wo ist eigentlich Valentina?« Janna lehnte sich neben Markus mit dem Rücken gegen die Reling und ließ so unauffällig wie nur möglich ihren Blick über das Sonnendeck wandern. Nur äußerst langsam beruhigte sich ihr Herzschlag, und ihr Blutdruck war noch weit davon entfernt, wieder ein normales Level einzunehmen. Liebend gern hätte sie tief durchgeatmet, doch sie wollte sich um keinen Preis anmerken lassen, wie sehr sie gerade eben aus dem Gleichgewicht geraten war. Immer noch verschwammen Maskerade und Realität ineinander, und für einen kurzen Moment hatte sie sogar gedacht ... Nein, es war ganz sicher nur Einbildung gewesen, dass er körperlich auf sie reagiert hatte. Zwar hatte sie ganz eindeutig gespürt, dass ihr Gegenangriff, wie sie es bei sich nannte, Markus nicht kaltgelassen hatte, doch nun war sie erst recht wütend auf sich selbst. Wie hatte sie nur auf so eine irrwitzige Idee kommen können? Sie hatte ganz eindeutig mit dem Feuer gespielt und sich beinahe heftig die Finger daran verbrannt. Markus war ihr bester Freund, es kam nicht infrage, dass sie diese Beziehung durch solche unbedachten Aktionen aufs Spiel setzte.

Aus irgendeinem Grund, über den sie lieber nicht weiter nachdachte, drehte Markus sich immer noch nicht um, sondern stützte sich weiterhin neben ihr auf die Reling und hielt seinen Blick auf den Fluss gerichtet. »Mist, haben wir sie verloren?« Seine Stimme hatte ganz leicht an Schärfe gewonnen.

»Ich weiß nicht.« Noch einmal blickte sie sich wie zufällig auf dem Sonnendeck um. Dann atmete sie auf. »Da ist sie. Da vorne, an dem Tisch neben dem Eingang. Sie unterhält sich immer noch mit diesem Pärchen. Inzwischen ist auch noch dieses ältere Ehepaar dazugekommen, du weißt schon, die beiden, die wir am ersten Tag im Aufzug kennengelernt haben.«

»Egon und Annemarie Suttner.« Markus' Stimme klang nun geschäftsmäßig. »Das Rentner-Ehepaar aus Ulm.«

»Ja, genau die.« Janna nickte leicht vor sich hin, obwohl Markus das nicht sehen konnte. »Valentina schaut immer wieder zu uns herüber und zeigt unauffällig auf ihre Uhr. Ich glaube, sie will sich jetzt zurückziehen.«

»Okay.« Markus richtete sich langsam auf, blickte jedoch immer noch in Richtung Fluss. »Gib ihr ein Zeichen, dass wir vorausgehen. Sie kann uns dann folgen, und wir begleiten sie unauffällig bis zu ihrer Kabine.«

8

»Sollten wir nicht vielleicht mal nachsehen, wo Melanie und Gabriel stecken?« Aufmerksam blickte Janna sich im Gang vor Valentinas Kabine um. Sie hatten sich soeben für die Nacht von der Wissenschaftlerin verabschiedet und schlenderten auf ihre eigene Kabinentür zu. Immer noch fühlte Janna sich ein wenig merkwürdig, wollte sich dies jedoch vor Markus nicht anmerken lassen. Er hatte bisher noch kein Wort über die Sache auf dem Sonnendeck verloren, was wegen Valentinas Gegenwart nicht verwunderlich war, allerdings sah er auch nicht so aus, als wolle er dies nun – oder überhaupt – zur Sprache bringen. Wenn für ihn alles in bester Ordnung war, würde Janna auf gar keinen Fall daran rühren.

»Du hast recht.« Markus blieb nur wenige Schritte von ihrer Kabine entfernt stehen. »Die beiden sind schon ziemlich lange unterwegs und haben sich bisher noch nicht gemeldet.« Er zog sein Handy aus der Hosentasche und prüfte, ob irgendwelche Nachrichten eingegangen waren. »Nichts«, stellte er fest.

»Die Kabine dieser Bianca liegt unten auf dem C-Deck, oder?« Janna blickte hinüber zu den Aufzügen. »Wäre es vielleicht besser, wenn wir mal nachsehen, ob dort unten alles in Ordnung ist?«

Während sie sprach, hatte Markus eine kurze Nachricht verfasst und abgesendet. Stirnrunzelnd blickte er auf das Display, doch offensichtlich erhielt er keine Antwort. Ein grimmiger Ausdruck trat auf seine Miene. »Ich fürchte, uns wird nichts anderes übrig bleiben. Irgendetwas stimmt da nicht. Hoffentlich haben Sie sich nicht gegenseitig bei einem ihrer Streitanfälle umgebracht.«

***

MS Amandus
C-Deck
Freitag, 7. September, 22:25 Uhr

»Verfluchter Mist, was ist denn hier los? Hier geht es ja zu wie auf dem Kölner Hauptbahnhof.« Wütend zog Melanie sich in den winzigen Raum zurück, in dem das Bordpersonal die Putzutensilien für das C-Deck unterbrachte. So schnell und leise wie nur möglich zog sie die Tür hinter sich ins Schloss und machte einen Schritt rückwärts, wobei sie prompt gegen Gabriel stieß, den sie nur Sekunden zuvor in die enge Kammer gedrängt hatte, damit sie nicht von den Passagieren, die gerade aus dem Aufzug traten, entdeckt wurden.

Schon zum wiederholten Male mussten sie sich in Deckung begeben, da an diesem Abend auf dem C-Deck ein reges Kommen und Gehen herrschte.

»Hoppla«, raunte Gabriel und fasste sie sanft an den Hüften, damit sie nicht strauchelte und gegen das Regal zu ihrer Linken stieß. »Nicht so stürmisch.«

»Schsch!« Melanie erstarrte und hielt beinahe die Luft an, als sie hörte, wie mehrere Personen lachend und scherzend an der Tür zur Besenkammer vorbeischlenderten. Kaum waren sie potenziell außer Hörweite, ergriff sie grob Gabriels Hände, die nach wie vor auf ihre Hüfte lagen, und schob sie fort. »Lass mich los!«

»Schon gut, schon gut.« Gabriel Stimme klang beschwichtigend. »Ich wollte nur verhindern, dass du das Regal abräumst und man uns hier drin findet.« Seine Hände verschwanden. »Besser so?«

»Definitiv.« Obwohl es in der Kammer stockdunkel war, schoss Melanie einen giftigen Blick in seine Richtung. Dabei bemühte sie sich mit aller Macht, ruhig und gleichmäßig zu atmen, doch ihr Herzschlag hatte sich unnatürlich beschleunigt, ihr Magen krampfte leicht, und sie hatte das Gefühl, bei jedem Atemzug weniger Luft in die Lungen saugen zu können. Verflucht! Nicht jetzt.

»Hey, hey, ganz ruhig.« Selbstverständlich hatte Gabriel bemerkt, dass etwas nicht mit ihr stimmt. So nah, wie sie einander in dieser winzigen Kammer zwangsläufig kamen, war das auch kein Kunststück.

Prompt spürte sie erneut seine Hand, diesmal an ihrer Schulter. »Deine Platzangst?«

»Geht schon wieder«, presste sie hervor. »Sie sind weg. Wir sollten also …« Sie machte die Tür auf, während sie sprach, doch im gleichen Augenblick öffneten sich erneut die Türen des Aufzugs. Mit einem tonlosen Fluch auf den Lippen zog sie die Tür zurück ins Schloss. »Scheiße.«

»Ganz ruhig.« Gabriel Stimme war nicht mehr als ein Hauch dicht neben ihrem Ohr. Im nächsten Augenblick spürte sie, wie er sie von hinten umarmte und nach ihren Händen tastete. Automatisch verschränkte sie ihre Finger mit seinen, so wie sie es schon unzählige Male getan hatte – in der Vergangenheit, zu einer Zeit, als noch alles anders gewesen war, einfacher, bis er alles zerstört hatte. Doch im Augenblick konnte sie nicht an die Vergangenheit denken, sondern nur daran, dass er so selbstverständlich wie eh und je ihre Hände hielt und es zuließ, dass sie ihm beinahe die Finger zerquetschte, während sie sich gleichzeitig bemühte, die Panikattacke so leise wie nur möglich durchzustehen. »Ruhig atmen, Melli, ich bin da. Es ist gleich vorbei und alles wieder gut. Wir können hier gleich raus. Nicht mehr lange. Denk an etwas anderes.«

»Kann … nicht.« Sie stieß die Worte zwischen zusammengepressten Zähnen hervor. »Idiot.«

»Doch, das kannst du.« Immer noch war seine Stimme nicht mehr als ein warmer Hauch an ihrem Ohr. »Denk an etwas, was du in diesem Moment gerne tun würdest.«

Ein beinahe hysterisches Lachen stieg in ihrer Kehle empor, das sie nur schwer unterdrücken konnte. »Du meinst, so etwas wie dir die Eingeweide rausreißen, wenn du irgendjemandem auch nur einen Ton hiervon erzählst?«

Zu ihrem grenzenlosen Ärger spürte sie, wie er tonlos lachte. »Wenn es dir hilft.«

»Mach dich nicht über mich lustig!«, fauchte sie.

»Tue ich doch gar nicht, Melli-Schatz.«

»Ich warne dich!« Da das Krampfen in ihrer Magengrube sich noch verstärkte, drückte sie seine Finger noch fester und spürte prompt den Gegendruck, der von den seinen ausging. Tröstlich, hilfreich, verdammt ärgerlich. »Nenn mich gefälligst nicht so. Du weißt, dass ich das hasse.«

»Du hast es nicht immer gehasst.«

»Aber jetzt hasse ich es. Und wenn du nicht damit aufhörst, dann ...« Warum fiel ihr gerade nichts anderes ein als das? Doch da purzelten die Worte bereits über ihre Lippen: »Dann reiß ich dir wirklich alle Eingeweide heraus. Und ich werde dafür einen Löffel benutzen.«

»Warum denn einen Löffel?«, fragte Gabriel prompt mit einem heiteren Unterton in der Stimme, der erkennen ließ, dass er das leicht abgewandelte Filmzitat natürlich erkannt hatte.

»Weil es mehr wehtut. Deswegen!«, schoss sie zornig zurück.

»Ich kann es kaum erwarten«, frotzelte Gabriel, lockerte jedoch gleichzeitig seinen Griff ein wenig. »Ich

glaube, die Luft ist jetzt rein. Lass uns diesen unwirt-
lichen Ort endlich verlassen.«

Melanie zwang sich, die Tür erneut sehr vorsichtig
und nur einen Spalt weit zu öffnen. Sie lauschte, spähte
hinaus, dann trat sie aufatmend auf den Gang. Sowohl
der deutlich größere Platz um sie herum als auch die
Tatsache, dass sie sich nun nicht mehr in unmittelbarer Nähe zu Gabriel befand, ließ den Anfall von Panik,
der sie ergriffen hatte, so schnell schwinden, wie er sie
überfallen hatte.

»Alles okay?« Sorgsam verschloss Gabriel die
Tür der Besenkammer hinter sich. »Sollen wir es
für heute gut sein lassen, oder …?«

»Quatsch.« Brüsk winkte Melanie ab. »Wir wollten uns die Kabine von Biancas Begleiter ansehen,
und das tun wir jetzt auch.« Sie warf einen kurzen
Blick auf die Uhr an ihrem Handgelenk. »Viel Zeit
wird uns wohl nicht mehr bleiben, also beeilen wir
uns.« Ohne auf Gabriels Reaktion zu warten, ging
sie auf die Tür mit der Nummer elf zu und zog, kaum
dass sie sie erreicht hatte, die Generalschlüsselkarte
hervor, die sie zuvor aus dem Personalraum auf dem
untersten Deck entwendet hatten. Gewohnheitsmäßig blickte sie noch einmal in beide Richtungen
des Ganges, dann hielt sie die Karte vor den Sensor
an der Tür. Ein leises Klicken verriet, dass sich das
Schloss geöffnet hatte. Vorsichtig schob sie die Tür
einen Spalt breit auf, lauschte, dann trat sie lautlos
in die Kabine.

Gabriel folgte ihr auf dem Fuße. Da sich niemand in dem kleinen Raum aufhielt, steckte sie die Karte in den dafür vorgesehenen Schlitz neben der Tür und aktivierte damit das Licht. »Ich übernehme den Schlafraum, du das Bad.« Erneut ohne weiter auf Gabriel zu achten, trat sie an den Kleiderschrank heran und öffnete ihn. Hinter sich hörte sie, wie er in dem kleinen Badezimmer zu ihrer Linken verschwand.

Es dauerte nicht lange, bis er wieder herauskam. »Hier ist nichts Auffälliges zu finden, aber das hätte mich auch gewundert. Bianca gehört in die Riege der Profis und wird sich wohl nur mit ebensolchen umgeben.«

»Mhm.« Routiniert hatte Melanie die Nachtischschubladen auf beiden Seiten des Bettes durchsucht und öffnete nun die Schranktür, hinter der sich der Safe befand. Selbstverständlich war er verschlossen, etwas anderes hatte sie auch gar nicht erwartet. »Mach mal auf.« Sie trat zur Seite und ließ Gabriel nähertreten, der nun seinerseits ein etwa handgroßes Gerät aus der Innentasche seines Jacketts zog und über der Tastatur des kleinen Tresors platzierte. Er gab einen kurzen Befehl ein. Nur Augenblicke später piepste es ein paarmal leise und auf dem Display des Decoders erschien die Zahlenkombination, mit der sich der Tresor öffnen ließ. Gabriel gab ihn ein und zog die Tür vorsichtig auf.

»Definitiv ein Profi«, murmelte Melanie beim Anblick der Pistole und der beiden vollen Magazine. »Eine Glock 30, Kaliber .45.«

»Und es ist garantiert nicht die einzige Waffe, die er dabeihat, denn ich gehe jede Wette ein, dass er auch jetzt eine bei sich trägt«, ergänzte Gabriel mit grimmigem Unterton. Da der Tresor nichts weiter enthielt, verschloss er ihn wieder mit dem ausgelesenen Geheimcode und verstaute den Decoder in der Innentasche seines Jacketts. »Warten wir ab, was die Kollegen zu Hause über ihn herausfinden. Spätestens morgen früh müssten wir ein vollständiges Dossier vorliegen haben. Das kann ich dann für meine Analyse benutzen.«

»Was gibt es da zu analysieren?« Melanie zog noch die Schubladen an dem winzigen Schreibtisch auf, fand dort jedoch nur einen leeren Schreibblock, einen Kugelschreiber und die Speisekarte des Zimmerservice. »Er ist Biancas Gefolgsmann, Leibwächter wahrscheinlich auch, und Komplize.«

»Oberflächlich betrachtet, ja.« Gabriel nickte. »Aber dieser Enrico Oliveira ist bislang im Zusammenhang mit Bianca noch nicht in Erscheinung getreten. Entweder hat sie ihn gerade erst frisch rekrutiert, oder er spielt noch eine andere Rolle. Solche Details zu analysieren, darfst du getrost mir überlassen, schließlich ist das mein Job. Vielleicht finde ich irgendwelche Querverbindungen, die uns weiterhelfen.«

»Meinetwegen.« Melanie hob vage die Schultern. »Hauptsache, du versuchst nicht, mich zu analysieren«, setzte sie so leise hinzu, dass er es eigentlich kaum verstanden haben konnte. Wie sehr sie sich darin irrte, erkannte sie, als sie das amüsierte Blitzen in seinen Augen sah. »Halt bloß die Klappe«, warnte sie ihn.

Gabriel gehorchte mit einem vielsagenden Grinsen und blickte sich noch einmal aufmerksam in der Kabine um. »Wir werden hier wohl nicht viel mehr Aufschlussreiches finden.«

»Einen Versuch war es aber wert«, konterte sie, während sie sich bereits zur Tür wandte. »Gehen wir. Wir sollten uns noch kurz mit Markus und Janna besprechen, bevor wir Feierabend machen.«

»Die beiden werden sich schon wundern, wo wir abgeblieben sind.« Gabriel folgte ihr hinaus auf den Gang. »Diese ganzen Ablenkungen vorhin haben uns eine Menge Zeit ge...«

»Scheiße, da kommt jemand«, unterbrach Melanie ihn, drängte ihn zur Seite und zog gleichzeitig mit einem Ruck die Kabinentür ins Schloss. »Das ist Oliveira! Und noch jemand. Verdammt! Wohin ...?« Sie brach mit einem erschrockenen Laut ab, denn Gabriel hatte sie bereits erneut in Richtung der Besenkammer gedrängt. Unsanft landete sie mit dem Rücken an der Tür und spürte fast gleichzeitig seinen Mund auf ihrem und seine Hände, die sich fest in ihr Haar gruben. Als sie entsetzt nach Atem rang, vertiefte er den Kuss sogar noch, was dazu führte, dass das Krampfen in ihrer Magengrube zurückkehrte und ihr Herz einen Schlag aussetzte, bevor es ihrem Blutdruck folgte, der stakkatoartig in die Höhe schoss. Mit einer Hand hielt sie sich krampfhaft an seiner Schulter fest, mit der anderen tastete sie hinter sich und stieß die Tür zur Besenkammer auf, in die sie beide gleich darauf hineintaumelten. Gabriel kickte sie mit dem Fuß zurück ins Schloss. Es wurde dunkel um sie herum.

Melanie wollte den Kuss schon energisch unterbrechen, doch Gabriel ließ nur zögernd von ihr ab. Sein warmer Atem strich unstet über ihr Gesicht. »Ich würde behaupten, das hat ausreichend glaubhaft gewirkt.«

***

MS Amandus
C-Deck
Freitag, 7. September, 22:34 Uhr

»Bist du sicher, dass du jetzt noch diesen Film im Bordkino ansehen willst?« Janna hing schwer an Markus' Arm und tat so, als müsse sie kräftig gähnen. »Wir gehen doch sonst auch nie in eine Spätvorstellung.«

Angesichts des Mannes, mit dem sie sich im Aufzug befunden hatten und der ihnen noch immer nur wenige Schritte voraus war, ging Markus sofort auf ihr Schauspiel ein. »Bei uns werden sonst auch nicht so schöne alte Klassiker im Kino gezeigt. Komm schon, *Das Schweigen der Lämmer* ist doch legendär.«

»Kann ja sein.« Janna versuchte sich an einem Lachen. »Aber er hat auch Überlänge.«

»Die ist aber wiederum nicht legendär«, konterte Markus erheitert. »Er dauert doch nur knapp zwei Stunden.«

»Aber wenn ich nach der Hälfte der Zeit eingeschlafen bin, musst du mich bis rauf in unsere Kabine tragen«, warnte sie und blieb abrupt stehen, als sie Melanie und Gabriel erblickte, die gerade ein Stück von ihnen entfernt gegen eine Tür prallten und sich im nächsten Augenblick wild und leidenschaftlich küssten. Beinahe hätte sie sich verschluckt. »Huch!«

Markus kniff sie unauffällig in die Seite. »Na so was, hier geht es ja noch wilder zu als auf unserem Deck«, scherzte er, hüstelte dann aber ebenfalls, als ihre beiden Kollegen hinter der Tür verschwanden und diese sich mit einem vernehmlichen Klappen hinter ihnen schloss. Ein leises Rumpeln war zu vernehmen.

Enrico Oliveira ging immer noch ein paar Schritte vor ihnen und stieß beim Anblick von Melanie und Gabriel ein Schnauben aus, das man sowohl als erheitert als auch als abfällig auslegen konnte. Er ließ sich jedoch nicht aufhalten, sondern ging zielstrebig auf die Kabine mit der Nummer elf zu, schloss sie auf und verschwand darin, ohne sich noch einmal umzublicken.

»Na komm, beeilen wir uns, sonst fängt der Film ohne uns an«, nahm Markus den Faden wieder auf. »Möchtest du Popcorn und etwas zu trinken?«

Janna hatte Mühe, sich auf ihre Rolle zu konzentrieren, antwortete jedoch hastig: »Also, wenn ich schon so spät noch ins Kino gehe, dann muss es natürlich auch

Popcorn sein – und eine Cola.« Während sie sprach, passierten sie Oliveiras Kabine und gingen weiter bis zu der Zwischentür, die zu der kleinen Passage führte, in der es neben dem Bordkino auch noch ein paar Geschäfte gab, allerdings hielt sich im Augenblick niemand hier auf. Kaum hatten sie die Zwischentür hinter sich geschlossen, als Janna sich umdrehte und stirnrunzelnd einen Blick zurück in den Gang warf. »Was war das denn?«

Markus rieb sich übers Kinn. »Ich nehme an, die beiden haben gehört, dass jemand kommt, und das war ihre Tarnung.«

»Okay.« Janna zog die Nase kraus. »Aber für eine Tarnung sah das verdammt echt aus.«

Markus lachte trocken. »Du meinst so wie damals bei uns auf diesem Ehevorbereitungsseminar?«

Verblüfft hob Janna den Kopf und verspürte einen beunruhigenden Stich tief in der Magengrube, als sie Markus' Blick begegnete. Seine Lippen waren zwar zu einem Lächeln verzogen, es erreichte jedoch nicht seine Augen, und je länger sie einander ansahen, desto mehr verflüchtigte sich auch der Anflug von Heiterkeit aus seiner Miene. Da ihr partout keine Antwort einfallen wollte, räusperte sie sich schließlich vernehmlich. »Was machen wir denn jetzt? Du willst doch nicht wirklich noch ins Kino, oder?«

»Ganz sicher nicht.« Auch Markus räusperte sich, öffnete die Zwischentür wieder und bedeutete Janna, mit ihm auf Zehenspitzen den Rückweg einzuschlagen.

In dem Raum hinter der Tür, in dem Melanie und Gabriel verschwunden waren, war es mittlerweile vollkommen still geworden. Zu Jannas Überraschung blieb Markus kurz stehen und klopfte sehr leise an, ging aber einfach weiter. Als sie sich ein gutes Stück entfernt hatten, zückte er sein Handy und tippte eine kurze Nachricht. Janna, die ihm aufmerksam zusah, konnte den Text auf dem Display erkennen: *In zehn Minuten in unserer Kabine.*

Markus schob das Smartphone zurück in seine Tasche. Gleichzeitig ergriff er Jannas Hand und zog sie sanft, aber bestimmt mit sich.

9

MS Amandus
B-Deck, Kabine von Melanie und Gabriel
Samstag, 8. September, 9:25 Uhr

Als Janna die Kabine von Melanie und Gabriel erreichte, atmete sie kurz durch, bevor sie anklopfte. Es dauerte nur wenige Sekunden, bis die Tür sich öffnete und sie sich Melanie gegenübersah, die gerade dabei war, ihr langes schwarzes Haar mit einer Haarspange hochzustecken. Rasch setzte Janna ein möglichst heiteres Lächeln auf. »Hallo ihr beiden. Seid ihr fertig? Markus telefoniert gerade noch mit … seinen Eltern«, improvisierte sie rasch eine plausible Erklärung, da gerade zwei andere Passagiere an ihr vorbeigingen, »und meinte, ich soll euch schon mal abholen.« Ihr Blick fiel auf das zerwühlte Bett, dann auf die Couch, auf der eine der beiden Bettdecken und ein Kissen lagen. »Seid ihr so weit?« Sie hüstelte mit einem Blick auf noch weitere Personen, die die Kabine passierten. »Ich freue mich ja schon wahnsinnig darauf, diese Stadtführung durch Bratislava zu machen.«

»Ja, klar, komm kurz herein.« Melanie trat zur Seite und ließ Janna eintreten, die rasch die Tür hinter sich schloss. »Gabriel ist noch in Bad. Er braucht immer ewig, bis er fertig ist.«

In diesem Moment öffnete sich die Tür zum Badezimmer und Gabriel erschien mit noch ganz leicht feuchten Haaren. »Liebchen, ich bin nur so spät, weil du bis vor einer Viertelstunde das Bad mit Beschlag belegt hast.«

Melanie ging nicht darauf ein, sondern eilte zur Couch, raffte Kissen und Decke an sich und trug beides hinüber zum Bett. »Gibt es seit gestern Abend noch irgendetwas Neues aus Bonn?«, wandte sie sich an Janna.

»Nein, bisher nicht.« Janna beobachtete, wie Melanie das Bettzeug auf die Matratze fallen ließ und rasch so anordnete, dass es aussah, als hätten zwei Leute die Nacht dort verbracht.

Auf Jannas hochgezogenen Augenbrauen hin erklärte sie: »Ich habe heute Nacht auf der Couch geschlafen. Wir wechseln uns jede Nacht ab.«

»Ach.« Janna wusste nicht recht, was sie mit dieser Information anfangen sollte. Sie verspürte den Drang, die sonst stets so selbstsichere Agentin damit aufzuziehen, dass es ihr nicht möglich war, ein Bett mit ihrem Kollegen zu teilen, wo das doch selbst ihr und Markus mittlerweile problemlos gelang. Doch sie verkniff sich einen Kommentar, denn immerhin waren Markus und sie beste Freunde, was auf Gabriel und Melanie ganz offensichtlich nicht zutraf, heißer Kuss hin oder her.

»Wahrscheinlich will Melli einfach nur verhindern, meiner animalischen Anziehungskraft zu erliegen«, scherzte Gabriel mit der offensichtlichen Absicht, Melanie erneut auf die Palme zu bringen.

Prompt stieß sie ein abfälliges Fauchen aus. »Halt die Klappe, wenn du nichts Erhellendes zu sagen hast.«

»Nichts da, ich sage meine Meinung, wann es mir gefällt.« Demonstrativ verschränkte Gabriel die Arme vor der Brust; seine Augen funkelten herausfordernd.

»Es interessiert sich aber niemand dafür, also behalte deine Meinung besser für dich.« Auch Melanie verschränkte die Arme, und wenn Blicke hätten töten können, wäre Gabriel augenblicklich leblos zusammengebrochen. Abrupt drehte sie sich zu Janna herum. »Wie hältst du das bloß aus?«

Überrascht hob Janna den Kopf. »Was meinst du?«

»Na, Tag und Nacht mit so einem arroganten, eingebildeten und selbstverliebten Kerl zu verbringen, ohne ihn in Stücke zu zerreißen oder ... im Schlaf zu erwürgen?«

Gegen ihren Willen musste Janna lachen. »So schlimm?« Ihr Blick wanderte zwischen Melanie und Gabriel hin und her.

»Schlimmer«, knurrte Melanie.

»Alles halb so wild«, antwortete Gabriel zeitgleich. »Und keine Sorge, Janna, so leicht lasse ich mich nicht meucheln. Ich habe durchaus ein oder zwei Tricks auf Lager, um diese Wildkatze in Schach zu halten.«

Melanies Antwort darauf war ein zorniges Zischen.

Besorgt blickte Janna erneut von der einen zum anderen. »Vielleicht solltest du sie nicht ständig provozieren.«

»Doch, doch.« Unverkennbarer Spott klang aus Gabriels Stimme. »Nur so funktioniert das zwischen uns. Wenn ich sie nicht regelmäßig daran erinnern würde, dass sie ein ganz normaler Mensch ist, würde sie irgendwann an ihren aufgestauten Emotionen ersticken. Besser, sie lässt sie in regelmäßigen Abständen raus.«

»Jetzt willst du mich auch noch analysieren?« Melanie schnappte sich einen kleinen silbernen Rucksack, den sie offenbar heute auf den Landgang mitzunehmen gedachte. Mit großen Schritten ging sie zur Tür. »Spar dir den Atem. Außerdem gehen meine Emotionen niemanden etwas an.«

»Vielleicht nicht«, stimmte Gabriel überraschend zu. »Aber zumindest gibst du zu, dass du welche hast.« Nach einem kurzen Blick zu Janna hob er lächelnd die Schultern. »Aber um des lieben Friedens willen und damit unser Einsatz heute nicht leidet, werde ich mich für den Rest des Tages zurückhalten.« Er zwinkerte Melanie zu. »Und mir meinen Teil denken«, setzte er sanft hinzu. »Denn die Gedanken sind frei.«

»Los jetzt, gehen wir.« Melanie riss die Tür geradezu auf und trat nach draußen auf den Gang. »Ich will den Anfang der Stadtführung nicht verpassen.« Janna folgte ihr rasch und hörte, wie Gabriel die Kabinentür hinter sich ins Schloss zog. Mit wenigen Schritten hatte er zu ihr aufgeschlossen.

»Mach dir keine Gedanken, Janna. Es ist alles in Ordnung. Uns geht es gut.«

Der Blick, den Melanie daraufhin über die Schulter auf ihn abschoss, hätte erneut tödlicher nicht sein können, doch da in diesem Moment noch weitere Kabinentüren aufgingen und sich mehr und mehr fröhlich plaudernde Passagiere auf den Weg zum Aufzug machten, setzte die Agentin im nächsten Augenblick ein strahlendes Lächeln auf. »Ich bin schon ganz aufgeregt«, zwitscherte sie beinahe übertrieben gut gelaunt. »Das wird bestimmt ein wunderschöner Tag in Bratislava.«

»Hoffen wir es«, murmelte Gabriel, und als Janna ihn von der Seite ansah, bekam sie unwillkürlich eine Gänsehaut. Sein Blick war weiterhin auf Melanie gerichtet, die inzwischen schon den Aufzug erreicht hatte, doch diesmal lagen weder Spott noch Provokation darin, sondern eine Zärtlichkeit, die ihr für einen Moment den Atem stocken ließ.

Gabriel schien Jannas Reaktion wahrgenommen zu haben, denn er drehte den Kopf leicht und sah sie unerwartet ernst an. »Sag es nicht weiter, okay?«, flüsterte er. »Sonst landest du am Ende auch noch auf ihrer Abschussliste.«

Janna wusste nicht, was sie dazu sagen sollte, kam jedoch auch nicht dazu, über eine Antwort nachzudenken, da sich in diesem Moment die Aufzugtür öffnete. Das muntere Geplauder um sie herum und die Enge, die durch die fünf Personen entstand, die mit ihnen den Aufzug betraten, verhinderte jegliche weiterführenden Gedanken. Sie bemerkte lediglich, dass Melanie ein ganz klein wenig blass geworden war und offenbar nur flach atmete – und dass Gabriel ihre Hand ergriff und festhielt, bis sie das oberste Deck erreichten.

Dort warteten bereits Markus und Valentina auf sie. Gemeinsam schlossen sie sich der Stadtführerin an, die sie an Bord trafen und die ihnen noch einige Anweisungen und Instruktionen gab. Die *MS Amandus* hatte nicht direkt am Kai angelegt, sondern praktisch in zweiter Reihe neben einem weiteren Kreuzfahrtschiff. Deshalb mussten sie dieses fremde Schiff überqueren, um an Land zu gelangen. Eine knappe Viertelstunde später gingen sie alle gemeinsam und geordnet von Bord.

***

Bratislava
Altstadt
Samstag, 8. September, 14:12 Uhr

»Du liebe Zeit, bin ich vollgefressen!« Stöhnend rieb Melanie sich über den Bauch. Im Laufe des Tages hatte sich ihre Laune ganz erstaunlich gebessert, oder aber sie war eine noch bessere Schauspielerin, als Janna vermutet hätte. »Auch wenn ich den Namen dieses Restaurants weder lesen noch aussprechen kann« fuhr sie heiter fort, »muss ich es mir unbedingt merken, falls wir noch einmal hierherkommen.« Sie zückte ihr

Handy und machte ein Foto vom Eingang der Gaststätte. Es handelte sich um ein uriges Lokal, das ausschließlich gutbürgerliche slowakische Küche anbot.

»Mir geht es ähnlich.« Auch Valentina machte ein Foto von dem Gebäude. Danach blickte sie sich aufmerksam um. »Und was machen wir jetzt?«

»Ich würde mir gerne noch einmal den Barockgarten an der Burg ansehen«, schlug Gabriel vor. Er trat einen Schritt beiseite, um den beiden Paaren Platz zu machen, die ebenfalls gerade das Restaurant verließen und während der Stadtführung zu ihrer Gruppe gehört hatten. »Was meinst du, Schatz, gehen wir zuerst dorthin und besichtigen danach noch einmal diese Kathedrale?«

»Den Martinsdom würde ich mir auch gerne noch etwas näher ansehen«, pflichtete Markus ihm bei.

»Ich auch«, beeilte Janna sich zuzustimmen.

»Alles klar.« Gabriel wandte sich den beiden anderen Paaren zu, die bei ihnen auf der Straße stehen geblieben waren. »Wie sieht es aus, kommt ihr auch mit?«

Von allen erfolgte zustimmendes Nicken, sodass die kleine Gruppe sich in gemächlichem Tempo in Richtung Burg begab. Der Weg war nicht besonders weit, und schon nach wenigen Minuten kam der Barockgarten in Sicht.

»Wir haben wirklich Glück mit dem Wetter.« Janna blickte zum Himmel hinauf, an dem sich Sonne und Wolken beständig abwechselten. Am Vormittag hatte es zwar noch ein paar Tropfen geregnet, doch inzwischen sah es so aus, als würde es den restlichen Tag trocken bleiben. Die Temperaturen um die zwanzig Grad waren ebenfalls angenehm und genau richtig für eine Sightseeing-Tour.

Da sich nun noch weitere Passagiere in ihrer Gesellschaft befanden, beschränkten sie sich alle darauf, über Nichtigkeiten zu plaudern und sich immer wieder auf besonders schöne An- oder Ausblicke hinzuweisen. Janna kam sich merkwürdig vor, denn natürlich wusste sie, dass sie ständig wachsam bleiben mussten, um Valentina zu beschützen. Dennoch fühlte sich dieser Landgang wie ein ganz normaler Ausflug an, den sie sogar richtig genoss. Immer wieder machte sie mit ihrem Smartphone Fotos und hatte auch schon einige an ihre Eltern und die Kinder verschickt.

Als sie den Barockgarten erreicht hatten, löste sich die Gruppe auf, weil jedes Paar im eigenen Tempo und in eine andere Richtung losschlenderte. Sie hatten abgesprochen, dass Valentina sich nun ein wenig von den Agenten absondern sollte, wenn auch in Sichtweite, damit Bianca sie ansprechen konnte.

»Siehst du Bianca irgendwo?« Janna, die so tat, als bewundere sie eines der kunstvoll angelegten Blumenbeete, schielte unauffällig in die Richtung, in die Valentina gegangen war. Die Wissenschaftlerin stand allein in der Nähe der Mauer, die das Burggelände umgab, und fotografierte alles um sich herum.

»Nein.« Markus bedeutete ihr mit einer Geste, ein paar Schritte weiterzugehen, und tat, als mache er sie auf ein weiteres gelungenes Beet aufmerksam. »Wir können nicht wissen, ob sie heute schon zuschlägt.«

»Zuschlägt?« Erschrocken sah Janna ihn an.

»Wie auch immer man es nennen mag«, wiegelte er ab.

»Ich habe gar nicht mitbekommen, wohin Bianca und dieser Enrico nach der Stadtführung verschwunden sind.« Auch Janna deutete demonstrativ auf ein Blumenmuster. »Sieh nur, wie schön!«, rief sie, weil in diesem Moment ein anderes Pärchen in Hörweite kam. »Was das für eine Arbeit machen muss, diese Gärten hier in Schuss zu halten.«

»Wohl wahr, ich könnte das nicht«, stimmte die junge Frau zu, die mit ihrem Partner noch ein paar Schritte näher gekommen war. »Aber ich habe auch wirklich keinen grünen Daumen.« Sie lachte. »Komm, Tobi, lass uns mal dort hinübergehen.« Sie zog ihren Begleiter einfach an der Hand mit sich in die Richtung, die sie vorgegeben hatte.

»Ganz schön anstrengend«, murmelte Janna.

»Was meinst du?« Markus blickte dem Pärchen kurz nach. »Small Talk?«

Janna nickte. »Ja, und ständig aufpassen, was man sagt.«

»Du machst das doch schon sehr gut.« Markus grinste. »Die Touristin liegt dir im Blut.«

»Haha.« Janna wollte gerade erneut ein Foto machen, als ein Signalton samt Vibrieren des Handys ihr verriet, dass sie eine Nachricht erhalten hatte. »Nanu?« Neugierig öffnete sie die Kurznachrichten-App.

***

»Die Zwillinge?« Markus ließ gewohnheitsmäßig seinen Blick über die Umgebung schweifen, konnte jedoch nach wie vor keine Spur von Bianca entdecken. Vielleicht befanden sie sich auf dem Holzweg. Es war längst nicht gesagt, dass die Waffenhändlerin hier und heute aktiv werden würde, und es war anstrengend, ständig alle Sinne geschärft zu halten, um im richtigen Moment handeln zu können. Er machte diesen Job nun schon seit fast siebzehn Jahren, doch Observierungen dieser Art lagen ihm nicht sonderlich. Bei einem solchen Einsatz gab es zu viele Unwägbarkeiten, die sie selbst zu viert kaum überblicken konnten. Wesentlich einfacher wäre es gewesen, wenn sie Valentina nur unauffällig zu beschatten und zu schützen hätten, doch dieser Plan, den Dr. Schwartz sich ausgedacht hatte, war hochgradig riskant und schmeckte Markus überhaupt nicht. Als er Janna anstelle einer Antwort seufzen hörte, wandte er seine Aufmerksamkeit kurz ihr zu. »Stimmt etwas nicht?«

»Doch, schon. Alles okay.« Ihr Blick war immer noch auf ihr Handydisplay gerichtet.

»Das klingt aber nicht so.« Auch Markus' Blick wanderte zu dem Foto, das sie geöffnet hatte. Es zeigte, wie er vermutet hatte, die Zwillinge und außerdem einen nicht unattraktiven blonden Mann mit blauen Augen und kurzgeschorenem Oberlippen- und Kinnbart, bei dem es sich offensichtlich um den Vater der beiden Kids handelte. »Haben die beiden etwas angestellt?«

»Was?« Irritiert hob Janna den Kopf. »Nein, haben sie nicht. Es ist nur ... Feli hat mir geschrieben.«

Überrascht runzelte er die Stirn. »Deine Schwester? Ich dachte, dieser – wie heißt er noch gleich? Gerd? – hätte dir die Fotos geschickt.«

»Nein, die sind nicht von ihm.« Janna rief nacheinander alle Fotos auf, die sie erhalten hatte. Es waren mindestens sieben oder acht. »Die ganze Familie ist heute zusammen im Wildpark Daun. Siehst du?« Sie hielt ihm ein Foto unter die Nase, auf dem neben den Zwillingen und ihrem Vater auch Jannas Eltern zu erkennen waren und im Hintergrund mehrere Hirsche. »Susanna und Till haben keine Ruhe gegeben, bis er sich hat breitschlagen lassen, mit allen gemeinsam dorthin zu fahren. Die beiden lieben den Wildpark; wir waren schon mehrmals dort. Inzwischen kennen wir, glaube ich, jedes einzelne Tier persönlich und haben mindestens jedes zweite bereits gefüttert. Na ja, zumindest da, wo es erlaubt ist.« Sie lachte, doch es klang ungewöhnlich verhalten.

»Bist du mit diesem Ausflug nicht einverstanden?« Während er sprach, blickte er erneut in die Richtung, in der zuvor Valentina gestanden hatte, doch sie war verschwunden. Stirnrunzelnd ließ er seinen Blick über die Umgebung wandern, bis er sie erneut erblickte, diesmal auf dem Weg, der zum Ausgang des Gartengeländes führte.

Janna zuckte mit den Achseln. »Warum sollte ich mit dem Ausflug nicht einverstanden sein? Die Kinder haben sehr viel Spaß.«

»Aber?«

Wieder hob sie die Schultern. »Es ist mehr das, was Feli mir dazu geschrieben hat. Die Fotos hat sie gemacht, und anscheinend hat Gerd sie darum gebeten, alle gleich an mich weiterzuleiten. Sie soll mich natürlich von ihm und den Kindern und meinen Eltern grüßen und ...«

»Und ...?« Markus berührte sie vorsichtig am Arm und bedeutete ihr, so zufällig wie nur möglich, ebenfalls zum Ausgang des Barockgartens zu schlendern, damit sie Valentina nicht aus den Augen verloren.

»Und sie hat gefragt ...« Janna zupfte an einer ihrer roten Locken herum. »Sie will wissen, ob das mit Gerd und mir etwas Ernstes werden könnte.«

Markus sah Janna ihr Unwohlsein an. »Wie kommt sie darauf?«

Ein erneutes Seufzen ging Jannas Antwort voran. »Na, wie wohl? Er hat ihr von seiner Idee mit dem gemeinsamen Urlaub erzählt, und da ich den Vorschlag ja nicht rundheraus abgelehnt habe, wird er es so hingestellt haben, als wäre bereits alles abgemacht.« Offensichtlich verärgert rieb sie sich über die Stirn. »Hoffentlich setzt er den Kindern nicht irgendwelche Flöhe ins

Ohr. Versteh mich nicht falsch, natürlich sollen sie so viel Zeit mit ihm verbringen, wie möglich. Immerhin ist er ihr Vater, und sie lieben ihn – und er sie. Es ist nur ...«

»Nur weil er die Kinder liebt und dich vielleicht auch, bedeutet das noch lange nicht, dass du darauf eingehen musst.« Allmählich fühlte Markus sich bei diesem Gespräch auch unwohl, weil er es nicht gewohnt war, Ratschläge in Beziehungsdingen zu erteilen. Dass er bei der Vorstellung, Janna könnte sich mit diesem Archäologen zusammentun, ein unangenehmes Ziehen in der Magengrube verspürte, ignorierte er dabei geflissentlich. Sie war seine Freundin, natürlich wollte er, dass sie glücklich war, aber wenn dieser Gerd nun einmal nicht zu ihrem Glück beitrug, sollte sie die Finger von ihm lassen. Zufrieden mit dieser innerlichen Feststellung wartete er auf Jannas Reaktion.

»Du hast recht.« Wieder zupfte sie an einer Locke herum und strich sie sich hinters Ohr. »Ich meine, natürlich wäre es absolut praktisch, nicht wahr, wenn wir ... Gerd und ich, also wenn das mit uns etwas würde. Wahrscheinlich würde sogar Daniela sich darüber freuen, weil ihre Kinder damit wieder eine vollständige Familie hätten. Und es ist ja auch nicht so, dass er nicht lieb und nett ist.«

»Lieb und nett?« Spöttisch verzog Markus die Lippen. »Ein Dackelwelpe ist lieb und nett.«

Um Jannas Mundwinkel zuckte es. »Du weißt schon, was ich meine. Er ist aufmerksam, liebevoll mit den Kindern, charmant ...«

»Und ein pflichtvergessener Arsch«, fügte Markus trocken hinzu.

Janna wandte sich ihm ruckartig zu. Sie schien etwas sagen zu wollen, überlegte es sich dann jedoch offenbar anders und nickte schließlich. »Und ein pflichtvergessener Arsch, stimmt.« Sie zögerte. »Vielleicht will er sich ja ändern.«

»Menschen ändern sich nicht.« Markus kickte einen kleinen Stein zur Seite.

»Doch, natürlich tun sie das«, widersprach Janna. »Sieh nur einmal dich an.«

»Mich?« Verblüfft starrte er sie an.

»Seit wir uns kennen, hast du dich ganz eindeutig verändert.« Abwartend blickte sie zu ihm auf.

»Habe ich das?« Stirnrunzelnd dachte er einen Moment über ihre Worte nach. »Weiterentwickelt vielleicht«, gab er schließlich mit einem schiefen Grinsen zu. »An meinen grundlegenden Einstellungen und Ansichten zum Leben ändert sich dadurch aber nichts. Das ist es, was ich meinte: Ein pflichtvergessener Arsch bleibt in der Regel ein pflichtvergessener Arsch. Man kann Menschen Verantwortungsbewusstsein nur bis zu einem gewissen Grad beibringen. Wenn nicht bereits eine grundsätzliche Veranlagung dazu vorhanden ist, werden alle Versuche, ihn dauerhaft zu einem zuverlässigen, brauchbaren Vater umzumodeln, vergeblich sein.«

Diesmal war es an Janna, eine kurze Weile über seine Worte nachzudenken, bevor sie darauf einging.

»Würde das nicht bedeuten, dass der eigene Wille in dieser Hinsicht nichts zählt? Wenn man sich wirklich ändern will …«

»… dann kann man das schaffen, klar«, gab Markus zu. »Doch wie viele Menschen leiden oder scheitern daran, wenn so etwas vollkommen gegen ihre Natur geht? Versteh mich nicht falsch. Wenn du dir wünschst, dass dieser Kerl sich zum perfekten Vater und potenziellen Ehemann wandelt, dann …«

»Dann?«

Er hob die Schultern. »Dann hoffe ich für dich – und auch für ihn –, dass er das hinkriegt. Wenn es nämlich nicht der Fall sein sollte, dann verletzt er nicht nur dich, sondern auch seine Kinder, und die sollten immer und in jedem Fall an erster Stelle stehen. Mit den Gefühlen anderer Menschen spielt man nicht, und noch viel weniger mit dem Vertrauen und Wohlergehen der eigenen Kinder.« Er wandte den Blick ab und runzelte leicht die Stirn. Das ganze Gespräch verursachte ihm Magendrücken. Dann sah er, wie Valentina in etwa zwanzig Metern Entfernung auf eine große Unterführung zusteuerte und gleich darauf aus ihrem Blickfeld verschwand. »Komm, wir müssen einen Zahn zulegen, sonst verlieren wir sie aus den Augen.«

Janna passte sich umgehend seinem beschleunigten Schritt an. »Wo will sie denn jetzt hin?«

»Frag mich was Leichteres.« Als sie die Unterführung erreichten und er in einiger Entfernung Enrico erblickte, fluchte er. »Shit. Sie soll doch nicht weglaufen.«

»Warum? Was ist denn?« Janna stockte, denn inzwischen hatte wohl auch sie Biancas Begleiter erblickt. »Mist, wir müssen ihr helfen.«

»Warte!« Er hielt sie am Arm fest und brachte sie dazu, stehen zu bleiben. »Er darf uns nicht bemerken.«

Deutlich außer Atem gehorchte sie seinem Befehl. »Was jetzt?«

»Ich gebe Melanie und Gabriel Bescheid.« Markus hatte bereits sein Smartphone hervorgezogen und schrieb in Windeseile eine Nachricht an seine Kollegen. Kaum hatte er auf Senden getippt, als Enrico um eine Straßenecke verschwand. »Komm!« Er fasste Janna bei der Hand und rannte los. Nur wenige Augenblicke später waren aus der Ferne mehrere Schüsse und Schreie zu hören.

10

Bratislava
Martinsdom
Samstag, 8. September, 14:53 Uhr

»Bleib zurück!« Kurz bevor sie nach einer Verfolgungsjagd durch kopfsteingepflasterte Gassen den Martinsdom erreichten, drängte Markus Janna zur Seite und
bedeutete ihr, hinter einem der vereinzelt am Straßen-
rand parkenden Autos in Deckung zu gehen. Mehrere
Menschen, Touristen wie Einheimische, rannten auf
sie zu. Entsetzen und Panik standen ihnen ins Gesicht
geschrieben. Auch Markus duckte sich kurz, jedoch
nur, um die an seinem Knöchel unter der Jeans ver-
steckte Pistole hervorzuholen. »Rühr dich nicht vom
Fleck.« Er warf Janna noch einen strengen Blick zu,
dann eilte er gebückt weiter auf den Dom zu.

Janna linste vorsichtig hinter dem alten Ford Fi-
esta hervor, der ihr als Deckung diente, und folgte
Markus mit Blicken. Ihr Herz pochte heftig, sowohl
wegen der Strecke, die sie hierher gerannt waren, als
auch aus Sorge um Markus. Es dauerte nicht lange, bis
er aus ihrem Blickfeld verschwunden war. Zu ihrem
Entsetzen fiel kurz darauf erneut ein Schuss, dann ein

weiterer. Wieder waren Schreie zu vernehmen, offenbar von weiteren Zivilisten, die auf der Flucht waren.

Unschlüssig lugte Janna erneut um das Auto herum. Plötzlich war alles still. Ob sie es wagen konnte, nach Markus zu suchen? Sie hatte den Gedanken noch nicht zu Ende gedacht, als hinter ihr eilige Schritte laut wurden.

»Janna?« Sichtlich außer Atem steuerten Gabriel und Melanie auf sie zu und gingen neben ihr in die Hocke. Melanie stützte sich auf Jannas Schulter. »Was ist hier los? Wo ist Markus?«

Vage deutete Janna in Richtung des Doms. »Er hat gesagt, ich soll hier warten.«

Melanie und Gabriel tauschten einen langen Blick, und schließlich nickte Melanie ihr grimmig zu. »Dann tu das auch.« Schon richtete sie sich wieder auf und lief, ebenfalls mit gezückter Waffe, auf den Dom zu. Janna fragte sich, wo Melanie sie wohl versteckt haben mochte.

Gabriel wollte seiner Partnerin folgen, doch Janna hielt ihn am Arm zurück. »Warte.« Nervös blickte sie in Richtung Dom. »Was, wenn mich hier jemand entdeckt?«

Gabriel zögerte kurz. »Du bist hier sicher.«

»Und wenn doch nicht?«

Er runzelte die Stirn, dann nickte er widerstrebend. »Okay, komm mit, aber bleib in Deckung und halt dich immer in einiger Entfernung von uns auf.«

Janna nickte hastig. »Klar.«

Auch Gabriel zog eine unter seinem Hosenbein verborgene Pistole hervor und übernahm die Führung. Ebenso eilig wie vorsichtig steuerten sie durch eine schmale Gasse auf einen Nebeneingang des Doms zu, blieben dort kurz stehen und wandten sich schließlich nach links. Hier wurde die Gasse noch enger und glich beinahe nur noch einem Pfad aus Kopfsteinpflaster. Aus der Ferne ertönte das Geheul von Polizeisirenen, und vor ihnen waren verschiedene Stimmen zu hören. Eine davon gehörte Markus, doch was er sagte, war nicht zu verstehen.

»Bleib zurück.« Mit erhobener Hand bedeutete Gabriel Janna stehen zu bleiben. Er selbst pirschte am Gemäuer des Domes entlang bis zu dessen Ecke, lugte vorsichtig darum herum, dann entspannte er sich sichtlich und winkte Janna, zu ihm aufzuschließen.

Sie beeilte sich, seiner Aufforderung nachzukommen, blieb jedoch erstaunt stehen, als sie auf der Rückseite des Gotteshauses eine Gruppe von mehreren Männern und Frauen erblickte, die alle bewaffnet waren. Vor einem weiteren Eingang zum Dom lagen zwei Menschen reglos am Boden. Einer schien Enrico zu sein, die andere Person hatte langes, wallendes schwarzes Haar.

Als Markus Gabriel erblickte, winkte er ihn näher und warf gleichzeitig Janna mit gerunzelter Stirn einen kurzen Blick zu.

Zögernd schloss sie sich Gabriel an und vermied es standhaft, die beiden leblosen Körper anzusehen. Erst mit etwas Verspätung bemerkte sie Valentina, die im geschlossenen Eingang des Turms kauerte, und gesellte sich rasch zu ihr. Sie ging neben ihr in die Hocke und legte der zitternden Frau einen Arm um die Schultern. »Was ist passiert?«, raunte sie, doch Valentina antwortete nicht darauf.

Wieder warf Markus ihr einen kurzen Blick zu, bevor er erneut das Wort ergriff. »Darf ich vorstellen: Janu Budai, Adám Farkas und Bence Török, unsere Kollegen aus Ungarn.« Es folgte ein nicht gerade freundlicher Blick, der die drei Kollegen traf. »Sie haben Bianca und Enrico observiert, seit sie das Schiff verlassen haben. Offenbar hatte Enrico die Aufgabe, Valentina von uns zu trennen und hierher zu treiben.« Er sah kurz zu Valentina hin. »Als sie ihren Verfolger bemerkte, hat sie, wenn ich das richtig verstanden habe, die Nerven verloren und ist losgerannt, um ihn in den Gassen hinter dem Dom loszuwerden. Die Kollegen haben daraufhin ärgerlicherweise ihre Tarnung aufgegeben, sodass es zu einem Schusswechsel kam.« Nun wanderte sein Blick zu den beiden Körpern am Boden. Zwischen seinen Augen entstand eine steile Falte. »Das Ergebnis sind, wie ihr seht, zwei Tote. Es handelt sich um Enrico und Bianca.«

Janna sog hörbar die Luft ein. »Und was jetzt?«

Da die Polizeisirenen immer näher kamen und im nächsten Augenblick verstummten, verstaute Markus seine Waffe wieder in dem Versteck unter seinem Hosenbein. Melanie und Gabriel taten es ihm gleich.

Markus wandte sich Janna und Valentina zu. »Die Polizei wird gleich hier sein. Uns wird nichts anderes übrig bleiben, als ihnen die Sachlage zu erklären. Das könnte eine Weile dauern.«

»Keine Sorge«, ergriff einer der drei ungarischen Agenten, den Markus als Janu Budai vorgestellt hatte, das Wort. Er sprach nur gebrochenes Deutsch mit starkem Akzent. »Wir kümmern uns Polizei. Hier ihr gehen zurück Schiff.« Seine Worte wurden von einer vagen Geste begleitet, die in Richtung Anlegestelle deutete.

Die Falte zwischen Markus' Augen glättete sich nur wenig. »Sind Sie sicher? Das«, er deutete auf die beiden Toten, »dürfte nicht ganz einfach werden.«

»Nein, nein, keine Problem. Wir kümmern, ihr achtgeben Frau. Valentina Kostova«, fügte er rasch hinzu und nickte Valentina kurz zu. »Wir übernehmen gerne.« Noch während er sprach, zog er unter seiner Jacke seinen Dienstausweis hervor und steuerte auf die herbeieilenden Polizisten zu. Mit ihnen verständigte er sich offenbar fließend in der Landessprache.

Einen langen Moment blickte Markus ihm und den beiden anderen ungarischen Kollegen nach, die sich nun, unter Zuhilfenahme von Händen und Füßen, mit den sichtlich aufgebrachten Polizeibeamten auseinandersetzten. Dann trat er auf Janna und Valentina zu. »Alles okay mit euch?«

Janna richtete sich auf. »Ich denke schon.« Vorsichtig berührte sie Valentina an der Schulter, bis diese sich ebenfalls erhob und fröstelnd über ihre Oberarme rieb.

»Ja, sicher. Es geht schon wieder.« Valentina blickte kurz zu den beiden Toten hinüber, die mittlerweile von weiteren Polizisten umringt wurden. »Es tut mir leid. Als dieser ... dieser Enrico plötzlich hinter mir aufgetaucht ist, habe ich die Nerven verloren. Er hatte eine Waffe unter der Jacke. Ich bin einfach losgerannt.« Wieder rieb sie sich über die Oberarme. »Wenn ich gewusst hätte ...« Sie schauderte heftig. »Ich konnte doch nicht wissen, dass da noch mehr Agenten sind und ...«

»Sie wollten dir helfen.« Mit einer eckigen Bewegung fuhr Markus sich durchs Haar. »Sie haben eine Bedrohung gesehen und ihre Tarnung aufgegeben, woraufhin entweder Enrico oder Bianca auf sie geschossen haben.« Er zögerte kurz, musterte Valentina fragend. »Konntest du sehen, wer zuerst geschossen hat?«

Sie runzelte die Stirn, schien angestrengt zu versuchen, sich zu erinnern. Schließlich schüttelte sie den Kopf. »Nein, ich bin mir nicht sicher. Aber ...« Die Furchen auf ihrer Stirn vertieften sich. »Der erste Schuss kam, glaube ich, von irgendwo hinter mir. Das muss also Enrico gewesen sein. Bianca habe ich da noch gar nicht gesehen. Erst als ich wieder losgerannt bin, um mich zu verstecken, habe ich sie bemerkt. Sie kam von dort.« Sie deutete auf die kleine Steintreppe, die hinab in Richtung der Altstadt führte.

»Dann wollten sie und Enrico dich vermutlich einkesseln«, folgerte Markus, nachdem er den Weg, der die Stufen hinauf zum Dom führte, sowie den Weg, den sie eben um den Dom herum gekommen waren, inspiziert hatte. »Da sie beide bewaffnet waren, wäre ihnen das nicht schwergefallen.«

»Wenn die ungarischen Kollegen nicht gewesen wären«, warf Melanie ein, die sich ebenfalls zu ihnen gesellt hatte, während Gabriel zu der Gruppe Agenten und Polizisten gegangen war, um mitzubekommen, was dort gesprochen wurde. Auch Melanie sah sich eingehend auf dem kleinen Platz vor dem Dom um. »Sind die Türen dort verschlossen?« Sie wies erst auf den Haupt-, dann auf den Seiteneingang des Gotteshauses.

Valentina nickte. »Abgeschlossen. Hinein kann man wohl nur auf der anderen Seite. Ich dachte schon ...« Wieder schauderte sie heftig. »Ich dachte, sie erschießen mich.«

»Das konnten die Kollegen ja gerade noch verhindern.« Melanie trat einen Schritt auf Valentina zu. »Ich glaube allerdings nicht, dass sie vorhatten, dich zu töten. Sie wollten ja an Informationen gelangen. Deinen Code«, ergänzte sie. »Tot hättest du ihnen nichts genützt.«

»Die Kollegen aus Ungarn waren extrem unvorsichtig«, brummte Markus sichtlich missgelaunt. »Sie hätten nicht so früh eingreifen dürfen, dann wären Bianca und Enrico jetzt nicht tot.« Wieder strich er sich ungehalten durchs Haar und über den Nacken. »Ich schätze, das muss ich jetzt erst einmal Walter mitteilen.«

»Und Dr. Schwartz.« Melanie warf ihm einen mitfühlenden Blick zu. »Das kann spaßig werden«, fügte
sie seufzend hinzu. »Was sagen die Kollegen?«, wandte sie sich an Gabriel, der in diesem Moment zu ihnen
trat.

Gabriel warf einen Blick zurück über die Schulter,
bevor er antwortete: »Dass wir aufs Schiff zurückkeh-
ren können, sobald wir unsere Aussagen gemacht haben. Damit es etwas schneller geht, habe ich ihnen zu-
gesagt, dass wir das alles auf Englisch erledigen. Dann
müssen sie keinen Dolmetscher kommen lassen.« Er
wandte sich an Janna. »Ich hoffe, das ist in Ordnung?
Kriegst du das hin?«

Janna lachte nervös. »Ich hoffe es. Ich hatte zwar
seit der Schule nicht mehr allzu viel Übung in Englisch, aber für irgendetwas muss es ja gut sein, dass
ich mir immer die englischen Tonspuren auf DVDs
anhöre und ganz oft Nachrichten der BBC oder von
CNN anschaue.«

»Gut.« Gabriel wandte sich um und winkte zwei Polizisten heran, die offenbar nur darauf gewartet hatten,
dass er ihnen ein Zeichen gab. »Dann legen wir mal
los, damit wir pünktlich wieder auf dem Schiff sind.«

Markus räusperte sich vernehmlich. »Da kommen
auch die slowakischen Kollegen.« Er deutete auf die
schmale Gasse, die um den Dom herumführte und aus
der nun zwei Frauen mittleren Alters und ein etwas
jüngerer Mann auf sie zusteuerten. »Die haben sich
ja verdammt lange Zeit gelassen. Ich frage mich, wo

sie bis jetzt gesteckt haben.« Er nickte den dreien zu, die daraufhin lächelnd die Hand hoben, sich jedoch zunächst einmal ebenfalls an die inzwischen mindestens zehn Polizisten wandten, die die drei ungarischen Agenten umringten. Etwas Unverständliches brummend, richtete Markus sein Augenmerk auf die beiden Polizeibeamten, die ihre Aussagen zu Protokoll nehmen sollten. »Auf die Erklärung bin jetzt schon gespannt.«

11

MS Amandus
B-Deck, Kabine von Janna und Markus
Samstag, 8. September, 19:56 Uhr

»Eine Fehlkommunikation also.« Missmutig ließ Markus sich auf das Fußende des Bettes sinken. »Deshalb waren die slowakischen Kolleginnen und der Kollege nicht eher vor Ort. Wunderbar.«

»Das ist doch nicht das erste Mal«, warf Melanie achselzuckend ein und setzte sich auf die Couch. »Die eine Abteilung sagt hü, die andere hott, und die dritte hat beides nicht gehört.«

»Nur dass diesmal leider zwei Leichen das Ergebnis sind«, fügte Gabriel hinzu. Er schien sich ebenfalls auf die Couch setzen zu wollen, entschied sich dann jedoch nach einem kurzen Blick auf Melanie anders und setzte sich auf den Sessel links von ihr. »Das wird eine Menge Papierkram nach sich ziehen, ganz zu schweigen davon, wie sehr es die Ermittlungen gegen das Kartell behindern wird, dass die Thronfolgerin, ich nenne sie mal so, von Institutsagenten erledigt wurde. Was hat Walter dazu gesagt?«

Markus stieß ein sarkastisches Schnauben aus. »Was soll er schon gesagt haben? Er ist aus der Haut gefahren. Und das war noch angenehm im Vergleich dazu, was ich mir von Dr. Schwartz anhören musste. So als könnten wir etwas dafür, dass die ungarischen Kollegen einen Fehler begangen haben. Bianca wird mit Sicherheit gewusst haben, dass Valentina schwer bewacht wird. Sie hat den ältesten Trick aller Zeiten angewendet: den Feind aus der Deckung gelockt. Wahrscheinlich können wir noch froh sein, dass sie nur mit Enrico unterwegs war oder dass ihre Verstärkung, falls sie welche angefordert hatte, nicht rechtzeitig dort war. Anderenfalls hätte das Ganze in einem noch viel übleren Blutbad enden können.« Während er sprach, schaltete er den Fernseher ein und suchte nach einem lokalen Sender, auf dem bald Nachrichten gezeigt werden würden. »Warten wir mal ab, was davon an die Öffentlichkeit dringt.«

»Sie werden doch wohl nichts über uns berichten?« Erschrocken hob Janna den Kopf. »Was, wenn davon etwas in den deutschen Nachrichten gezeigt wird?«

»Eine Meldung unter *ferner liefen* könnte diese Schießerei durchaus auch bei uns zu Hause wert sein.« Melanie hob die Schultern. »Aber keine Sorge, das Institut sorgt dafür, dass weder Namen noch Fotos oder sonstiges Bildmaterial von uns Agenten veröffentlicht wird. Dich eingeschlossen.« Sie lächelte leicht, wohl um Janna aufzumuntern.

Dankbar lächelte Janna zurück. »Na, hoffentlich. Ich wüsste nicht, wie ich so etwas meiner Familie erklären sollte.« Sie zögerte, da ihr plötzlich etwas einfiel. »Sagt mal, wo ist eigentlich die ungarische Kollegin? Sprach Herr Bernstein nicht davon, dass es zwei Männer und eine Frau sein sollten? Heute waren aber drei Männer vor Ort.«

»Gut beobachtet.« Markus nickte ihr grimmig zu. »Das habe ich Walter auch bereits gefragt. Wie sich herausstellte, wurde die Kollegin ausgetauscht. Er hatte mir ja die Namen und Fotos der drei ungarischen Kollegen zukommen lassen, aber es gab kurzfristig eine personelle Änderung, sodass die Kollegin durch diesen Kollegen hier«, er rief ein Foto auf seinem Handy auf und hielt es ihr unter die Nase, »ersetzt wurde. Adám Farkas. Das scheint also alles seine Richtigkeit zu haben. Abgesehen von ihrem Fehler, ihre Tarnung zu schnell aufzugeben, scheinen sie mit der Situation gut zurechtgekommen zu sein. Immerhin haben sie uns die Polizei vom Hals gehalten, sodass wir uns schnell vom Acker machen konnten.«

»Du magst die Kollegen aus Ungarn nicht«, stellte Gabriel fest.

»Ich muss sie nicht mögen, um mit ihnen zusammenzuarbeiten.« Markus zuckte mit den Achseln. »Es ärgert mich nur maßlos, dass wir wegen dieser Sache jetzt neue Unwägbarkeiten am Hals haben. Valentina dürfte zwar vorerst in Sicherheit sein, denn zumindest erwarten weder Dr. Schwartz noch Walter weitere Übergriffe von anderen kriminellen Vereinigungen, aber wie gesagt, für die weiteren Ermittlungen gegen das Kartell dürfte Biancas Tod nicht gerade förderlich sein. Wer weiß, was auf die Kollegen, die damit zu tun haben, deswegen noch zukommt. Biancas Vater ist einer der mächtigsten Männer Portugals. Es würde mich wundern, wenn er nicht alles daransetzen würde, den Tod seiner Tochter zu rächen.«

»Und was bedeutet das jetzt für uns?« Nervös rieb Janna die Handflächen aneinander. »Glaubst du, uns droht Vergeltung von ihm?«

»Uns wahrscheinlich nicht.« Er schüttelte den Kopf. »Er dürfte besser vernetzt sein als die slowakische Niederlassung des Instituts.« In seiner Stimme schwang Sarkasmus mit. »Deshalb müsste ihm klar sein, dass Biancas Tod nicht auf unsere Kappe geht, sondern auf die unserer Kollegen aus Ungarn. Allerdings sollten die durchaus in der Lage sein, auf sich selbst aufzupassen. Wir haben ...« Er stockte, denn die Nachrichten hatten inzwischen begonnen und auf dem Bildschirm erschienen Bilder vom Martinsdom und den beiden Toten, wie sie, in graue Kunststoffsäcke gehüllt, in zwei Wagen der Rechtsmedizin verfrachtet wurden.

Janna verstand zwar weder, was die Moderatorin sagte, noch konnte sie die rasch wechselnden Untertitel lesen, dennoch war sie in der Lage, dem Beitrag einigermaßen zu folgen. Tatsächlich schien dieses Ereignis nur als eine von vielen Randnoten des Tagesgeschehens abgetan zu werden, was sie seltsam erleichterte. Zwar fand sie es schlimm, dass der Tod zweier Menschen so wenig Aufmerksamkeit erregte, andererseits war es natürlich wichtig für ihre Arbeit, dass niemand sie auch nur ansatzweise mit dem Institut und diesen Toten in Verbindung bringen würde.

»Wir sollten noch etwas essen gehen«, wechselte Gabriel in trockenen Ton das Thema. »Auch wenn wir vermutlich alle nicht sonderlich viel Appetit haben, halte ich es für besser, den schönen Schein zu wahren. Ich habe vorhin mit Valentina gesprochen; sie wird sich ebenfalls später noch ins Restaurant begeben und unter die Leute mischen.« Er warf Markus und Janna ein schiefes Grinsen zu. »Zumindest haben wir insofern Glück, dass wir heute nicht noch einmal das Tanzbein schwingen müssen. Der Wettbewerb geht ja erst morgen weiter. Wenn ich mich recht entsinne, ist heute Abend ein großes Oldie-Festival mit Hits aus den Siebzigern, Achtzigern und Neunzigern angesetzt.« Er verdrehte amüsiert die Augen. »Dass Songs aus den Neunzigern schon als Oldies gelten, dazu will ich mich lieber mal nicht äußern.«

»Es kann ja nicht jeder mit so viel Begeisterung in der Vergangenheit leben wie du«, kam es in widerwilligem Ton von Melanie.

»Tue ich das?« Nun musterte Gabriel sie aufmerksam. »Ich lebe also in der Vergangenheit?«

»Etwa nicht?« Ihre Stimme wurde giftiger.

Markus erhob sich. »Nicht schon wieder«, brummte er missvergnügt. »Tut mir einen Gefallen und verschont mich heute mit diesem Kinderkram.«

Zu Jannas Überraschung beugte sich Melanie ohne ein Widerwort dieser Anweisung. »Ich meine ja nur«, murmelte sie und schoss einen verärgerten Blick auf Gabriel ab, der an ihm jedoch regelrecht abzuprallen schien. Wieder einmal nahm Janna sich fest vor, irgendwann herauszufinden, was zwischen den beiden vorging.

»Ein Oldie-Abend klingt doch ganz nett«, versuchte sie das Thema zu wechseln. »Und auch wenn ich tatsächlich nicht viel Appetit habe, knurrt mir allmählich der Magen. Seit heute Mittag haben wir ja nichts mehr gegessen, also wäre ich dafür, dass wir uns auf den Weg ins Restaurant machen.«

»Ich muss mich erst noch umziehen.« Melanie erhob sich und ging zur Tür. »Dir täte das auch ganz gut, Gabriel, es sei denn, du willst in den Straßenklamotten das Restaurant unsicher machen.«

»Wir treffen uns in zwanzig Minuten vor dem Restaurant?« Gabriel schloss sich ihr an, richtete seine Frage jedoch an Markus, ohne Melanies erneute Spitze überhaupt zu beachten. »Oder braucht ihr mehr Zeit?«

»Nein.« Markus schüttelte den Kopf, wandte sich dann aber fragend an Janna. »Oder?«

Janna hatte seine Frage zwar gehört, antwortete jedoch nicht darauf, denn ihr Blick war am Fernsehbildschirm hängen geblieben.

»Janna?« Markus trat neben sie und berührte sie an der Schulter. »Stimmt etwas nicht?«

Janna schluckte und deutete auf den Fernseher. »Schaut mal. Ich verstehe zwar nicht, was da gesagt wird, aber anscheinend gab es in Bratislava heute noch drei weitere Tote.«

»Drei?« Markus blickte zwar nun auch zum Bildschirm, doch inzwischen war der Bericht zu Ende. »In welchem Zusammenhang?«

Janna rieb sich über die Stirn. »Ich weiß es nicht genau, dazu habe ich nicht genug verstanden.« Sie wandte sich ihm zu. »Aber diese drei scheinen ebenfalls alle erschossen worden zu sein – und anscheinend gibt es von den Tätern keine Spur.«

***

MS Amandus
B-Deck, Kabine von Janna und Markus
Samstag, 8. September, 22:59 Uhr

Mit einem herzhaften Gähnen streckte Janna sich unter der Bettdecke aus, während Markus sich auf den Weg ins Bad machte. Als die Tür sich hinter ihm schloss, griff sie nach ihrem Handy und rief die Kurznachrichten auf, die ihre Familie ihr im Laufe des Tages geschickt hatte. Das meiste waren Fotos, und es gab sogar ein kurzes Video von Susanna und Till, die ihr wild durcheinander und ziemlich konfus aus dem Wildpark Daun berichteten, was sie gerade alles erlebten. Sie suchte selbst ein paar Fotos aus ihrer Galerie aus und versendete sie zum Teil an ihre Eltern, zum Teil an Felicitas und nach kurzem Zögern auch an Gerd. An ihn richtete sie sicherheitshalber nur ein paar wenige Grußworte und kurze Hinweise, um welche Sehenswürdigkeiten es sich auf den Fotos handelte.

Zuletzt rief sie noch einmal Felis Nachricht vom Nachmittag auf. Bislang hatte sie darauf noch nicht reagiert. Ihr war klar, dass ihre Schwester, sobald sie die Fotos sah, in dieser Sache nachhaken würde. Deshalb überlegte sie fieberhaft, was sie ihr auf ihre Fragen antworten sollte.

Schließlich entschied sie sich, in kurzen Worten so ehrlich wie möglich ihr Dilemma zu umreißen. Sie mochte Gerd sehr gerne, das stand außer Frage und das war auch schon immer so gewesen. Sie brachte ihm jedoch keinerlei romantische Gefühle entgegen und glaubte auch nicht, dass sich das in absehbarer Zeit ändern würde. Er war ihr gegenüber tatsächlich immer lieb und nett – sie musste schmunzeln, weil nun prompt Dackelwelpen vor ihrem inneren Auge auftauchten. Er bemühte sich um sie, ob nun aus echten Gefühlen, praktischen Erwägungen oder beides zusammen. Vielleicht bildete er sich seine Gefühle auch nur ein, überlegte sie weiter. Er hatte sich fest vorgenommen, zukünftig für seine Kinder ein richtiger Vater aus Fleisch und Blut zu sein, nicht nur einer, der alle Jubeljahre kurz zu Besuch kam und ansonsten nur Postkarten und Geburtstags- oder Weihnachtsgeschenke schickte. Diesen Entschluss wollte sie selbstverständlich unterstützen, doch deswegen gleich so weit zu gehen, sich auf eine Beziehung mit ihm einzulassen, kam für sie einfach nicht infrage.

Sie erinnerte sich noch an die Beziehung zu dem liebenswürdigen Zahnarzt Sander, die über ein halbes Jahr gehalten hatte, obgleich sie nicht einmal mit ihm intim geworden war. Sander hatte sie wirklich geliebt, deshalb hatte er ihr Zeit gelassen. Am Ende hatte sie jedoch eingesehen, dass ihr Zögern, sich voll und ganz auf ihn einzulassen, nicht nur viel mit ihren schlechten Erfahrungen in der Vergangenheit zu tun hatte, sondern auch mit der Tatsache, dass sie ihm keine wirklich tiefen Gefühle entgegengebracht hatte.

Sie hielt sich selbst nicht für prüde oder altmodisch, und dennoch war es ihr einfach nicht möglich, sich auf eine echte Beziehung und Intimität einzulassen, wenn sie nicht völlig sicher war, dass da etwas Besonderes zwischen ihr und dem betreffenden Mann war. Etwas, das sie aus dem Gleichgewicht brachte, ihr den Boden unter den Füßen wegzog. Lange hatte sie das nicht mehr gespürt. Wenn sie es ganz genau bedachte, dann fürchtete sie fast, sie hatte es noch nie wirklich empfunden.

Selbstverständlich hatte sie Erik, den Mann, mit dem sie fünf Jahre lang zusammen und sogar verlobt gewesen war, sehr geliebt. Sie waren sehr jung zusammengekommen, und sie hatte geglaubt, mit ihm gemeinsam alt werden zu können. Alles hatte sie gewollt, das volle Programm: Hochzeit, Kinder, irgendwann Enkelkinder. Dann war ihre Cousine Daniela bei einem schrecklichen Autounfall ums Leben gekommen, bei dem auch Jannas Vater so schwer verletzt worden war, dass er viele Monate in Krankenhäusern und Reha-Kliniken verbracht hatte. Danielas Zwillinge, gerade drei Jahre alt, waren Jannas Patenkinder, und da Gerd sich zu diesem Zeitpunkt auf einer Ausgrabung im Ausland befunden hatte und sich darüber hinaus nach eigenen Angaben nicht imstande sah, sich um die Kinder zu kümmern, hatte er sie darin unterstützt, das Sorgerecht für die beiden zu erhalten. Auch Jannas Vater, Anwalt für Familienrecht, hatte sich in dieser Hinsicht besonders eingesetzt, nachdem er wieder zu arbeiten imstande gewesen war.

Anfangs hatte es noch so ausgesehen, als ob Erik, wenn auch widerwillig, mit Jannas Entscheidung, die Zwillinge bei sich aufzunehmen, einverstanden gewesen war, doch hatte sich schnell herausgestellt, dass sie sich in ihm geirrt hatte. Er hatte sich zurückgezogen, war ihr in kurzer Zeit fremd geworden, und schließlich hatte er ihr gestanden, dass diese beiden Kinder nicht in seinen Lebensplan mit ihr passten. Bei der Gelegenheit hatte sie auch erfahren, dass er sie seit Jahren immer wieder betrogen hatte, um seine besonderen sexuellen Bedürfnisse, wie er es genannt hatte, ausleben zu können. Dabei hatte er es auch noch so hingestellt, dass letztlich sie selbst an dieser Untreue schuld gewesen wäre, weil sie sich auf die von ihm favorisierten Praktiken nicht hätte einlassen wollen. Dabei hatte sie nicht einmal geahnt, worum es sich dabei gehandelt hatte, wusste inzwischen jedoch genau, dass sie da nicht mitgemacht hätte. Offenbar hatte er sie in dieser Hinsicht richtig eingeschätzt und dieses Wissen als Rechtfertigung genutzt, um sie zu hintergehen. Sein Geständnis hatte ihr gesamtes bisheriges Leben wie ein Kartenhaus in sich zusammenstürzen lassen und ihr vor Augen geführt, dass Erik sie niemals wirklich geliebt hatte, auch wenn er das immer und immer wieder behauptet hatte. Sie war für ihn nicht mehr gewesen, als die passende gute Partie, die Tochter eines erfolgreichen Anwalts, in dessen Kanzlei Erik selbstverständlich nach der Hochzeit als Teilhaber hatte eintreten wollen.

Erik hatte ihr das Herz gebrochen, und es hatte lange gedauert, bis sie sich davon so weit erholt hatte, dass sie überhaupt in der Lage gewesen war, sich auch nur auf unverfängliche Dates mit Männern wieder einzulassen. Sander war der erste Mann gewesen, dem sie gestattet hatte, wieder einen Platz in ihrem Leben einzunehmen, doch diese eine besondere Schwelle hatte sie einfach nicht übertreten können. Natürlich war das Sander gegenüber nicht fair gewesen, deshalb hatte sie diese Beziehung schließlich beendet.

Vielleicht hätte sie es nicht getan oder nicht so schnell, wenn nicht in dieser Zeit ein anderer Mann in ihr Leben getreten wäre. Ein gut aussehender, arroganter, von sich selbst überzeugter und überdies sehr verschlossener Mann: Markus Neumann. Inzwischen war er längst nicht mehr so arrogant und verschlossen; je länger sie ihn kannte, desto mehr entdeckte sie, wie wertvoll und liebenswert der Mensch hinter der Agentenfassade war.

Doch hier taten sich gleich zwei Probleme auf: Seit sie ihm begegnet war, hatte sich etwas verändert – in ihr. Oder vielleicht war auch nur etwas in ihr erwacht, was sie vorher gar nicht gekannt hatte. Sie fühlte sich zu Markus hingezogen, anfangs noch verhalten, mittlerweile wurde es jedoch zunehmend schwierig, sich ihre Reaktion auf ihn nicht anmerken zu lassen. So etwas war ihr tatsächlich noch nie passiert! Sobald sie ihm nahekam, könnte sie schwören, Funken stieben zu sehen, und fühlte sich, als würde sie unter Strom stehen. Auch ihr Herzschlag und Blutdruck gerieten regelmäßig außer Kontrolle. Dies, gepaart mit der Tatsache, dass sie mittlerweile in ihm ihren besten Freund sah, warf sie immer wieder aus der Bahn, brachte sie aus dem Gleichgewicht, und sie fürchtete, dass sie, wenn sie nicht sehr achtgab, den Boden unter den Füßen verlieren könnte.

Auch wenn sie Erik wirklich geliebt hatte, war es auf eine völlig andere Art und Weise gewesen. Diese geradezu magnetische Anziehung hatte sie bei ihm nicht erlebt und Funken waren auch kaum jemals zwischen ihnen geflogen. Wahrscheinlich lag es daran, dass Erik ihr nie echte Gefühle entgegengebracht hatte. Diesen Gedanken wollte sie allerdings lieber nicht vertiefen, weil sie im Hinblick auf Markus damit sehr dünnes Eis betrat. Wenn sie nämlich logisch weiterdachte, würde das zu einem Schluss führen, für den sie noch nicht bereit war. Deshalb bemühte sie sich, ihre Gedanken im Zaum zu halten und auf die beiden Probleme zu richten, die sich vor ihr auftraten: Das eine war die Tatsache, dass sie begriffen hatte, wie wenig sie bereit war, sich auf eine dauerhafte Beziehung mit einem Mann einzulassen, zu dem es sie nicht mindestens so sehr hinzog wie zu ihrem verdammt noch mal besten Freund. Das andere waren eben genau diese außer Kontrolle geratenden Gefühle, die natürlich extrem unprofessionell waren. Zumal sie befürchtete, dass sie nicht nur ihre Freundschaft mit Markus belasten könnten, sondern auch ihre neue berufliche Karriere als seine Partnerin im Institut.

Soweit sie wusste, waren Beziehungen und sogar Ehen zwischen Agenten nicht verboten, das beste Beispiel lieferte Walter Bernstein, der Vorgesetzte der Abteilung sieben, mit seiner Frau Gerlinde. Die beiden waren schon seit vielen Jahren verheiratet und ein gutes Team, anfangs noch im Außendienst, inzwischen war Walter schon seit längerer Zeit eine der Führungskräfte des Instituts und Gerlinde seine Assistentin. Janna vermied es jedoch tunlichst, sich und Markus mit diesem Paar zu vergleichen, denn sie waren völlig andere Menschen und Markus, wie sie ihn bislang kannte, ganz und gar nicht der Typ Mann, der überhaupt auf der Suche nach einer festen Bindung war. Im Gegenteil! Er hatte ihr mehr als einmal klar und deutlich dargelegt, wie gefährlich es sein konnte, Berufliches und Privates zu sehr zu vermischen. Darüber hinaus genoss er, soweit sie das einschätzen konnte, das Junggesellenleben in vollen Zügen.

Er pflegte einige Frauenbekanntschaften und wohl auch hin und wieder lockere Beziehungen, war jedoch sichtlich bemüht, diese nicht zu ernst werden zu lassen. Eine Frau hatte keinen Platz in seinem Leben, zumindest keine, die sich dort dauerhaft einrichtete und sein Herz einnahm.

Dass auch er hier und da die Funken zwischen ihnen bemerkt hatte, wusste sie zwar sehr genau, jedoch auch, dass er noch mehr als sie darauf bedacht war, nicht falsch darauf zu reagieren, sondern professionell zu bleiben. Sie war vermutlich die erste Frau, mit der er überhaupt jemals eine echte Freundschaft eingegangen war – vermutlich sogar der erste Mensch überhaupt. Diese Freundschaft war wertvoll und hatte nicht nur ihn dazu gebracht, sich in menschlicher Sicht weiterzuentwickeln, sondern auch sie, viele Unsicherheiten im Hinblick auf sich selbst zu überwinden und ihr Leben, zumindest beruflich, neu auszurichten.

Sie vertraute ihm, er vertraute ihr. Das, was zwischen ihnen gewachsen war, erschien ihnen beiden so wichtig und so wertvoll, dass sie beide nicht riskieren wollten, es zu zerstören.

Doch was bedeutete dies alles für ihr Privatleben? Gedankenverloren zupfte Janna an der Bettdecke herum und hörte über den leisen Ton des Fernsehers hinweg, in dem gerade der Film *Bad Boys* lief, Markus' leise Stimme. Offenbar telefonierte er gerade mit jemandem. Sie versuchte gar nicht erst, seine Worte zu verstehen, da sie wusste, dass er ihr den Inhalt des Gesprächs später erzählen würde. Stattdessen richtete sie ihre Gedanken wieder zurück auf sich selbst, auf ihr Privatleben. Oder vielmehr zu dem nicht vorhandenen Privatleben, denn leider sah es im Augenblick so aus, als ob sie vorerst Single bleiben würde. Denn wenn es nicht infrage kam, den verwirrenden Gefühlen, die sie Markus entgegen- brachte, nachzugeben, dann musste sie wohl oder übel erst einen anderen Mann finden, zu dem sie sich auch nur ansatzweise so sehr hingezogen fühlte oder besser noch deutlich mehr. Gerd fiel eindeutig nicht in diese Kategorie, und da sie bezweifelte, dass ihr so schnell ein anderer begegnen würde, der diesen, wie sie sehr wohl wusste, hohen Ansprüchen Genüge tun würde, blieb sie wohl besser allein. Es sei denn ... Ihr Blick wanderte zur Badezimmertür. Nein! Ausgeschlossen. Das war viel zu gefährlich, in mehr als nur einer Hinsicht.

Ein kurzer Signalton und das Vibrieren ihres Handys verrieten, dass Feli ihr eine Antwort gesendet hatte.

Feli: Schade.
Feli: ;-)
Feli: Kein Gleichstrom?

Janna schmunzelte, weil sie sich an jenes Gespräch mit ihrer Schwester erinnerte, das inzwischen zu ei- nem Running Gag geworden war.

Janna: Auch kein Wechselstrom. Eher ein totaler Stromausfall.

Feli: Dann lass die Finger davon. Nicht, dass du am Ende im Dunkeln und im Kalten sitzt.

Janna schmunzelte wieder und antwortete ihrer Schwester darauf mit einem Daumen hoch.

Sie erschrak fast ein bisschen, als sich im selben Moment die Badezimmertür öffnete und Markus, in ein graues T-Shirt und ebenfalls graue Boxershorts gekleidet, sein Smartphone in der Hand, herauskam und sich ganz selbstverständlich neben ihr unter seine Decke schob. Sie hatten eine gute Routine gefunden, und sie staunte, wie leicht es ihr inzwischen fiel, neben ihm einzuschlafen und aufzuwachen – solange diese professionelle Distanz gewahrt wurde.

Eingedenk dieser Tatsache legte sie ihr Smartphone auf den Nachtisch ab, schloss das Ladegerät an und drehte sich dann so auf die Seite, dass sie Markus bequem ansehen konnte. Dabei stopfte sie unbewusst die weiche Daunendecke um sich herum fest. »Mit wem hast du gerade gesprochen?«

***

»Mit Walter.« Markus streckte sich unter seiner Decke aus und drehte sich auf die Seite, Janna zugewandt. Dabei fiel ihm auf, dass sie sehr sorgsam ihrer Bettdecke um sich herum feststopfte, so als wäre ihr kalt. Gleichzeitig hatte sie sich jedoch auf ihren linken Ellenbogen gestützt, sodass ihr Oberkörper halb unter der Decke hervorragte und ihm einen viel zu guten Ausblick auf das dunkelblaue Pyjamaoberteil mit den schmalen Trägern und dem V-Ausschnitt bot. Angelegentlich richtete er seinen Blick auf ihr Gesicht. »Eigentlich hat er schon Feierabend, wollte mich aber trotzdem persönlich darüber informieren, dass es noch keine neuen Informationen über die drei Toten gibt, die außer Bianca und Enrico heute in Bratislava erschossen wurden. Wir können nicht sicher sein, ob sie überhaupt etwas mit dem Kartell zu tun haben. Es kann auch reiner Zufall sein, dass die drei Männer so zeitnah zu Bianca und Enrico ermordet wurden.«

Skeptisch verzog sie die Lippen. »Ein Zufall?«

»Ich weiß.« Aus unerfindlichem Grund war auch Markus versucht, seine Decke fest um seinen Körper herumzustopfen. »Wenn es nach einem Zusammenhang riecht, ist es meist auch einer. Leider müssen wir jetzt erst einmal abwarten, bis die Opfer identifiziert worden sind und das Institut über ihre Identität informiert wird. Das kann durchaus einen oder zwei Tage dauern, wenn wir Pech haben. Zwar versucht Walter, bei den entsprechenden Stellen Druck zu machen, aber man weiß nie, ob es etwas hilft. Was wir wissen, ist, dass die drei dem Aussehen nach Südländer sind, vermutlich Spanier oder Portugiesen. Aber auch da kann man sich nicht wirklich sicher sein. Sollte es zutreffen, liegt die Vermutung nahe, dass es sich um Rivalen von Bianca und ihren Leuten handelt. Möglicherweise ist sie mit Enrico auf die drei getroffen oder hat Nachricht erhalten, dass die Männer sich in Bratislava aufhalten.«

»Du meinst, sie haben kurzen Prozess mit ihnen gemacht?« Janna schauderte. »Passiert so etwas wirklich? Manchmal komme ich mir vor wie in einem Kinofilm.«

»Morde zwischen rivalisierenden Banden oder Kartellen kommen so gut wie täglich vor.« Markus ließ sich auf den Rücken fallen und blickte zur Decke hinauf. »Was in den Nachrichten gezeigt wird, ist meist nur die Spitze eines Eisbergs.«

Auch Janna ließ sich in ihre Kissen sinken, wandte ihm aber das Gesicht zu. »Du meinst also, dass Bianca und dieser Enrico diesen drei Männern begegnet sind und sie … umgebracht haben? Und danach sind sie dann seelenruhig wieder zurückgekehrt und haben versucht, sich Valentina zu greifen?«

»Es ist zumindest eine Möglichkeit«, bestätigte Markus. »Solange wir den genauen Todeszeitpunkt nicht haben und auch keine Zeugen oder Beweise, ist dies ein naheliegendes Szenario. Immer vorausgesetzt, dass die beiden Vorfälle tatsächlich etwas miteinander zu tun haben.« Er bemerkte, dass sie leicht schauderte, und musterte sie aufmerksam. »Geht es dir gut? Das war heute nicht gerade eine alltägliche Situation für dich, ganz zu schweigen von dem Anblick zweier Leichen.«

Diesmal war es an Janna, zur Decke hinaufzublicken. »Es scheint allmählich zur Gewohnheit zu werden, oder?«, versuchte sie es mit einem halbherzigen

Scherz. Sie lächelte kurz, wurde aber gleich wieder ernst. »Keine Sorge, mir geht es gut. Natürlich war es ...« Sie zog die Decke ein Stückchen höher, bis zu ihrem Kinn. »Unschön. Man hätte uns wirklich sagen müssen, dass diese Kollegen aus Ungarn sich hier aufhalten.«

»Hätte man, aber auch im Institut läuft nicht immer alles, wie es soll. Schon gar nicht, wenn mehrere Zweigstellen am Süppchen beteiligt sind.« Markus seufzte. »Was mich aber viel mehr ärgert, ist der Fehler, den sie begangen haben. Sie hätten sich nicht so leicht aus ihrer Deckung locken lassen dürfen. Schwartz tobt natürlich, wie du dir vorstellen kannst. Es ist gut möglich, dass damit ein großer Teil unserer Ermittlungsarbeit zunichtegemacht worden ist. Abgesehen davon kann man nie wissen, wie Biancas Vater auf ihren Tod reagieren wird. Er hat zweifelsohne die Mittel und Möglichkeiten, sich dafür an den entsprechenden Stellen zu rächen.«

»Am Institut meinst du?« Erschrocken starrte Janna ihn an. »Glaubst du, er wird Jagd auf die ungarischen Kollegen machen? Das wäre ja dann wirklich wie in einem Film.«

»Allerdings wie in keinem guten«, stimmte Markus grimmig zu.

»Und was sollen wir jetzt tun?«

»Das gleiche wie bisher.« Er zog ebenfalls seine Decke bis über die Schulter hoch, entschied sich dann aber, dass ihm das zu warm war, und wühlte seine

Arme wieder heraus, um sie hinter dem Kopf zu verschränken. »Wir halten die Augen und Ohren offen und sorgen dafür, dass Valentina nie unbeobachtet ist und nicht in Gefahr gerät. Ich kann mir nicht vorstellen, dass Biancas Vater jemand anderes auf uns ansetzt. Er wird jetzt erst einmal mit dem Tod seiner Tochter klarkommen müssen. Ein Kind zu verlieren, dürfte auch für einen Kartellboss nicht einfach sein.«

»Du meinst, er ist auch nur ein Mensch.«

»Wir sind alle nur Menschen.« Er warf ihr einen kurzen Blick zu. »Das vergisst man leicht in dem Schachspiel, als das die Geheimdienstarbeit oftmals angesehen wird.«

Nach einer kurzen Pause fügte er hinzu: »Es gibt immer noch keine weiteren Hinweise darauf, dass andere kriminelle Vereinigungen vorhaben, sich Valentinas Forschungsergebnisse anzueignen. Zumindest nicht hier auf dem Schiff oder auf dem Weg nach Sofia. Also tun wir weiterhin unseren Job und hoffen, dass wir bis zu unserer Ankunft dort eine ruhige Kugel schieben dürfen.«

Zu seiner Überraschung hob Janna die Augenbrauen und grinste schief. »Beschrei es bloß nicht. Du hast auch schon nach dem Einchecken hier auf dem Schiff gesagt, dass wir vermutlich nicht allzu viel zu tun haben werden.«

»Bist du etwa abergläubisch?« Er musste ebenfalls grinsen. »Also gut, ich beschreie es nicht, sondern wechsle taktvoll das Thema. Was war das heute

Nachmittag mit der Nachricht deiner Schwester? Will sie dich mit diesem Gerd verkuppeln?«

»Nein.« Janna lachte und wirkte mit einem Mal leicht nervös. »Das heißt, vielleicht hat sie gedacht …« Auch Janna befreite nun ihre Arme aus der Decke und drehte sich erneut auf ihre linke Seite, ihm zugewandt. »Es ist ja auch so naheliegend, oder?«

»Ist es das?« Neugierig musterte er sie.

Sie zuckte mit den Achseln und schob rasch den Träger ihres Pyjamaoberteils, der dabei ins Rutschen geraten war, zurück an seinen ordnungsgemäßen Platz. »Schon, oder?«

Ein ungutes Zwicken machte sich in seiner Magengrube bemerkbar. »Sag du es mir.«

»Wie gesagt, es wäre furchtbar praktisch.« Sie hielt kurz inne. »Das Problem ist, dass ich mich mit *praktisch* nicht mehr zufriedengeben will.«

Markus merkte auf. »Nicht *mehr*?«, rutschte es ihm heraus, bevor er sich bremsen konnte. Innerlich fluchte er, wartete jedoch trotzdem gespannt auf ihre Reaktion.

In ihrem Blick flackerte es seltsam. »Ja, na ja … Es hat …«

»Es hat was?«, hakte er nach, als ihr Blick in eine unbestimmte Ferne hinter ihm wanderte.

»Es hat keinen Sinn, etwas mit ihm anzufangen, weil er keinen Stromanschluss hat«, purzelte es plötzlich und unerwartet schnell über ihre Lippen. Verlegen räusperte sie sich und senkte den Blick.

Irritiert starrte er sie an. »Keinen Stromanschluss? Was soll das denn heißen?«

Er konnte sehen, wie sie sich auf die Unterlippe biss. Ein Anblick, der ihm gerade nicht ausgesprochen guttat, doch losreißen konnte er seinen Blick trotzdem nicht. Erneut blickte sie an ihm vorbei. »Ja, weißt du, das ist so etwas, das ich für mich beschlossen habe. Damals, nachdem ich mit Sander Schluss gemacht habe.«

»Mit Sander?« Nun begriff er gar nichts mehr. »Was hat er damit zu tun?«

»Eine ganze Menge.« Sie lachte, und es klang immer noch sehr nervös. »Weißt du noch, das war damals, nachdem wir auf Pützchens Markt ...« Sie stockte. »Egal. Ich habe mit ihm Schluss gemacht, weil er nicht der Richtige war. Und ich weiß inzwischen auch, warum er nicht der Richtige war. Er war einfach nicht ... Er hatte nicht ... Wir hatten nicht ... Mist. Ich fange noch mal von vorne an.« Sie holte tief Luft. »Es gab keine Funken zwischen uns. Kein Knistern, verstehst du? Gar nichts. Ich mochte ihn sehr, und ich mag auch Gerd sehr. Aber wie du schon ganz richtig gesagt hast, lieb und nett zu sein reicht nicht. Mir zumindest nicht. Ich will ja keinen Dackelwelpen.« Es folgte erneut ein klägliches Lachen, und die Worte flossen schneller und schneller über ihre Lippen, wie immer, wenn sie nervös oder verängstigt war. »Da muss schon irgendwie mehr sein. Und wenn es das nicht ist, dann ist es nicht das Richtige. Weißt du, ich war in meinem Leben bestimmt schon ein paarmal verliebt, so als Teenager. Wie man in dem Alter halt so verliebt ist. Und dann habe ich Erik getroffen und das war dann meine erste große Liebe. Zumindest dachte ich das immer. Ja, doch«, korrigierte sie sich hastig. »Ich habe ihn geliebt, sehr sogar. Aber in letzter Zeit … Vielleicht liegt es auch daran, dass die Sache jetzt schon so lange zurückliegt … Also, in letzter Zeit glaube ich oder frage ich mich vielmehr, ob er vielleicht auch nicht der Richtige war.«

»Das war er ganz sicher nicht«, unterbrach er sie mit mehr Ärger in der Stimme, als ihm lieb war. Er kannte Jannas Ex-Verlobten Erik nicht persönlich, doch allein das, was er von ihr über ihn erfahren hatte, reichte ihm schon, um diesen Kerl als absoluten Abschaum zu betrachten. »Was er dir angetan hat …«

»Eben«, unterbrach nun sie ihn. »Ich war geblendet von meinen eigenen Gefühlen und von der Vorstellung von uns beiden. Es hat alles so perfekt gepasst. Wir hatten so viele gemeinsame Interessen – dachte ich zumindest«, fügte sie an, diesmal mit Ingrimm in der Stimme. »Ich weiß bis heute nicht, was davon er mir nur vorgespielt hat und was echt war. Dafür könnte ich ihn im Nachhinein noch erwürgen. All das …« Ihre Decke raschelte. »Ich dachte damals, es wäre alles genauso, wie ich es mir immer erträumt hatte. Vielleicht war es das bis zu einem gewissen Grad auch. Mir wäre gar nicht in den Sinn gekommen, dass da auch etwas gefehlt haben könnte. Erst …« Hier stockte sie wieder. Ganz kurz traf ihr Blick auf seinen, zuckte dann jedoch weiter, zu einem Punkt neben ihm, und schließlich drehte sie sich mit Schwung auf die andere Seite. »Erst seit … einer Weile ist mir klar geworden, was gefehlt hat. Warum es auch mit ihm nicht richtig gewesen wäre, selbst wenn er mich nicht betrogen hätte.«

Stirnrunzelnd betrachtete Markus Jannas Rücken und Hinterkopf. »Er hatte keinen Stromanschluss«, wiederholte er ihre Worte, obgleich er nicht die geringste Ahnung hatte, was sie bedeuten sollten.

Sie stieß einen Laut aus, der irgendwo zwischen Lachen und Schnauben lag. »Genau. Ich habe mit Feli damals darüber gesprochen und festgestellt, dass es manchmal …« Sie drehte sich wieder ein wenig in seine Richtung, so als wollte sie über die Schulter schauen, begegnete seinem Blick aber nicht. »Es gibt so Momente im Leben, weißt du, da sieht man ganz plötzlich vieles klar. Zum Beispiel, wenn man jemandem, also in meinem Fall einem Mann, sehr nahekommt und dann plötzlich wie unter Strom steht. Kennst du das? Ja, bestimmt kennst du das. Du hattest ja sicherlich schon viele Freundinnen und Affären und all so was … Auch Feli hat gesagt, dass sie das Gefühl, so unter Strom zu stehen, wenn sie einem richtig tollen Mann nahekommt, gut kennt. Ich glaube … Mir ist es zum letzten Mal passiert, als ich mal als Teenager fürchterlich in einen Jungen verliebt war, der eine Klasse über mir war. Oder zumindest war es damals ein bisschen so. Aber weder mit Erik noch mit Sander … Na ja, und da ist mir eben klar geworden, dass es nicht das Richtige sein kann, wenn ich diese Gefühle nicht habe. Ist das verrückt? Ja, vielleicht, weil bestimmt viele Frauen denken, dass so etwas vollkommen überbewertet wird. Vielleicht ist es das auch. Wahrscheinlich hat die Hälfte der Menschheit dieses merkwürdige Gefühl, unter Strom zu stehen oder dass es knistert oder dass Funken fliegen, noch nie erlebt. Trotzdem führen sie alle normale und glückliche Beziehungen. Vielleicht bin ich auch nur total durchgeknallt oder hoffnungslos romantisch, oder die Sache mit Erik hat mir komplett den Verstand verdreht. Ich weiß es nicht, auf jeden Fall werde ich mit Gerd auf keinen Fall etwas anfangen, weil …«

»Weil er ebenfalls keinen Stromanschluss hat«, vervollständigte Markus erneut ihren Satz und begriff endlich, was jedoch dazu führte, dass sich eine Mischung aus Panik und Schwindel in ihm breitmachen wollte. Innerlich rief er sich energisch zur Ordnung. Sie hatte ihm lediglich dargelegt, warum sie mit diesem Gerd keine Beziehung anstrebte. Ihre Gründe waren durchaus nachvollziehbar, doch gleich davon auszugehen, dass sie irgendetwas mit ihm zu tun haben könnten, war irrsinnig und absurd. Immerhin waren sie nur Freunde. Sehr gute Freunde zwar, aber eben nicht mehr, darüber waren sie sich von Anfang an einig gewesen.

Absurd und irrsinnig war leider auch sein Bedürfnis, sie zu berühren, deshalb schob er seine Hände sicherheitshalber wieder unter seine Decke. »Ich …«, setzte er an, doch da unterbrach sie ihn erneut.

»Tut mir leid, Markus.« Wieder sprach sie halb über ihre Schulter hinweg. »Ich habe es schon wieder getan, oder?«

Irritiert stutzte er. »Was getan?«

»Dich wie ein Wasserfall vollgequatscht. Das wollte ich wirklich nicht. Ich weiß ja, dass dich das irremacht.«

Interessanterweise störte es ihn schon seit langer Zeit nicht mehr. Er hatte sogar sehr gut gelernt, aus dem Wust an Worten, den sie in solchen Momenten absonderte, die wichtigen Informationen herauszufiltern und entsprechend zu verarbeiten. »Quatsch«, antwortete er mit leichter Verspätung. »Ich hätte es dir schon gesagt, wenn es mich stört.«

»Ja. Ich weiß.« Sie seufzte. »Du bist wenigstens immer ehrlich zu mir. Aber ich wette, so genau wolltest du gar nicht über mein Innenleben Bescheid wissen, oder? Na ja, immerhin hattest du ja gefragt, was mit Gerd und mir ist. Meine Antwort ist leider viel zu lang ausgefallen. Wie gesagt, tut mir leid. Ich habe Feli jedenfalls schon geschrieben, dass sie sich keine Hoffnungen machen soll. Jetzt muss ich mir nur noch überlegen, wie ich das auch Gerd beibringe, ohne ihn zu sehr vor den Kopf zu stoßen. Immerhin möchte ich ja auf jeden Fall, dass er sich weiterhin um die Zwillinge kümmert, und ich möchte nicht, dass irgendetwas zwischen uns steht und es dann seltsam zwischen uns wird. Das ist das Schlimmste, oder? Dass es seltsam wird, und dann weiß man nicht mehr, wie man sich verhalten oder was man sagen soll, und schwups ist die gute Freundschaft dahin und man steht wieder ganz alleine da und ärgert sich, dass man nicht alles anders gemacht hat.« Ihre Worte waren wieder schneller aus ihr herausgeflossen, und Markus war sich nicht ganz sicher, ob sie immer noch über diesen Gerd sprach.

Ehe er sich zurückhalten konnte, hatte er seinen rechten Arm erneut unter der Decke hervorgezogen. Vorsichtig berührte er sie an der linken Schulter, die halb unter ihrer Bettdecke hervorlugte.

»Schon gut«, murmelte er und verdrängte mit aller Macht das warme Prickeln, das die Berührung mit ihrer weichen Haut verursachte. »Du kriegst das schon hin. Und im Zweifelsfall …«

»Im Zweifelsfall?«, echote sie.

»Im Zweifelsfall bin ich ja auch noch da.« Er fluchte innerlich, weil er nicht einmal recht wusste, was er mit diesen Worten überhaupt meinte. »Als Freund«, fügte er deshalb hastig hinzu. »Ohne Stromanschluss.«

Das stetige Prickeln unter seinen Fingerspitzen schien seine Worte Lügen zu strafen, deshalb zog er seine Hand schließlich entschlossen zurück.

»Ohne Stromanschluss«, wiederholte sie erneut seine Worte, und er war sich nicht sicher, ob sie alarmiert oder amüsiert war.

Er versuchte, die Sache selbst mit Humor zu nehmen. »Im Zweifelsfall kann man ja auch einfach den Stecker ziehen.«

»Ach.«

Verärgert über sich selbst drehte er sich abrupt auf die andere Seite, sodass sie nun Rücken an Rücken lagen. »Gute Nacht, Janna.« Demonstrativ löschte er das Licht.

»Gute Nacht, Markus.«

Es wurde still in der Kabine, und Markus dachte schon, dass Janna eingeschlafen sei, als sie noch einmal kurz das Wort ergriff: »Danke.«

Nach einem Atemzug fügte sie hinzu: »Für das Angebot, meine ich. Ein guter Freund ist genau das, was ich im Augenblick am meisten brauche.«

Er lächelte leicht. »Ich auch.«

Wieder blieb es eine ganze Weile still.

»Markus?« Nun klang sie tatsächlich schläfrig.

»Ja?«

»Ist es nicht eigentlich, wenn man den Stecker ziehen muss, schon zu spät?«

Ihre Worte versetzten ihm einen unangenehmen Stich, der gleich wieder mit diesem Anflug von Panik einherging. Doch noch ehe er sich auch nur ansatzweise eine Antwort darauf überlegen konnte, verrieten ihre tiefen Atemzüge, dass sie eingeschlafen war.

12

Janna blickte auf ihre Armbanduhr und entschied, dass sie noch ausreichend Zeit hatte, im Souvenirshop des Nikola-Tesla-Museums nach Mitbringseln für die Zwillinge zu suchen. Die Fremdenführerin, deren Gruppe sie sich heute angeschlossen hatte, würde erst in einer knappen halben Stunde vor dem Eingang warten.

Es dauerte nicht lange, bis Janna eine Tasse mit Teslas Foto und einem seiner Zitate fand, das sie sofort an Till erinnerte. *»We have to begin with little things, before we accomplish the great ones.«* Genau das sagte sie ihrem oft ungeduldigen Pflegesohn auch immer. Vielleicht würden die Worte mehr Gewicht haben, wenn sie von dem bekannten Erfinder und Ingenieur kamen, dachte sie amüsiert bei sich. Für Susanna fand sie ein großes Poster mit dem Titel *The World System of Wireless Transmission*. Das Mädchen interessierte sich schon seit einiger Zeit für alles rund um Elektrizität und kabellose Energieübertragung. Vielleicht, so mutmaßte Janna, würde sie ja einmal einen Beruf in dieser Richtung ergreifen. Natürlich nur, wenn ihre Interessen sich nicht noch mehrmals änderten, so wie es bei Janna und ihren Geschwistern allzu häufig der Fall gewesen war.

Zufrieden mit ihrer Beute schob Janna ihre Geldbörse zurück in die kleine Umhängetasche und trat in den blassen Sonnenschein hinaus. Außer ihr hatten nur zwei weitere Mitglieder der Gruppe bereits das Museum verlassen, offenbar, um zu rauchen, weshalb sie sich in etwas Entfernung zu den beiden Frauen aufhielt. Zigarettenrauch vertrug sie nicht allzu gut. Außerdem hätte sie sich am liebsten irgendwo hingesetzt, wenn nicht vom vorangegangenen Regen alle Oberflächen nass gewesen wären. Sie hatte sich anscheinend eine Blase an der Ferse gelaufen. Leider befand sich ihre Notfallapotheke an Bord, doch sie erinnerte sich, dass sie auf dem Weg hierher an einer Apotheke vorbeigekommen waren. Rasch trat sie doch auf die beiden rauchenden Frauen zu. »Wären Sie bitte so nett, unserer Stadtführerin, sobald sie hier eintrifft, zu sagen, dass ich kurz zur Apotheke gegangen bin? Ich brauche dringend Blasenpflaster.«

»Zur Apotheke?« Die Ältere der beiden, eine grauhaarige Frau in einem teuren Hosenanzug aus Seide, sah sie verblüfft an. »Gibt es denn hier in der Nähe eine?«

»Ja, dort hinten um die Ecke.« Janna deutete in die entsprechende Richtung. »Es ist auch gar nicht weit. Ich brauche bestimmt nur zehn Minuten, höchstens.«

»Sie wollen ganz alleine gehen?« Die andere Frau, Lydia hieß sie, wenn Janna sich richtig erinnerte, war blond und nicht weniger schick gekleidet. Sie riss ihre sorgsam geschminkten blauen Augen übertrieben weit auf. »Das wäre mir aber zu unsicher.«

»Warum denn?« Janna winkte lachend ab. »Es ist heller Tag und wirklich nicht weit. Wenn ich die Blase an meinem Fuß jetzt nicht behandle, kann ich später garantiert nicht mehr beim Tanzwettbewerb mitmachen.«

»Ach ja, der Wettbewerb.« Die Blonde bedachte sie mit einem höflichen Lächeln. »Das wäre ja nichts für mich. So im Rampenlicht zu stehen und mich womöglich vor allen Leuten zu blamieren. Aber Sie und Ihr Mann machen das ja ganz gut, wie man hört. Ich hab noch gar nicht zugeschaut. Vielleicht das Finale, mal sehen.«

»Ja, also dann ...« Janna nickte den beiden noch einmal zu und beeilte sich, die Apotheke aufzusuchen. Dabei biss sie bei jedem Schritt die Zähne zusammen. So eine Blase war wirklich das Letzte, was man auf einer Städtetour brauchen konnte.

Glücklicherweise war die Verständigung in der Apotheke mit Jannas Englischkenntnissen sowie Händen und Füßen schnell erfolgreich, sodass sie sich rasch wieder auf den Rückweg machen konnte.

Neben der Apotheke gab es einen kleinen Kiosk und daneben einen schmalen Grünstreifen mit einer Linde, der von einer teilweise windschiefen, kniehohen

Begrenzung aus Metall umgeben war. Janna ließ sich darauf nieder, zog ihren Schuh aus und verarztete die wunde Stelle an ihrer Ferse. Sie hatte gerade wieder den Fuß in den Schuh gezwängt, als ihr drei Personen in dunklen Kurzmänteln auffielen, die ganz in der Nähe aus einem Taxi stiegen und auf der gegenüberliegenden Straßenseite an ihr vorübergingen. Verblüfft sah sie ihnen nach. Waren das nicht die ungarischen Kollegen, die ihnen in Bratislava begegnet waren? Was sie wohl hier trieben? Heute war sie ausnahmsweise allein losgezogen, während Markus, Melanie, Gabriel und Valentina sich nach der Besichtigung der Belgrader Festung für die Stadtrundfahrt im Bus gemeldet hatten. Markus hatte Janna ermutigt, sich die paar Stunden mehr oder weniger freizunehmen, um das Museum zu besuchen. Falls das Institut darüber Bescheid wusste, und Janna ging davon aus, hätte man doch sicherlich auch die Agenten aus den anderen Stützpunkten darüber informiert. Es bestand nicht der geringste Grund, sie, Janna, zu observieren, und es sah auch gar nicht so aus, als hätten die drei das vor. Sie hatten sie ja offenbar nicht einmal bemerkt.

Von Neugier erfasst, erhob Janna sich und nahm unauffällig die Verfolgung auf.

Weit musste sie nicht gehen, denn nur wenige Schritte von der Apotheke entfernt bogen die drei Agenten in einen Hauseingang ab, der zu einer Geldwechselstube gehörte. Da das Gebäude eine große Glasfront hatte, blieb Janna unschlüssig an dessen Ecke stehen, entschied sich dann aber, weil sie auf diese Weise nichts sehen konnte, rasch mit abgewandtem Gesicht an dem Schaufenster vorbeizugehen und im gleich danebenliegenden Eingang zu einem Laden stehen zu bleiben, der eine Konditorei zu sein schien, denn das Schaufenster zierten unzählige Fotos von fantasievollen, mehrstöckigen Hochzeitstorten.

Von ihrem neuen Standort aus konnte Janna zumindest erkennen, dass die drei Agenten in der Wechselstube standen und mit weiteren Personen sprachen. Es sah jedoch nicht so aus, als wollten sie Geld eintauschen. Vorsichtig und mit schneller pochendem Herzen schlich Janna sich näher an den Zugang zur Wechselstube heran und hoffte, dass die Personen im Inneren des Gebäudes sie nicht bemerken würden.

Sie erschrak, als jemand sich von drinnen der Tür näherte, und wich hastig wieder in den Eingang der Konditorei zurück. Eine Frau mittleren Alters und ein grauhaariger Mann verließen die Wechselstube und unterhielten sich dabei auf Französisch. Offenbar waren es Touristen. Sie hatten allerdings die Tür der Wechselstube so weit geöffnet, dass diese an einem magnetischen Stopper drinnen eingerastet war. Dies schien die anderen Personen im Inneren des Gebäudes nicht weiter zu stören, denn als Janna sich vorsichtig wieder näher an den Eingang heranschob, hörte sie sie unbekümmert miteinander sprechen – auf Russisch? Sie runzelte die Stirn, hätte sich dem Eingang gern noch mehr genähert, traute sich aber nicht, um nicht doch noch entdeckt zu werden. Die Wortfetzen, die zu ihr herausragen, hörten sich jedenfalls nicht Ungarisch an, auch wenn sie nicht gerade eine Expertin für osteuropäische Sprachen war.

Ihr Herzschlag beschleunigte sich noch ein wenig mehr. Weshalb sollten sich ungarische Agenten in der serbischen Hauptstadt mit jemandem auf Russisch unterhalten? Oder sprachen sie womöglich serbisch? Das würde mehr Sinn ergeben. Allerdings hatte sie, seit die Zwillinge die weiterführende Schule besuchten, Kontakt zu den Eltern von zwei Mitschülerinnen, die gebürtig aus Russland stammten. Durch diese Bekanntschaft war sie näher mit der russischen Sprache in Berührung gekommen und ziemlich sicher, dass sich die drei Agenten genau in dieser Sprache mit den anderen Personen in der Wechselstube verständigten.

Ehe sie weiter darüber nachdenken konnte, bemerkte sie, dass die Stimmen, die durch die offenstehende Tür drangen, deutlich lauter und erregter wurden; offenbar gab es eine Unstimmigkeit zwischen den beiden Parteien. Oder erteilte da jemand nur sehr barsche Anweisungen? Einer der ungarischen Agenten sprach in strengem Befehlston, und gleich darauf kam von allen übrigen Anwesenden zustimmendes Gemurmel. Janna erschrak und wich hastig erneut in den Eingang der Konditorei zurück, denn die drei ungarischen Agenten verließen die Wechselstube, dicht gefolgt von drei weiteren Männern. Vor dem Eingang tauschten die sechs sich noch einmal wild gestikulierend aus; im nächsten Moment gingen die Ungarn in Richtung der Apotheke davon, während die drei anderen Männer noch vor dem Eingang der Wechselstube stehen blieben. Einer von ihnen löste die Tür von dem Stopper und schloss sie ab.

Als die drei Männer sich ausgerechnet in ihre Richtung wandten, durchfuhr Janna ein weiterer heftiger Schreck. Ohne darüber nachzudenken, riss sie die Tür zu Konditorei auf und betrat das Ladenlokal. Ärgerlicherweise gab es an der Tür eine altmodische Klingel, die ihre Anwesenheit ankündigte. Hastig zog Janna die Tür geradezu mit Gewalt wieder hinter sich zu und ging ein paar Schritte in den Laden hinein. Dann drehte sie sich um und beobachtete, wie die drei Männer, offenbar ohne sie bemerkt zu haben, an dem Ladenlokal vorbeieilten. Sie atmete auf und schluckte erleichtert gegen ihr heftig pochendes Herz an, fuhr aber zusammen, als eine freundliche weibliche Stimme sie von der Ladentheke aus ansprach – auf Serbisch.

Janna schluckte, schluckte noch einmal, atmete tief durch, dann lächelte sie der jungen blonden Frau hinter der Theke so unbefangen, wie es ihr möglich war, zu, entschuldigte sich auf Englisch und verließ das Ladenlokal hastig.

Auf der Straße blickte sie vorsichtig nach links und nach rechts, konnte jedoch weder die russischen noch die ungarischen Agenten irgendwo entdecken.

Die Russen! Sie hatte sie erkannt. Es waren die Männer gewesen, die Ruslan Wassiljew verhaftet hatten – und Ruslan selbst! Ganz eindeutig hatte sie ihn erkannt. Was machte er hier in Belgrad auf freiem Fuß? Sie waren alle davon ausgegangen, dass der FSB ihn inhaftiert hatte. Wie konnte es sein, dass er sich zusammen mit zwei FSB-Agenten und den ungarischen Kollegen vom Institut traf? Was hatte sie hier gerade zufällig entdeckt?

Erneut beschleunigte sich ihr Puls und sie musste mehrmals durchatmen, um sich zu beruhigen. Sie wollte gerade nach ihrem Handy greifen, um Markus über diese ungeheuerliche Beobachtung zu informieren, als sie hörte, wie jemand ihren Namen rief. Als sie aufblickte, sah sie, dass die beiden Frauen, die sie vorhin vor dem Museum angesprochen hatte, zusammen mit der Stadtführerin auf sie zueilten. Alle drei Frauen gestikulierten heftig und schienen überaus erleichtert, sie gefunden zu haben. Erst jetzt wurde ihr bewusst, dass sie, ohne weiter darüber nachzudenken, die Verfolgung der drei ungarischen Agenten aufgenommen hatte, obwohl sie eigentlich nur zur Apotheke hatte gehen wollen. Natürlich hatten sich die Frauen Sorgen gemacht, als sie nicht wie versprochen nach wenigen Minuten wieder zurückgekehrt war.

Der Rest der Reisegruppe näherte sich nun ebenfalls, und nur Augenblicke später sah Janna sich von vielen Personen umringt, die alle gleichzeitig auf sie einredeten und von ihr wissen wollten, ob alles mit ihr in Ordnung sei. Also schob sie ihr Handy wieder zurück in ihre Tasche. So wichtig er auch war, der Anruf bei Markus würde noch ein Weilchen warten müssen.

13

»Sie sind sich also ganz sicher, dass es sich bei den drei Männern um Ruslan und zwei FSB-Agenten handelt?« Walters Miene auf dem kleinen Bildschirm des Tablets, das Markus auf dem Couchtisch aufgestellt hatte, wirkte äußerst besorgt. Janna hatte Markus erst nach ihrer Rückkehr auf die *MS Amandus* über ihre Beobachtung informieren können, da sie bis dahin ständig von anderen Mitreisenden umgeben gewesen waren. Nun hatten sie sich zusammen mit Melanie und Gabriel in ihrer Kabine eingeschlossen und eine Notfall-Videokonferenz mit Walter Bernstein einberufen. Auch Valentina war anwesend, damit sie über die neuesten Entwicklungen Bescheid wusste.

Janna nickte, zögerte, nickte dann aber erneut, diesmal energisch. »Ich dachte erst, ich sehe nicht richtig. Es war schon so seltsam, dass plötzlich die drei ungarischen Kollegen aufgetaucht sind. Aber anscheinend waren sie nicht meinetwegen dort, wie ich erst vermutete, denn sie haben mich, glaube ich, nicht einmal bemerkt. Es muss ein Zufall gewesen sein, dass sie sich ausgerechnet in dieser Geldwechselstube mit den Russen getroffen haben.« Sie schluckte. »Ich habe gar nicht weiter nachgedacht, sondern bin ihnen einfach gefolgt. Glücklicherweise sind sie nicht allzu weit gegangen, sonst hätte ich wahrscheinlich meine Gruppe und die Stadtführerin ganz verloren. Die dachten schon, ich hätte mich verlaufen oder wäre irgendwo unter die Räder gekommen.« Das nervöse Lachen blieb ihr beinahe im Hals stecken. »Ich bin den dreien also nachgeschlichen und konnte mich neben der Wechselstube im Eingang einer Konditorei verstecken. Eigentlich hätte ich gar nicht viel mitbekommen, wenn nicht so ein Pärchen, Franzosen waren es, glaube ich, gerade herausgekommen wäre. Die haben wahrscheinlich ihr Geld dort eingetauscht, und als sie gegangen sind, haben sie einfach die Tür weit offenstehen lassen.« Sie atmete einmal tief durch, weil sie bemerkte, dass sie schon wieder in einen ihrer nervösen Redeströme verfiel. »Ich dachte mir gleich, dass die Sprache, in der diese Agenten sich unterhielten, weder Ungarisch noch Serbisch sein kann. Ich kenne mich zwar nicht besonders gut mit osteuropäischen Sprachen aus, aber meine Kinder haben in ihrer neuen Schule mehrere Kinder mit Migrationshintergrund in der Klasse, und zwei davon haben russische Eltern. Ich habe mich mit den Müttern schon mehrmals bei Schulaktivitäten getroffen und auch auf einem Elternabend. Sie sind beide furchtbar nett, sprechen aber nicht oder noch nicht fließend Deutsch. Manchmal haben sie sich dann untereinander auf Russisch unterhalten, deshalb kam mir das, was die Männer da heute gesprochen haben, so bekannt vor. Als ich sie dann gesehen habe, ihre Gesichter, meine ich, wusste ich auch, warum. Es waren zwei der Agenten vom FSB, die neulich diesen Ruslan verhaftet haben. Und Ruslan selbst. Aber wie kann das sein? Ich dachte, der FSB hat ihn eingesperrt. Hieß es nicht, sie hätten schon länger nach ihm gesucht? Und jetzt ist er auf einmal wieder auf freiem Fuß und zieht mit den russischen Agenten durch Belgrad?«

Mit nachdenklicher Miene rieb Walter sich übers Kinn. »Ich fürchte, da sind Sie durch puren Zufall auf eine größere Sache gestoßen. Wir wissen nur noch nicht, was für eine Sache das ist.«

»So zufällig am Ende vielleicht doch nicht«, gab Markus zu bedenken. »Ich habe mich vorhin ein wenig umgesehen und umgehört und festgestellt, dass unsere drei ungarischen Kollegen offenbar heute hier auf dem Schiff eingecheckt haben. Ich hatte noch keine Gelegenheit, sie zu treffen, nehme aber an, dass sie spätestens heute beim Abendessen mit uns Kontakt aufnehmen werden. Sie können schließlich nicht davon ausgehen, dass sie hier unerkannt bleiben werden. Ich bin schon sehr gespannt darauf, was sie uns zu erzählen haben.«

»Wir sollten auf gar keinen Fall erwähnen, dass Janna sie zusammen mit den Agenten vom FSB gesehen hat«, warf Gabriel ein. »Warten wir lieber ab, ob sie dieses Treffen von selbst erwähnen oder darüber schweigen. In der Zwischenzeit müssen wir herausfinden, was es hier für Verbindungen geben könnte.« Er wandte sich dem Tablet-Bildschirm zu. »Walter, wie lange wird es dauern, bis Sie in dieser Hinsicht neue Informationen erhalten?«

Walter Bernstein hob die Schultern. »Nicht allzu lange, will ich hoffen. Ich werde gleich nach diesem Meeting mehrere Leute darauf ansetzen und mich auch mit den Kollegen in Ungarn in Verbindung setzen. Sobald ich etwas weiß, gebe ich es an Sie weiter. Hoffen wir, dass es sich nur um wenige Stunden handelt, bis wir Klarheit haben, was hier gespielt wird.«

»Und wir tun in der Zwischenzeit einfach so, als wäre nichts gewesen?« Valentina, die bisher geschwiegen hatte, trat näher an den Bildschirm heran. »Das kann doch nicht Ihr Ernst sein! Ich meine, was ist, wenn diese ungarischen Agenten gemeinsame Sache mit dem FSB machen? Oder mit Ruslan? Vielleicht sind sie ja übergelaufen oder so etwas.«

»Uns bleibt im Augenblick keine andere Wahl, als gute Miene zum bösen Spiel zu machen.« Markus berührte Valentina leicht an der Schulter und bedeutete ihr, sich auf die Couch zu setzen. »Bevor wir nicht wissen, was wirklich Sache ist, müssen wir ihr Spiel mitspielen. Möglicherweise gibt es für das alles eine vollkommen nachvollziehbare Erklärung. Falls die drei ungarischen Kollegen aber tatsächlich Dreck am

Stecken haben sollten, ist es immens wichtig, dass sie nicht bemerken, was wir über sie wissen.«

»Wir sind also gezwungen, ihnen etwas vorzumachen«, schloss Janna und warf Valentina einen mitfühlenden Blick zu. »Ich kann verstehen, dass Sie sich damit nicht wohlfühlen. Mir gefällt es auch nicht, das können Sie mir glauben. Ich war regelrecht entsetzt, als ich diese Leute vom FSB erkannt habe. Und Ruslan«, setzte sie hinzu. »Sie müssen gemeinsam etwas im Schilde führen, anderenfalls würde er doch nicht einfach frei herumlaufen, oder?« Sie warf noch einmal einen Blick auf das Tablet, woraufhin Walter ihr zunickte.

»Wie ich schon sagte, möglicherweise sind sie da einer größeren Sache auf die Spur gekommen. Wir haben jedenfalls keinerlei Informationen darüber, dass die ungarischen Kollegen auf der *MS Amandus* einchecken sollten. Ich werde dies aber, wie gesagt, umgehend in Erfahrung bringen. Möglicherweise eine Planänderung, über die ich noch nicht informiert wurde.« Man sah ihm an, dass er ein Stirnrunzeln zu verbergen versuchte, ebenso wie ein Seufzen. »Gerlinde hat bereits Herrn Dr. Schwartz zu einem dringlichen Meeting gebeten. Ich gehe davon aus, dass er jeden Augenblick hier eintreffen wird. Sobald es Neuigkeiten gibt, melde ich mich wieder bei Ihnen. Halten Sie bis dahin die Stellung und tun Sie, was Sie sonst auch getan hätten.« Nach einem Atemzug fügte er mit einem angedeuteten Lächeln fort: »Gibt es da nicht immer noch diesen Tanzwettbewerb?«

Markus stieß einen genervten Laut aus. »Ja, den gibt es.« Kurz warf er einen Blick auf seine Armbanduhr. »Und wenn wir dort nicht mit leerem Magen aufschlagen wollen, sollten wir jetzt wohl oder übel einen Abstecher ins Restaurant machen und unser Abendessen einnehmen.«

»Also gut.« Walter hatte sich bereits von seinem Sitzplatz erhoben und beugte sich ein wenig vor, damit sein Gesicht weiterhin auf dem Bildschirm zu sehen war. »Gute Arbeit, Janna. Wir hören voneinander.« Damit beendete er die Videokonferenz.

»Er hat recht, weißt du?«, kam es überraschend von Melanie. Sie trat auf Janna zu. »Das war wirklich gute Arbeit und ziemlich mutig. Wer weiß, was sie mit dir gemacht hätten, wenn sie dich entdeckt hätten? Obwohl ...« Beschwichtigend hob sie die Hände, wohl, weil sie bemerkte, dass Janna erschrocken zusammengefahren war. »Wahrscheinlich hätten sie gar nichts gemacht, denn was auch immer sie im Schilde führen, es wäre zu riskant gewesen, dich einfach so aus dem Weg zu räumen. Vermutlich hätten sie dir irgendein Märchen erzählt und ihre Pläne geändert.«

»Bist du dir da sicher?«, warf Gabriel skeptisch ein. »Jemand wie Ruslan Wassiljew fackelt im Allgemeinen nicht lange, wenn er glaubt, dass ihm jemand ins Handwerk pfuscht.« Auch er trat auf Janna zu und berührte sie sanft am Arm. »Ich will dir keine Angst machen, Janna, aber du hattest verdammtes Glück heute. Und eine Menge Mut, da stimme ich Melanie zu.«

Markus nickte mit gerunzelter Stirn. »Es war verdammt gefährlich. Janna ist für solche Einsätze nicht ausgebildet.«

»Sie wird es aber auch nie lernen, wenn sie nicht ab und zu ein wenig Praxis bekommt.« Mit einem eigentümlichen Grinsen tätschelte Melanie Markus' Arm. »Du wirst sie nicht vor allem beschützen können. Das ist in unserem Metier schlicht unmöglich. Ich gebe zu, dass ich meine Zweifel hatte, als sie bei uns angefangen hat, aber inzwischen hat sie bewiesen, dass mehr in ihr steckt, als man vielleicht auf den ersten Blick erwarten würde.« Sie lächelte schief in Jannas Richtung. »Nichts für ungut.« Dann wandte sie sich wieder an Markus. »Du hättest es wesentlich schlimmer treffen können, wenn Walter dir irgendeinen x-beliebigen Partner aufs Auge gedrückt hätte. Aus unserer Abteilung hätte er wahrscheinlich niemanden gewählt, weil er weiß, wie du tickst und dass keiner von uns es dauerhaft mit dir ausgehalten hätte. Also hätte er jemanden von außerhalb dafür in die Abteilung holen müssen. So gesehen war es dein Glück, dass du Janna damals diese DVD aufgedrängt hast. Niemand, ich zuallerletzt, hätte gedacht, dass sie mal deine Partnerin werden würde, noch dazu in dieser neuen Abteilung. Aber wie gesagt, es hätte wesentlich schlimmer kommen können.« Bei diesen Worten maß sie Gabriel mit einem scheelen Blick. »Davon kann ich ein Lied singen.«

»Hey, was soll das denn heißen?« Gabriel hob nun seinerseits beschwichtigend beide Hände. »Ich habe nichts gesagt und nichts getan.«

»Deine reine Existenz reicht schon aus, um mir das Leben unnötig schwerzumachen«, erwiderte Melanie ungerührt. Ihr Ton war jedoch nicht ganz so scharf wie sonst ihm gegenüber. »Was Walter geritten hat, dich als meinen Partner abzustellen, ist mir ein absolutes Rätsel. Ich habe mit Tommy und Alexa doch immer ganz gut zusammengearbeitet.«

»Du kannst jetzt nicht behaupten, dass wir nicht ebenfalls gut zusammenarbeiten«, konterte Gabriel mit einem feinen Lächeln. »Wenn du nicht gerade damit beschäftigt bist, verbal auf mich einzudreschen, oder physisch, dann sind wir doch ein ziemlich gutes Team, oder etwa nicht?«

»Sehr glaubwürdig«, bestätigte Markus, woraufhin Janna ihn mahnend mit dem Ellenbogen anstieß. Überrascht sah er sie von der Seite an. »Was denn? Ist doch so, oder etwa nicht?«

Sie verdrehte nur die Augen.

»Außerdem habe ich läuten hören, dass Alexa eventuell demnächst für eine Weile in die Zweigstelle nach Paris wechseln wird«, fuhr Gabriel fort. »Zumindest hat sie mal so etwas angedeutet. Und Tommy will seiner Frau und der beiden Kinder zuliebe zukünftig mehr im Innendienst arbeiten. Meine Ausbildung ist so gut wie beendet, und anscheinend bin ich im Augenblick der Einzige, der sich als Partner für dich eignet.« Sein Grinsen verbreiterte sich ein wenig. »Ob es dir nun gefällt oder nicht, wenn wir weiterhin so erfolgreich zusammenarbeiten, bestätigen wir damit, dass diese Partnerschaft für das Institut von Vorteil ist.« In seine Augen trat ein schalkhaftes Blitzen. »Und nein, nicht einmal du bist so verrückt, einen wichtigen Fall zu torpedieren, nur um mich als deinen Partner loszuwerden.«

Bevor Melanie darauf etwas erwidern konnte, machte sich Valentina mit einem lauten Räuspern bemerkbar. »Was machen wir denn nun? Wir tun also so, als wäre nichts und gehen jetzt etwas essen?«

»Das ist der einzige Plan, der sich im Augenblick anbietet«, bestätigte Markus. Wieder sah er kurz auf seine Armbanduhr. »Ich würde sagen, wir treffen uns in zwanzig Minuten vor Valentinas Kabine.« Er warf der Wissenschaftlerin einen strengen Blick zu. »Du bewegst dich sicherheitshalber von jetzt an nicht mehr alleine auf diesem Schiff. Wenn du irgendwo hingehen möchtest, sagst du einem von uns Bescheid. Solange wir nicht wissen, wie die Situation hier wirklich ist und ob die ungarischen Kollegen eine eigene Agenda verfolgen, dürfen wir nicht das geringste Risiko eingehen, dass sie dir allein begegnen.«

***

MS Amandus B-Deck
Kabine von Janna und Markus
Dienstag, 11. September, 22:59 Uhr

»Aua, aua, aua.« Kaum hatte Janna den Aufzug verlassen und damit die Gesellschaft anderer Passagiere verzog sie schmerzlich das Gesicht und begann heftig zu humpeln. »Tut mir leid«, wandte sie sich an Markus. »Ich bin normalerweise nicht wehleidig, aber ich kann wirklich kaum noch laufen. Das Blasenpflaster an meiner Ferse hat sich vorhin gelöst, ich glaube, während wir den Foxtrott getanzt haben.«

»Blasenpflaster?« Verwundert sah Markus sie von der Seite an und ergriff spontan ihren Arm, um sie zu stützen. Ihm war bis eben gar nicht weiter aufgefallen, dass Janna sich irgendeine Verletzung zugezogen hatte.

»Ja.« Mit kläglicher Miene deutete sie auf ihren linken Fuß. »Deshalb war ich doch heute Nachmittag in der Apotheke.« Inzwischen hatten sie ihre Kabine erreicht. Janna wartete, bis Markus mit der Schlüsselkarte die Tür geöffnet hatte, bevor sie weitersprach. »Wenn ich mir nicht diese blöde Blase gelaufen hätte, wären mir die drei ungarischen Agenten gar nicht über den Weg gelaufen.«

»So, so.« Markus, folgte ihr rasch in die Kabine und schloss die Tür. Er konnte sich ein Schmunzeln nicht verkneifen. »Dann haben wir also den neuesten Durchbruch in unserem Fall deinem schlecht sitzenden Schuhwerk zu verdanken.«

»Durchbruch?« Janna humpelte zu einem Sessel und ließ sich aufatmend darauf nieder.

»Die neuesten Erkenntnisse«, schränkte Markus.

»Wunderbar.« Stöhnend entledigte Janna sich ihres Schuhs. »Dann sind meine Schmerzen wenigstens zu etwas nutze.« Missmutig zog sie den Fuß auf ihren Oberschenkel und untersuchte die Blessuren an der Ferse. »Ich hätte wohl heute nicht mehr tanzen dürfen.«

»Wahrscheinlich nicht.« Markus zog den anderen Sessel heran und ließ sich ihr gegenüber darauf nieder. »Lass mal sehen.«

»Was?« Überrascht ließ Janna es zu, dass er ihren Fuß auf seinen Schoß zog und die stark gerötete Stelle an der Ferse ebenfalls untersuchte. Er hatte spontan gehandelt und nicht damit gerechnet, dass der Kontakt mit ihrem nackten Fuß oder ihr verwirrter Blick etwas in ihm auslösen könnten. Das merkwürdige Kribbeln in seinen Fingerspitzen ignorierte er zwar geflissentlich, dennoch war er für einen kurzen Moment abgelenkt.

»Ich brauche ein neues Pflaster.« Jannas Stimme klang ein klein wenig angestrengt – oder bildete er sich das nur ein? Sie wollte schon aufspringen, doch er hielt sie mit einer beschwichtigend erhobenen Hand zurück. »Bleib sitzen, ich hole etwas aus meiner Notfallapotheke.« Rasch überließ er ihr den Fuß wieder und ging zu seinem Schrank. Dort hatte er eine kleine, aber feine Reiseapotheke in einer rechteckigen Box verstaut. Er suchte sich ein paar Utensilien heraus und kehrte damit zu Janna zurück.

»Was ist das?« Neugierig sah sie ihm dabei zu, wie er in einer handtellergroßen Schale ein hellgraues Pulver mit einer braunen Flüssigkeit zu einem Brei vermischte. Er hörte sie schnuppern. »Sag bloß ...« Zu seiner Überraschung nahm sie ihm die kleine Plastikflasche mit der braunen Flüssigkeit ab und roch daran.

»Das ist die Mischung von Mikroorganismen, von der du mir vor einiger Zeit erzählt hast.« Er grinste schief. »Man kann sie, wie du ja sicher weißt, auch pur auf Wunden auftragen, das dürfte jedoch in deinem Fall wie die Hölle brennen.« Er grinste. »Mit dem speziellen Keramikpulver ...«

»Ergibt es eine Paste, die eine rasche Heilung fördert«, beendete sie seinen Satz und lächelte. »Stimmt. Ich benutze diese Mikrobenmischung schon seit Ewigkeiten, sowohl im Haus als auch im Garten. Sie ist für sehr viele Bereiche gut und fördert das natürliche Gleichgewicht des Mikrobioms. Wenn ich etwas Falsches gegessen oder mir einen Darmvirus eingefangen habe, trinke ich auch schon mal ein, zwei Schlucke pur.«

»Ich inzwischen auch.« Markus schüttelte sich, lächelte aber ebenfalls.

»Ich hätte nicht gedacht, dass du damals bei meinen Ausführungen so gut aufgepasst hast und dieses Mittel nun sogar selbst nutzt.« Aufmerksam musterte sie ihn.

Er zog ihren Fuß wieder auf seinen Schoß und trug etwas von der Paste auf die wunde Stelle auf. Sie zuckte kurz zusammen, hielt aber still. »Warum nicht? Wenn es um meine Gesundheit geht, probiere ich gerne alles aus, was keine Chemie enthält. Ich habe meiner Stiefmutter Agnetta davon erzählt, und du wirst es kaum glauben, aber sie hat das Zeug vor vielen Jahren ebenfalls schon mal benutzt, ist dann aber irgendwie davon abgekommen. Inzwischen hat sie sich auch wieder damit eingedeckt und nebelt meinen Vater täglich mit Hilfe einer Sprühflasche damit ein.« Er hielt mit einem Schmunzeln inne. »Ich glaube, das erste Mal, dass sie es an mir ausprobiert hat, war, als ich nach dieser Messerattacke bei dem R.E.M.-Konzert ein paar Tage auf Krankenurlaub von der Bundeswehr zu Hause verbracht habe.« Unwillkürlich hatte er das Bedürfnis, die Stelle an seinem Oberarm zu berühren, an der sich die unregelmäßige Narbe befand, die nach jenem Zusammenstoß mit zwei gewalttätigen Männern zurückgeblieben war. Die beiden hatten damals, vor vielen Jahren, nach einem Konzert der Musikgruppe R.E.M. Janna und ihre Freundin belästigt. Markus hatte es zufällig mitbekommen und war eingeschritten. Erst vor Kurzem hatten sie festgestellt, dass sie sich damals zum ersten Mal begegnet waren und nicht erst vor etwas mehr als einem Jahr am Flughafen Köln-Bonn. Janna war damals erst sechzehn Jahre alt gewesen, er zwanzig. Da er mit der Schnittverletzung ins Krankenhaus gebracht worden war, hatte er die beiden jungen Mädchen nicht wiedergesehen und sich danach nie großartig Gedanken um diesen Vorfall gemacht. Für sie beide war es ein regelrechter Schock gewesen, als sie erkannt hatten, dass ihre Wege sich schon einmal auf diese Weise gekreuzt hatten. Seltsamerweise flog ihn jetzt eine Art Nachhall jenes Schocks an, als er daran zurückdachte.

»Tatsächlich.« Auch Janna schien sich gerade an den Vorfall zu erinnern.

»Ich hatte es vollkommen vergessen«, gab er achselzuckend zu. »Das war nichts, was damals meine Aufmerksamkeit erregt hätte. Ich hatte einfach andere Dinge im Kopf. Erst, als ich es Agnetta gegenüber zur Sprache brachte, nachdem du mich damit verarztet hattest, kamen wir darüber ins Gespräch.«

Janna lächelte leicht. »Ungefähr zu dieser Zeit, also rund um das Konzert herum, müssen meine Eltern auch damit angefangen haben. Damals gab es so eine Vortragsreihe über die sogenannten Effektiven Mikroorganismen in Rheinbach und in ...«

»Meckenheim«, ergänzte Markus mit einem leicht mulmigen Gefühl. »Agnetta meinte, dass sie und Vater zwei dieser Veranstaltungen besucht haben.«

»Wirklich?« Janna starrte ihn verblüfft an. Plötzlich lachte sie. »Irgendwie gruselig.«

»Was ist daran gruselig?« Natürlich wusste er, was sie meinte.

»Dass unsere Eltern sich vielleicht damals auch schon begegnet sind.« Sie hob die Schultern. »Du musst doch zugeben, dass das schon ein ziemlicher Haufen Zufälle ist.«

»Vielleicht.« Um sie nicht ansehen zu müssen, wand er einen lockeren Verband um ihren Fuß. »Das Leben spielt halt manchmal so. Es ist total unberechenbar.«

»Ist es das?« Er spürte ihren Blick auf sich ruhen und sah schließlich doch von ihrem Fuß auf.

»Etwa nicht?«

»Kann sein.« Sie schien noch etwas hinzufügen zu wollen, stoppte sich jedoch und schwieg.

»Was?«, hakte er nach und ließ ihren Fuß los.

»Nichts.«

»So siehst du aus.« Er bedachte sie mit einem beredten Blick, doch sie zog es vor, nicht darauf einzugehen, was ihn aus unerfindlichen Gründen fuchste. Etwas zu ruppig riss er die Plastikflasche, den Tiegel mit dem Keramikpulver und das übrig gebliebene Verbandszeug an sich und trug es zum Schrank zurück. Erst aus dieser sicheren Entfernung sprach er erneut. »Ich hätte jetzt gedacht, du würdest es Schicksal nennen.«

»Warum sollte ich das tun?« Janna hatte den Blick auf ihren verbundenen Fuß gerichtet, den sie vorsichtig hin und her bewegte. »Glaubst du denn ans Schicksal?«

Eine gute Frage. Glaubte er ans Schicksal? »Ich weiß es nicht. Du?« Abwartend sah er sie an, bis sie seinen Blick erwiderte.

»Schon. Manchmal.«

Unwillkürlich runzelte er die Stirn und trat einen Schritt auf sie zu. »Warum nur manchmal?«

»Ich weiß nicht.« Wieder hob sie die Schultern. »Na gut, eigentlich habe ich schon immer ans Schicksal geglaubt. An Bestimmung und so, du weißt schon. Aber für jemanden wie dich ist das wahrscheinlich alles Kokolores.«

Der Ausdruck reizte ihn zum Grinsen, und er zog es vor, das Gespräch nicht zu sehr in die Tiefe gehen zu lassen. »Ich habe mir nie viele Gedanken über das Schicksal gemacht. Allerdings war ich schon immer der Ansicht, dass man sich eine gute Gelegenheit nicht entgehen lassen sollte. Wer weiß schon, ob sich jemals wieder eine ergibt.«

»Eine gute Gelegenheit?« Fragend musterte sie ihn. Als er nicht gleich antwortete, weiteten sich ihre Augen ungläubig. »Du willst mir doch nicht etwa weismachen, dass du mich damals am Flughafen als gute Gelegenheit angesehen hast.«

Nun doch etwas verlegen, fuhr er sich durchs Haar. »Als einzige Gelegenheit – oder Möglichkeit – wohl eher, da hast du recht. Aber du musst zugeben, dass sich dieser Vorfall als vorteilhaft für uns beide herausgestellt hat – oder zumindest entwickelt.«

»Herr Bernstein hat dich mehr oder weniger gezwungen, weiter mit mir zusammenzuarbeiten!« Empört sprang Janna auf und stemmte die Hände in die Hüften. »Das kann man wohl erst recht nicht als gute Gelegenheit bezeichnen.«

Markus lachte trocken. »Und dennoch habe ich sie ergriffen.« Offenbar für einen Moment sprachlos, starrte Janna ihn an, deshalb fügte er rasch hinzu: »Hey, selbst Melanie hat diese Sache als Glücksfall eingestuft, das will schon etwas heißen.«

»Melanie?«

»Du hast doch gehört, was sie gesagt hat.«

»Diese *Sache*?« Janna trat zwei Schritte auf ihn zu.

»Na, damals, am Flughafen.« Er wusste nicht, wie er sich verhalten sollte und befürchtete, er würde sich um Kopf und Kragen reden, wenn er nicht sofort die Flucht ergriff. »Niemand hätte jemals gedacht, dass ..., dass ...« Er rieb sich fahrig über den Nacken. »Dass sich alles einmal so entwickeln würde, wie ... na ja, wie es das getan hat.«

»Dass wir Freunde geworden sind, meinst du?«

Er nickte zögernd.

»Und Partner?«

Wieder nickte er nur. Zu seiner Verblüffung entspannte sie sich plötzlich und lächelte heiter. »Ich auch nicht – ganz bestimmt nicht. Das ist das Verrückteste, was mir je in meinem Leben passiert ist.«

Endlich bekam er wieder ordentlich Luft. »Dito.«

»Und das Beste«, fügte sie mit ernster Miene hinzu.

Er erschrak, doch ehe er auch nur nach Luft schnappen konnte, klingelte sein Handy.

***

Jannas Puls drehte beinahe durch. Wie hatte dieses Gespräch nur solch eine Richtung einschlagen können? Hatte er es dorthin getrieben oder sie? Und wichtiger noch: Warum? Als sie das Klingeln seines Handys vernahm, hätte Janna sich beinahe vor Erleichterung zu Boden sinken lassen, so wackelig waren ihre Knie geworden. Stattdessen setzte sie sich so beiläufig wie möglich auf das Fußende des Bettes. Sie hatte sich so fest vorgenommen, möglichst nicht am Status ihrer Freundschaft mit Markus zu rühren! Es würde zu nichts führen, sie höchstens der Gefahr aussetzen, sich entsetzlich die Finger zu verbrennen und bei der Gelegenheit das tatsächlich Beste aufs Spiel zu setzen, was ihr seit vielen Jahren widerfahren war. Sie wollte diese Freundschaft nicht verlieren, unter keinen Umständen. Mit dem Feuer zu spielen, war also keine Option, auch wenn die Versuchung neuerdings immer aufdringlicher wurde.

»Moment, Herr Dr. Schwartz, ich stelle Sie auf laut, damit Janna mithören kann.« Markus' Worte rissen Janna aus ihrer Schockstarre. Sie hob den Kopf und lauschte den Ausführungen des Leiters der Abteilung für interne Angelegenheiten. Mit jedem Satz, den er sprach, wuchs ihr Entsetzen.

»Wir haben uns mit den Kolleginnen und Kollegen in Ungarn kurzgeschlossen. Von einem weiteren Einsatz der Ihnen bekannten Agenten war dort nichts geplant. Im Gegenteil, alle drei waren auf andere Fälle angesetzt. Die Leitung der ungarischen Zweigstelle hat versucht, umgehend Kontakt zu allen dreien aufzunehmen.« Es entstand eine kurze Pause, in der deutlich Schwartz' Atem zu vernehmen war. »Alle drei wurden ermordet in ihren Wohnungen aufgefunden, und allen dreien wurden Handys, Laptops und sicherheitsrelevante Daten gestohlen, durch die das Institut getäuscht und kompromittiert werden konnte.«

»Getäuscht?« Janna schluckte und warf Markus einen erschrockenen Blick zu.

»Alle drei ungarischen Kollegen sind bereits seit mehr als zweiundsiebzig Stunden tot.« Schwartz atmete erneut geräuschvoll ein und wieder aus. »Das bedeutet, dass Sie es von Anfang an mit Betrügern zu tun hatten.«

»O mein Gott.« Unwillkürlich rieb Janna sich über die Oberarme, weil sie fröstelte. »Sie meinen, die drei Agenten sind in Wahrheit Mörder?«

»Ob sie die drei ungarischen Kollegen selbst getötet haben oder nur in ihre Rolle geschlüpft sind, ist derzeit noch unklar.« Nun räusperte Schwartz sich vernehmlich. »Das ist jedoch unerheblich. Sie müssen ab sofort extrem auf der Hut sein. Wir können zwar nicht mit Sicherheit wissen, was die drei vorhaben, aber es sieht so aus, als sei dies alles von langer Hand geplant worden – und mit enorm viel Aufwand. Immerhin konnten die falschen Agenten selbst die Institutsleitung und ihre direkten Vorgesetzten in Budapest täuschen. Wir verfolgen im Moment zwei Theorien aufgrund Ihrer Beobachtungen, Frau Berg. Entweder kommt dieses Szenario vom FSB, oder Ruslan Wassiljew hat deutlich mehr Ressourcen, als wir bislang angenommen haben. Sowohl der russische Geheimdienst als auch Ruslan haben großes Interesse an Dr. Kostovas Forschungsergebnissen.«

»Würde denn der FSB mit Ruslan zusammenarbeiten?« Angestrengt versuchte Janna, die Zusammenhänge zu verstehen. »Ich dachte, er wäre dort so etwas wie ein Geächteter.«

»In der Not frisst der Teufel Fliegen«, antwortete Markus an Dr. Schwartz' Stelle. »Wenn Ruslan seinen ehemaligen Vorgesetzten ein Angebot gemacht hat, dann vielleicht, um sich von weiterer Verfolgung freizukaufen.«

»Der Gedanke kam uns ebenfalls«, bestätigte Schwartz. »Ob er damit Erfolg haben wird, sei dahingestellt, denn die russische Regierung ist im Allgemeinen als äußerst nachtragend bekannt. Dessen ist sich Ruslan sicherlich bewusst. Es kann also durchaus sein, dass er das alles auf eigene Faust und Rechnung eingefädelt hat. Dafür spricht, dass er nach wie vor mit den Russen um die Häuser zu ziehen scheint. Wenn es sich dabei um echte FSB-Agenten handeln würde, wären sie höchstwahrscheinlich längst untergetaucht und durch unbekannte Gesichter ersetzt worden.« Noch einmal hielt Dr. Schwartz kurz inne. »Ich zapfe im Augenblick alle meine russischen Quellen an, um herauszufinden, ob der FSB überhaupt je in die Angelegenheit verwickelt war. Wir gehen zum jetzigen Zeitpunkt davon aus, dass die drei Toten in Bratislava ebenfalls auf das Konto der ungarischen Betrüger gehen. Auch diese Theorie spräche dafür, dass Ruslan hinter der Sache steckt. Er hat auf diese Weise nicht nur Bianca, sondern auch ihre Konkurrenz ausgeschaltet und dabei Biancas Tod so aussehen lassen wie eine schiefgegangene Observierung durch unsere Leute. Leider dauert es erfahrungsgemäß, bis wir Antwort aus Russland erhalten. Seien Sie also so vorsichtig wie nur irgend möglich und auf alles gefasst.«

»Was bedeutet auf alles?« Unbehaglich zupfte Janna an ihrem Kleid herum.

»Falls nötig, schalten Sie die Bedrohung aus, Herr Neumann, und stellen die Fragen erst hinterher. Ob es sich nun um russische Spione oder Ruslans kriminelles Netzwerk handelt – wir müssen seiner habhaft werden, um die Details in Erfahrung zu bringen. In wenigen Tagen haben Sie Ihr anvisiertes Ziel erreicht. Schützen Sie Frau Dr. Kostova und sorgen Sie dafür, dass die akute Bedrohung eliminiert wird. Ganz gleich, wer der Drahtzieher am Ende ist, die Welt wird ein Stück sicherer sein, wenn Sie Ruslan Wassiljew einkassiert haben. Informieren Sie mich zeitnah über Ihre Pläne und Vorgehensweise. Gute Nacht.«

Perplex starrte Janna auf das Smartphone in Markus' Hand. »Er hat einfach aufgelegt.«

»Er ist viel beschäftigt.« Markus verdrehte die Augen. »Wir allerdings auch, denn jetzt müssen wir wohl oder übel bis morgen früh einen Plan schmieden, wie wir weiter vorgehen werden.« Schon hatte er eine Nummer im Kurzwahlspeicher seines Handys gewählt. »Melanie? Ich hoffe, ihr habt noch nicht geschlafen. Setzt euren Hintern in Bewegung und bringt Valentina mit. Nachtschicht. Was?« – »Das erzähle ich euch, sobald ihr hier seid.«

14

Valentina ging nervös in ihrer Kabine auf und ab, blieb abrupt stehen, setzte sich wieder in Bewegung. Dabei knabberte sie unablässig an ihrem linken Daumennagel herum. Sie hatte Angst. Was das Institut mit ihr vorhatte, war schlicht und ergreifend Wahnsinn und so weit von dem entfernt, was sie sich erhofft hatte, wie die Erde vom Mond.

Was sollte sie tun? Wie sollte sie sich verhalten? Einfach mitspielen? Den Versprechungen Glauben schenken, alles würde gut werden, wenn sie nur tat, was von ihr verlangt wurde? Der Plan, den Markus und die anderen ihr unterbreitet hatten, barg viele Unwägbarkeiten. Als Wissenschaftlerin ging ihr so etwas gegen den Strich, weil sie sich mit Variablen und Wahrscheinlichkeiten auskannte. Mathematik, Physik und die Welt der Bits und Bytes waren berechenbar – oder zumindest *er*rechenbar. Im wahren Leben sah es anders aus, und im Augenblick fühlte sie sich alles andere als wohl.

Was würde wohl noch auf sie zukommen? Sie hatte sich alles so genau durchdacht und zurechtgelegt. Das Institut war ihr als die beste und sicherste Option für ihre Zukunft erschienen. Sie hatte einst ein paar Fehler gemacht, sich mit den falschen Leuten eingelassen. Doch richtig kam ihr das, was Markus vorhatte, nun auch nicht vor, dazu war es viel zu gefährlich. Vielleicht hätte sie doch einfach untertauchen sollen. Verschwinden. Wenn ihre Liebe zur Forschung sie nicht angetrieben hätte, wäre sie diesen Weg wahrscheinlich schon längst gegangen, anstatt sich den Regierungen anzudienen, die ihr schlicht und ergreifend die beste Ausstattung und Finanzierung für ihre Forschungen boten. Ob sie die Ergebnisse am Ende tatsächlich, wie sie vollmundig versprachen, ausschließlich dazu nutzen würden, das Leben der Menschen sicherer und besser zu machen, blieb fraglich. Der Eigennutz trieb schließlich nicht nur Kriminelle an, sondern lag den meisten Menschen im Blut, speziell solchen, die Machtpositionen innehatten.

Wieder blieb Valentina abrupt stehen, gleich bei der Tür. Sie lauschte. Zu vernehmen war von draußen rein gar nichts. Das Frühstück war für die meisten Passagiere bereits vorbei; lediglich ein paar Langschläfer trieben sich noch am Büfett herum. Alle Übrigen machten sich für den nächsten bevorstehenden Landgang fertig.

Die kleine serbische Festungsstadt Golubac stand heute auf dem Plan. Sie kannte die Stadt von früheren

Ausflügen so gut wie in- und auswendig und hatte deshalb kein Interesse an einer Führung. Stattdessen hätte sie lieber auf eigene Faust einen Ausflug gemacht, wenn sie nicht hier festsitzen würde.

Vorsichtig berührte sie die Türklinke, drückte sie, linste hinaus. Wie zu erwarten, war weit und breit niemand zu sehen. Alles war still und beobachtet oder gar bewacht wurde sie auch nicht. Zumindest nicht auffällig. Möglicherweise lungerten Markus' Kollegen in der Nähe herum, doch waren sie umsichtig genug, sich nicht entdecken zu lassen. Profis.

Sie mussten damit rechnen, dass Ruslan früher oder später einen neuen Versuch wagen würde, ihrer habhaft zu werden. Allerdings schätzten sie die Wahrscheinlichkeit gering ein, dass er hier an Bord etwas versuchen würde, da er ganz genau wusste, dass die Agenten des Instituts nur darauf warteten, dass er sich aus der Deckung wagte und einen Fehler beging. Zwar wussten er und seine ungarischen Komplizen wahrscheinlich noch nicht, dass Janna ihnen auf die Schliche gekommen war, aber ein Risiko einzugehen und sich an Bord zu zeigen, falls er überhaupt hier war, sah Ruslan nicht ähnlich. Vielmehr würde er die Ungarn auf sie ansetzen und sie verfolgen lassen, bis sie Valentina einigermaßen gefahrlos schnappen konnten, und das ging am ehesten bei einem Landgang. Auch deshalb hielt Markus es für besser, wenn sie keine Ausflüge unternahm. An Bord war sie sicher, und letztlich war sie ja auch nicht wegen der Städteführungen darauf verfallen, auf dem Wasserweg in ihre Heimat zurückzukehren, sondern weil sie diese Vorgehensweise für die gefahrloseste und unauffälligste gehalten hatte. Wer käme schon auf den Gedanken, dass sie ausgerechnet auf der *MS Amandus* über die Donau schippern würde, anstatt einfach einen Flieger nach Sofia zu nehmen? Von ihrer fürchterlichen Flugangst wussten nur sehr wenige Menschen. In ein Flugzeug würde sie selbst dann nicht steigen, wenn ihr Leben davon abhing. Und mit Zug oder Auto war die Reise nicht nur lang und unbequem, sondern barg auch wesentlich mehr Gefahren. Zumindest hatte sie das gedacht.

Irgendwie waren ihre Reisepläne aber doch durchgesickert. Aber wen wunderte es? Anscheinend war ja das Institut zumindest in Ungarn, wenn nicht auch in anderen Ländern, von Ruslan oder dem FSB unterwandert worden, und Dr. Schwartz hatte zudem dafür gesorgt, dass die portugiesische Waffenhändlerin davon erfahren hatte. Im Grunde war sie nirgendwo mehr sicher. Was blieb ihr also anderes übrig, als ihr Schicksal, wie sie es schon immer getan hatte, in die eigenen Hände zu nehmen, Mut zu fassen und ein großes Risiko einzugehen?

Entschlossen zog sie die Kabinentür wieder ins Schloss. Stirnrunzelnd sah sie sich im Schlafraum um und öffnete schließlich den Kleiderschrank, um ihm ihren leeren Koffer zu entnehmen. Nur ein altes Prepaid-Handy befand sich noch in der durch einen

Reißverschluss verschlossenen schmalen Außentasche. Unschlüssig drehte sie es zwischen den Fingern.

Ein Risiko. Nicht zu unterschätzen, aber offenbar notwendig, wenn sie ihr Schicksal nicht gänzlich aus der Hand geben wollte. Vielleicht würde es gar nicht funktionieren, überlegte sie mit wild pochenden Herzen, als sie das Telefonbuch aufrief. Es war schon ewig her und die Nummer vielleicht längst abgemeldet. Dann musste sie sich etwas anderes einfallen lassen.

Es klingelte einmal, zweimal, dreimal. Ihre Hand zitterte, ihr Finger schwebte bereits über der roten Taste, um den Anruf zu unterbrechen.

»Sieh mal einer an«, erklang in diesem Moment Ruslans Stimme und ließ ihr Herz vor Schreck und auch ein wenig vor Erleichterung fast aus ihrer Brust springen. »Ich hätte nicht gedacht, dass du diese Nummer noch kennst, Darling. Schon gar nicht nach unserem letzten Zusammentreffen in Wien.«

Valentina schluckte den Kloß in ihrer Kehle hinunter. »Du meinst, als du mich entführen wolltest.«

»Rein geschäftlich, Darling, das verstehst du doch? Es war nichts Persönliches.« Es entstand eine kurze Stille, dann fragte er barsch: »Was willst du?«

15

Golubac
Anlegestelle
Mittwoch, 12. September, 15:17 Uhr

Krampfhaft umklammerte Valentina die winzige weiße Handtasche, die an einem dünnen Riemchen über
ihrer rechten Schulter hing. Das Wetter war freundlich
– teils sonnig, teils leicht bewölkt – und die Temperaturen immer noch angenehm, sodass sie sich für eine
leichte weiße Sommerhose und eine bunt gemusterte
Bluse mit bis zu den Ellenbogen gekrempelten Ärmeln
entschieden hatte. Mit dieser Kleidung fiel sie in der
Menge der Touristen nicht auf, die den kleinen Anleger
von Golubac bevölkerten.

Nicht nur die *MS Amandus* hatte heute hier Halt
gemacht, sondern auch vier weitere Kreuzfahrtschiffe.
Die *MS Amandus* war in zweiter Reihe vor Anker gegangen, sodass die Passagiere einmal mehr gezwungen
waren, das Deck eines anderen Schiffes zu überqueren,
um an Land zu gelangen. Für Valentina bedeutete dies
zusätzliche Deckung, denn in dem Getümmel und Ge-
wusel konnte sie geradezu perfekt untertauchen. Kein
Verfolger würde sie hier im Auge behalten können,

während sie sich davonschlich. Nach diesem Nachmittag würde sie endlich frei sein, zumindest so frei, wie es ihre Gesamtsituation jemals zulassen würde. Das sagte sie sich mantraartig immer wieder vor, um ihre Nerven zu beruhigen und den Mut aufzubringen, den die nächsten Schritte erforderten.

An der Anlegestelle hielt sie sich nicht lange auf, sondern steuerte entschlossen ihr Ziel an. Sie durfte nicht zögern, das könnte die Aufmerksamkeit ihrer Beobachter auf sie lenken. Glücklicherweise kannte sie sich aus, sodass sie nach weniger als einer viertel Stunde den Ort erreichte, den sie verabredet hatten.

Für einen langen Moment blieb sie vor dem Eingang des Restaurants stehen, das sich am Rand des Ortskerns befand. Erinnerungen überfielen sie, doch sie bemühte sich, sie wieder zu verdrängen. Verändert hatte sich hier nichts, wie sie beim Betreten des Gastraumes feststellte, und der Oberkellner erkannte sie tatsächlich sofort wieder, begrüßte sie überschwänglich auf Englisch, führte sie sogleich in den ruhigen Nebenraum, in dem sie auch früher schon mit Ruslan gespeist hatte, und zog sich gleich darauf diskret wieder zurück.

Ruslan saß an einem festlich gedeckten Tisch, auf dem sie mehrere Platten mit Horsd'œuvres erblickte. Schweigend und ohne sich zu erheben, winkte er sie näher und gab gleichzeitig jemandem, der sich seitlich von ihr befinden musste, ein Zeichen.

Eine Frau tauchte an Valentinas Seite auf und packte sie unsanft am Arm.

»Du gestattest sicher.« Ruslans Stimme klang kühl und hart, als er der Frau ein weiteres Zeichen gab, woraufhin sie begann, Valentina sorgsam abzutasten.

»Ich besitze keine Waffe, das weißt du doch.« Valentina bemühte sich, ihrer Stimme eine ähnlich kühle Klangfarbe zu verleihen, konnte aber ein leichtes Zittern nicht verhindern.

»Waffen sind dein geringstes Problem.« Er lächelte schmal. »Sasha.« Ein drittes Zeichen ging an seine Begleiterin. »Sieh nach, ob sie verkabelt ist. Gründlich«, setzte er mit einem bedeutsamen Blick hinzu.

»Aufknöpfen«, befahl Sasha daraufhin mit befehlsgewohnter Altstimme und deutete auf Valentinas Bluse.

Valentina gehorchte und musste die Bluse sogar ganz ausziehen, gefolgt von der Hose, um Ruslan zu beweisen, dass sie kein Abhörgerät bei sich trug. »Sieh auch in ihren Ohren nach und in den Schuhen.« Ruslans Augen funkelten amüsiert, als Valentina verlegen wieder in ihre Kleider schlüpfte.

»Nichts.« Sasha hatte beide Ohren sehr sorgfältig mit einem Lämpchen überprüft und wandte sich nun der Handtasche zu, die aber nicht allzu viele Utensilien enthielt. »Sie ist sauber.«

»Schön.« Ruslan deutete auf den freien Stuhl ihm gegenüber. »Setz dich.«

Valentina gehorchte etwas beklommen.

»Du wirst verstehen, dass ich vorsichtig bin.« Ruslan stützte seine Unterarme lässig auf dem Tisch ab.

»Immerhin dachte ich, du hättest dich kürzlich in die Obhut des Geheimdienstes begeben. Wie bist du ihnen entschlüpft?«

Valentina hob die Schultern. »Es war nicht leicht. Ich musste lügen und mich verstecken und ... Bestimmt werden sie schon bald merken, dass ich weg bin. Wir sollten also ...«

»... die Sache schnell hinter uns bringen, meinst du?« Ruslan neigte zustimmend den Kopf. »Ich will mich ebenfalls nur ungern länger als nötig hier aufhalten, auch wenn dieser spezielle Ort doch so einige angenehme Erinnerungen birgt, findest du nicht auch?« Er nahm eines der kunstvoll zu einer Blüte geformten Gemüsebällchen von der Platte, die ihm am nächsten stand, und schob es sich in den Mund.

»Bedien dich ruhig«, forderte er sie auf, nachdem er den Bissen verspeist hatte, und da es mehr wie ein Befehl denn wie ein Angebot klang, gehorchte Valentina rasch.

Ruslan lächelte wieder kühl. »Bevor wir zum Geschäft kommen, will ich aber doch wissen, was dich veranlasst hat, deine Pläne zu ändern. Immerhin sah es bisher für mich nicht so aus, als würdest du den sicheren Hort der regierungsfinanzierten Forschung wieder aufgeben wollen. Hattest du nicht damals, als du mich verlassen hast, etwas von ethischen Bedenken gefaselt? Sind dir diese Bedenken etwa plötzlich wieder abhandengekommen?«

Mit einiger Mühe schluckte Valentina den vorzüglichen Bissen, den sie genommen hatte, hinunter.

»Gewissermaßen«, brachte sie schließlich etwas gepresst hervor. »Ich ... musste feststellen, dass ich ... und meine Forschungsergebnisse ... auch in Regierungsobhut nicht sicher sein würden.«

»Ach.« Ruslan lachte hämisch auf. »Hast du bemerkt, dass Politiker auch nichts anderes sind als geldgierige Verbrecher, bloß mit dem Unterschied, dass sie vom jeweiligen Volk demokratisch gewählt und damit in die Lage versetzt wurden, ihre Untaten zu begehen? Darling, habe ich dir das nicht ständig gepredigt? Offenbar musstest du es erst am eigenen Leib erfahren, um es zu glauben.« Er neigte den Kopf ein wenig zur Seite und musterte sie mit neuem Interesse. »Und da dachtest du, wenn dein Code schon genutzt wird, ohne dass du Einfluss auf das Wie hast, dann willst du wenigstens ein größeres Stück vom Kuchen?«

Zögernd nickte Valentina. »Ich habe Angst.« Sie atmete tief ein und wieder aus, um sich zu beruhigen. »Ich dachte, ich sei am sichersten, wenn ich mich unterhalb des Radars aufhalte und keines der offensichtlichen Fortbewegungsmittel benutze. Fliegen ...«

»... würdest du sowieso nicht«, vervollständigte er grinsend den Satz. »Das hätte wohl niemand, der dich näher kennt oder seine Hausaufgaben gemacht hat, von dir erwartet.«

Wieder nickte sie. »Aber auf eine Flusskreuzfahrt, so dachte ich zumindest, würde auch niemand kommen.«

»Wäre ich persönlich auch nicht«, gab er zu, »wenn ich nicht seit Kurzem einen direkten Draht ins Institut hätte, durch den ich über deine Pläne in Kenntnis gesetzt wurde.«

Valentina spielte wieder an ihrer Handtasche herum. »Du hast einen Maulwurf im Geheimdienst?«

»In der Niederlassung in Sofia«, bestätigte er in dem ihm typischen selbstgefälligen Ton und mit einem vielsagenden Heben seiner Augenbrauen.

»Eine Frau?«, folgerte sie.

»Eifersüchtig?« Er lachte.

»Nein.« Sie presste die Lippen zusammen. »Sie muss ja ein hohes Tier sein, denn sonst hätte sie von meinen Plänen gar nichts gewusst. Das Institut hat mir versichert, dass nur wenige, ausgewählte Personen davon erfahren.«

Ruslan hob nur lässig die Schultern. »Was soll ich sagen? Viel höher hinauf geht es wohl kaum.« In seinen Augen funkelte es amüsiert. »Sie liebt mich, weißt du?«

»Ach.« Mehr fiel ihr beim besten Willen nicht dazu ein.

»Tja.« Lässig lehnte er sich in seinem Stuhl zurück. »Du hast also Angst.«

»Ja.«

»Vor mir nicht?«

Sie biss sich auf die Unterlippe. »Wolltest – oder willst – du mich denn umbringen?«

Seine Augenbrauen hoben sich. »Warum sollte ich? Lebend bist du deutlich mehr wert als tot.«

Ihr Magen verkrampfte sich. »Da sind noch mehr Leute hinter mir her, und die wollen mich töten, sobald sie den Code in die Finger bekommen haben.«

»Du meinst den FSB.« Ruslan schnaubte. »Kann sein, dass sie dich bis an dein Lebensende in einen Keller sperren würden, damit du für sie arbeitest. Das ist ein bisschen wie tot sein, da hast du recht.«

»Du arbeitest mit ihnen zusammen.« Sie beugte sich etwas vor. »Sie haben dich verhaftet und dann wieder freigelassen, sonst säßest du jetzt nicht hier.«

»Ach, das.« Lächelnd winkte er ab. »Mach dir darüber keine Gedanken, Darling. Das waren gute Freunde, die der russischen Regierung schon lange den Rücken zugekehrt haben.«

Vor Verblüffung rang Valentina nach Atem. »Das waren abtrünnige Agenten? Aber wie ...? Ich dachte ...«

»Du willst es nicht wissen, glaub mir.« Die Häme war für einen Moment in Ruslans Lächeln zurückgekehrt.

»Du arbeitest also mit diesen russischen Ex-Agenten zusammen und mit diesen Leuten aus Ungarn.« Sie warf Sasha einen Blick zu, die sich ans Fenster zurückgezogen hatte und die Straße im Auge behielt. Valentina stellte sich unwissend. »Sie auch? Ist sie wie die anderen ebenfalls eine Agentin – vom Institut?«

Um Ruslans Mundwinkel zuckte es. »Sind sie das?«

»Natürlich! Man sagte mir ...« Sie riss die Augen auf. »War das etwa eine Lüge? Wer sind diese Leute denn?«

»Sie gehören zu mir, mehr musst du nicht wissen.«

»Zu dir ...« Valentina schluckte. »Diese Frau auch? Die Portugiesin? Bianca da Solva?«

Ein grimmiger Ausdruck trat in Ruslans Miene. »Nein. Die war auf eigene Rechnung unterwegs. Wie sie an all die Informationen gelangt ist, weiß ich nicht. Aber das tut ja nun auch nichts mehr zur Sache, nicht wahr? Sie wurde ausgeschaltet, bevor sie mir weiter in die Quere kommen konnte.«

»Wer hat sie ausgeschaltet?« Valentina umklammerte den Riemen ihrer Handtasche. »Du selbst?«

Ruslan fletscht regelrecht die Zähne. »Gern geschehen, Darling.«

***

»Das ist unser Stichwort.« Markus setzte die Kopfhörer ab. »Wir haben alles, was wir brauchen.« Er sprang auf und gab dem Sondereinsatzkommando der örtlichen Polizei ein Zeichen. »Zugriff.« Kurz blickte er zu Janna, die neben ihm in dem unauffälligen Transporter mit der Werbeaufschrift einer Rohrreinigungsfirma saß. »Du bleibst hier. Im Transporter bist du sicher.« Noch während er sprach, sprang er aus dem Gefährt und gesellte sich zu den Polizisten sowie Melanie und Gabriel. Melanie reichte ihm eine Schutzweste, die er sich rasch überstreifte. Im Schatten des Vans wurden noch ein paar Informationen und Befehle ausgetauscht, dann sah Janna zu, wie die Polizisten und Agenten sich verteilten und in das etwa fünfundzwanzig Meter entfernte Restaurant eindrangen.

Angestrengt lauschte sie und versuchte, etwas zu erkennen, doch da sie sich nicht aus dem Transporter heraustraute, blieben die Versuche fruchtlos. Sie betete, dass der Zugriff weitgehend gewaltfrei erfolgen würde. Mit Valentina hatten sie alles bis ins Detail abgesprochen, und sie hatte sich gut geschlagen, obwohl sie von dem Plan alles andere als begeistert gewesen war.

Valentina war es gewesen, die dieses Restaurant als wahrscheinlichsten Vorschlag Ruslans für einen Treffpunkt vorausgesehen hatte, sodass es den Kollegen vor Ort möglich gewesen war, alle Räume rechtzeitig und gründlich zu verwanzen.

Nervös blickte Janna auf ihre Armbanduhr. Es war nichts weiter zu hören, deshalb setzte sie rasch die Kopfhörer auf, um in Erfahrung zu bringen, was im Inneren des Restaurants vor sich ging. Sie erschrak, als sie im selben Moment einen Schuss vernahm, dann zwei weitere. Als sie den Kopfhörer endlich auf ihren Ohren platziert hatte, konnte sie eindeutig Kampfgeräusche identifizieren, dazwischen immer wieder Schreie und Rufe. Ihr Herz pochte unstet gegen die Rippen. Sie kam sich vor wie in einem dieser Actionfilme im Kino, nur dass sie nicht sehen, sondern nur hören konnte, was vor sich ging. Und sie befand sich mittendrin! Das wurde ihr bewusst, als ein Polizist, offenbar der Einsatzleiter des Sondereinsatzkommandos, ein Smartphone am Ohr, durch die Tür des Vans zu ihr hereinblickte. »Alles okay?«, fragte er mit starkem Akzent.

Janna nickte hastig. Dabei fiel ihr im Augenwinkel eine Bewegung auf. Als sie durch die Frontscheibe des Vans blickte, sah sie eine Frau, die sich, offenbar verletzt, denn sie lief gekrümmt und hielt sich die Seite, über eine Seitengasse entfernte. »Da, schnell, sie haut ab!« Janna deutete in die Gasse und hoffte, der Polizist würde sie verstehen. »Schnell, Sie müssen sie aufhalten. Das ist die Frau, die mit Ruslan in dem Restaurant war.« Der Polizist blickte ebenfalls in die Gasse, stieß einen Fluch aus – zumindest nahm Janna das an – und nahm die Verfolgung auf. Dabei bellte er Befehle in sein Mobiltelefon und zog gleichzeitig seine Waffe.

***

»Geben Sie auf!« Verbissen setzte Markus sich gegen Ruslan zur Wehr, der sich äußerst geschickt im Nahkampf zeigte. Melanie und Gabriel durchkämmten derweil die übrigen Räume, und die Polizei hielt das Personal in Schach, evakuierte die Gäste und hatte die drei falschen ungarischen Agenten sowie einige weitere Komplizen festgesetzt.

Ruslan fluchte auf Russisch, griff Markus jedoch immer wieder aufs Neue an. Mit aller Kraft stieß Markus ihn von sich. Ruslan knallte gegen die Wand neben der Tür zum Hauptgastraum. Keuchend packte er Markus an den Oberarmen, versuchte, ihn zurückzudrängen. Ihm ging die Kraft aus, das war ihm anzusehen. Markus hoffte, ihn endlich überwältigen zu können.

Wo steckten Gabriel und Melanie? Er hatte den Gedanken kaum zu Ende gedacht, als ihn ein harter

Schlag in den Rücken traf. Er strauchelte gegen Ruslan. Heftiger Schmerz durchfuhr ihn.

Ruslan stieß ihn zu Boden und zückte seine Waffe. Ein Schuss explodierte ohrenbetäubend laut, gleich darauf zwei weitere. Eine Frau schrie auf, Ruslan ging neben Markus zu Boden, rollte sich zur Seite.

»Markus, alles okay?« Das war Melanies Stimme dicht neben ihm.

Markus hob die Hand. »Ja, ja, alles klar. Schnappt euch Ruslan!« Mit einiger Mühe rappelte er sich auf und sah gerade noch durch die Tür, dass Sasha durch ein Fenster kletterte. Ehe er ihr folgen konnte, tauchte neben ihm von irgendwo her ein weiterer Komplize Ruslans auf. Markus erkannte ihn als einen der abtrünnigen FSB-Agenten. Er richtete eine Maschinenpistole auf Markus.

»Keine Bewegung.« Der Mann gab Ruslan ein Zeichen, woraufhin dieser sich rasch zurückzog und durch eine unauffällige Tür im hinteren Bereich des Zimmers verschwand.

»Hände hoch!« Melanie richtete ihre Waffe auf den Russen. »Lassen Sie die Waffe fallen!«

Gabriel gesellte sich mit gezückter Pistole zu ihr. Im selben Augenblick stürmten drei Polizisten herein, alle ebenfalls bewaffnet. Gebrüllte Befehle auf Serbisch prasselten auf den Russen ein, bis dieser schließlich die Maschinenpistole langsam sinken ließ und auf dem Boden ablegte. Sogleich wurde er von den Polizisten überwältigt.

»Ruslan, wo steckt er?« Gabriel blickte Markus fragend an, der sich bereits auf den Weg zur Tür gemacht hatte. »Er darf uns nicht entkommen!«

***

Die Situation kam Janna seltsam unwirklich vor. Sie sah dem Polizisten nach, der Sasha verfolgte. Nur wenig später kletterte ein Mitglied des Sondereinsatzkommandos zu demselben Fenster heraus und nahm ebenfalls die Verfolgung auf. Janna erschrak, als sie nur wenige Augenblicke später einen weiteren Mann in der Gasse erblickte. Es war eindeutig Ruslan, der von irgendwo hinter dem Haus aufgetaucht war. Er sah sich um und dann genau in ihre Richtung.

Erschrocken ging Janna in Deckung. Dabei rutschte ihr der Kopfhörer von den Ohren und landete vor ihren Füßen. Mit wild pochenden Herzen verharrte sie am Boden des Vans. Von irgendwo waren Stimmen zu vernehmen – Rufe auf Deutsch. Das waren Markus, Gabriel und Melanie. Janna hoffte, die drei würden Ruslan stoppen, doch stattdessen riss dieser die Fahrertür zum Transporter auf und kletterte auf den Sitz.

Zum Glück steckte der Schlüssel nicht, doch das hielt Ruslan nicht auf. Da es sich um ein sehr altes Modell handelte, riss er die Verkleidung unter dem Lenkrad ab und versuchte, den Motor kurzzuschließen. Es gelang ihm erschreckend schnell, so als hätte er Übung darin.

Janna hielt den Atem an. Noch hatte Ruslan sie nicht bemerkt, doch als der Motor ansprang, wusste sie, dass sie sich in Sicherheit bringen musste. Nur wie? Die Tür hatte sie vorhin ins Schloss gezogen. Wenn sie sie jetzt öffnete, würde er sie bemerken. Sie hatte gesehen, dass er eine Pistole am Gürtel trug. Jannas Gedanken überschlugen sich. Schon hatte Ruslan den ersten Gang eingelegt und gab Gas. Von dem Ruck wurde Janna von den Füßen gerissen, und da sie gehockt hatte, knallte sie unsanft auf die Knie. Der Transporter wurde schneller, von irgendwo her waren Polizeisirenen zu vernehmen.

Sie musste etwas tun! Nur, was?

Fahrig tastete sie nach ihrem Handy und strauchelte erneut, als der Wagen scharf abbremste, sich in die Kurve legte und gleich darauf mit quietschenden Reifen zum Stehen kam. Ruslan legte den Rückwärtsgang ein, fluchte gleich darauf auf Russisch und trat erneut auf die Bremse.

Erst als sie die Stimme hörte, die erst auf Serbisch, dann auf Russisch offensichtlich verlangte, dass Ruslan aufgab und den Transporter verließ, begriff sie, dass sie umstellt waren.

Ruslan hatte sie noch immer nicht bemerkt. Er murmelte etwas in seiner Muttersprache vor sich hin und schien zu überlegen, was er als Nächstes tun sollte.

Jannas Blick fiel auf einen kleinen Feuerlöscher, der hinter dem Beifahrersitz in einer Halterung hing. Die Gedanken in ihrem Kopf überschlugen sich. Sie musste handeln. Wer wusste schon, was passieren würde, wenn Ruslan sie entdeckte, und das konnte jede Sekunde geschehen.

Draußen ertönte wieder der die Stimme eines Polizisten über Lautsprecher, der Ruslan zum Aufgeben aufforderte.

Sehr, sehr vorsichtig griff Janna nach dem Feuerlöscher und zog ihn aus der Halterung. Glücklicherweise fluchte Ruslan erneut und war so abgelenkt, dass er das leise schleifende Geräusch nicht wahrnahm.

So geräuschlos sie konnte, kroch Janna zu der elektronischen Abhöranlage. Auf der Herfahrt hatte sie mitbekommen, dass sie auch über ein ganz normales Radio verfügte. Ihr Herz pochte mittlerweile so wild, dass ihr ganz schwindlig wurde.

Wo war der Einschaltknopf für das Radio? Als sie ihn gefunden hatte, drehte sie die Lautstärke voll auf und drückte den Einschaltknopf, doch es kam kein Ton aus den Lautsprechern. Erst, als sie begriff, dass die Kopfhörer noch angeschlossen waren, riss sie die Kabel heraus. Sie erschrak selbst, als Kaomas *Lambada* ohrenbetäubend durch den Transporter schallte.

Ruslan zuckte heftig zusammen und fuhr zu ihr herum. Janna hob den Feuerlöscher und zog mit einem Ruck die Sicherheitslasche heraus, dann betätigte sie den Auslösehebel.

***

Markus zuckte, ebenso wie alle Umstehenden erschrocken zusammen, als wie aus dem Nichts der
Song *Lambada* in ohrenbetäubender Lautstärke aus
dem Transporter schallte. Nur Sekunden später explodierte ein weißer Pulvernebel in der Fahrerkabine. Die
Fahrertür öffnete sich und Ruslan Wassiljew kletterte
hustend, spuckend und fluchend ins Freie.

Sogleich war der Russe von mehreren Polizisten
umringt, die ihn festnahmen. Markus achtete kaum
darauf, sondern rannte um den Transporter herum
und riss die hintere Tür auf. »Janna!«

Aus dem Inneren des Gefährts war Husten zu vernehmen. »Hier. Ich bin ... hier.«

Hastig kletterte Markus in den Wagen und musste
selbst husten, weil immer noch Löschpulver umher-
wirbelte. Janna saß direkt hinter dem Beifahrersitz am
Boden und war über und über von dem weißen Pulver
bedeckt.

»Du liebe Zeit!« Markus wusste nicht, ob er fluchen
oder lachen sollte. »Du sollst mir doch keinen solchen
Schrecken mehr einjagen!« Ohne ein weiteres Wort
setzte er sich neben Janna und zog sie an sich.

16

MS Amandus
Bar & Lounge
Donnerstag, 13. September, 21:16 Uhr

»Ihr wart richtig gut.« Gabriel zog für Janna einen
Stuhl unter dem Tisch hervor, an dem sie bereits bei-
sammensaßen, seit das Finale des Tanzwettbewerbs
begonnen hatte. »Das könnte durchaus für den ersten
Platz reichen.«

»Abwarten.« Markus setzte sich grinsend auf den
Platz Janna schräg gegenüber. »Dieses ältere Paar, Annemarie und Egon, ist eine ganz schön heftige Konkurrenz. Wenn ich raten müsste, würde ich sagen, dass sie
mal gemeinsam Profitanz betrieben haben.«

»Stimmt.« Janna bewegte die Zehen in ihren Tanz-
schuhen. Glücklicherweise war die Blase an der Ferse
bereits weitgehend abgeheilt, anderenfalls hätte sie die
Tänze heute kaum durchgestanden. »Die beiden sind
unheimlich gut.«

»Also dafür, dass ihr keine Profis seid, zumindest nicht
auf der Tanzfläche, könnt ihr den beiden durchaus das
Wasser reichen.« Valentina lächelte erst Janna, dann
Markus zu. »Wo habt ihr gelernt, so gut zu tanzen?«

Markus zuckte nur mit den Achseln.

Janna schmunzelte. »In der Schule, im Tanzkurs vor ...«, sie räuspert sich übertrieben, »Jahren – und bei den gelben Funken.«

»Gelbe Funken?« Valentina musterte sie fragend. »Was ist das?«

»Ein Karnevals-Gardetanzverein. Funkenmariechen«, erklärte Janna. »Gelbe Funken, weil wir gelbe Tanztrikots trugen. Es gibt auch blaue und rote Funkenmariechen. Meine Pflegetochter Susanna ist inzwischen auch Mitglied bei den Gelben Funken. Mal sehen, ob sie so lange durchhält wie ich. Immerhin habe ich erst aufgehört, nachdem ich Abitur gemacht hatte, und sie ist gerade erst in die fünfte Klasse gekommen.«

»Aha.« Verstehend nickte Valentina. »Aber das ist doch mehr Schautanz, oder nicht? Keine Standardtänze wie Walzer, Foxtrott und so weiter. Oder wie Cha-Cha-Cha oder Rumba.«

»Stimmt, aber wie gesagt, ich war in meiner Teenagerzeit auch mal klassisch in der Tanzschule, und bei den Funken haben wir manchmal die Schritte für eine Choreografie adaptiert.« Janna sah zu Markus hinüber. »Du bist sicher durch eine ganz andere Schule gegangen, oder? Für deine Einsätze musstest du wohl die gängigsten Tänze einüben.«

»Gewissermaßen.« Er grinste schief. »Ich habe ein paar Tanzschritte in der Schule gelernt, weil wir mal für ein Schulfest als Klassenstufe so eine Aufführung hatten.«

»Ach.« Melanie prustete unterdrückt. »Echt jetzt? Ich habe immer geglaubt, dass irgendeine geheimnisvolle Schönheit bei einem deiner Einsätze dir Unterricht gegeben hat.«

Amüsiert hob Markus die Augenbrauen. »Eine geheimnisvolle Schöne? Vielleicht in einem Film. Die Realität ist ein bisschen weniger glamourös. Ich konnte ein paar Grundschritte, als ich beim Institut anfing. Als ich dann tatsächlich einen Einsatz hatte, bei dem Tanzkünste dringend erforderlich waren, gab Gerlinde mir kurzerhand Unterricht.«

»Gerlinde Bernstein?« Janna, die gerade einen Schluck von ihrer Weißweinschorle genommen hatte, hätte sich beinahe verschluckt. »Nicht dein Ernst.«

»Sie ist eine ausgezeichnete Tänzerin.« Markus schmunzelte. »Über die Bezeichnung geheimnisvolle Schöne würde sie sich ganz bestimmt freuen.«

»Untersteh dich!« Melanie gluckste. »Sie ist die Frau unseres Chefs!«

»Na und?« Markus lachte. »Sie war auch mal eine nicht zu unterschätzende Außendienstagentin. Und hässlich ist sie auch nicht.«

»Dann sollten wir ihr die Videos zukommen lassen, die ich vorhin von euch gemacht habe«, befand Gabriel. »Als Beweis, dass ihr Unterricht Früchte getragen hat und ihr sogar diesen Wettbewerb gewonnen habt.«

»Noch haben wir doch gar nicht gewonnen.« Janna blickte zu dem langen Tisch mit mehreren

Jurorenstühlen, der an der linken Seite der Tanzfläche stand. »Die Jury berät sich noch.«

»Sie halten sich streng an den Zeitplan.« Melanie deutete auf ihre Armbanduhr. »Um halb zehn soll das Siegerpaar verkündet werden. Genug Zeit für uns, schon mal eine Flasche Schampus zu ordern, damit wir anstoßen können.« Sie blickte bedeutungsvoll in die Runde und gab gleichzeitig einer Kellnerin ein Zeichen. »Nicht nur auf den Wettbewerb, sondern auf den gelungenen Abschluss eines weiteren Einsatzes, der doch aufregender war als erwartet.« Als die Kellnerin an den Tisch trat, bestellte Melanie eine Flasche Sekt.

»Lob den Tag bloß nicht vor dem Abend – oder vielmehr den Einsatz nicht vor unserer Rückkehr ins Institut!«, unkte Markus, kaum dass die Kellnerin wieder gegangen war. »Der Fall ist erst abgeschlossen, wenn wir morgen Valentina sicher in der Zentrale in Sofia abgesetzt haben.« Er wandte sich der Wissenschaftlerin zu. »Ich dachte schon, wir hätten dich verloren, als die Schießerei losging. Zum Glück hast du dich in diesem Eichenschrank versteckt.«

Valentina fasste sich an die Stirn. Ihr war anzusehen, dass die Erinnerung an die gestrigen Ereignisse sie noch immer mitnahmen. »Zum Glück wusste ich, dass in dem Schrank genug Platz war. Ich war ja mit Ruslan früher häufig in diesem Nebenraum zu Gast und habe oft genug gesehen, wie der Schrank von innen aussieht, wenn der Oberkellner ihn geöffnet hat, um unsere Mäntel hineinzuhängen.«

»Diese letzte Etappe sollte doch wohl keine Probleme mehr bereiten.« Melanie lehnte sich entspannt in ihrem Stuhl zurück. »Ruslan und seine Komplizen sitzen hinter Gittern, Bianca da Solva lebt nicht mehr, und ihr Vater ist nachweislich noch in Portugal und hat sicherlich gerade andere Probleme, denn nun hat sein Kartell keine Nachfolgerin mehr. Andere Gegner hatten wir nicht, und selbst wenn noch welche auftauchen würden, hätten sie keine Chance bei dem Aufgebot an Agentinnen und Agenten, das uns vom Institut als Eskorte zur Seite gestellt wurde. Ich glaube, mindestens die Hälfte der Schiffscrew ist über Nacht durch unsere Leute ersetzt worden. Das ist fast schon der Overkill, wenn man bedenkt, dass wir bisher auch ganz gut alleine zurechtgekommen sind.«

»Die Chefetage will kein Risiko mehr eingehen.« Markus musterte die Sektflasche. »Guter Tropfen.«

»Ich muss mich bei euch allen bedanken.« Valentina blickte ernst in die Runde. »Der Plan, Ruslan auf diese Weise aus seinem Versteck zu locken, war äußerst gefährlich. Ich hatte große Bedenken, ob ich da wirklich mitmachen soll und ob er überhaupt darauf eingehen würde. Was wäre gewesen, wenn er das Spiel durchschaut hätte? Ich kann kaum glauben, dass er nicht misstrauischer gewesen ist. Aber vielleicht dachte er wirklich, dass ich immer noch so bin wie früher.«

»Die Gier wird größer gewesen sein als der Verstand«, mutmaßte Melanie. »Oder vielleicht hat ihn noch etwas anderes angetrieben, wer weiß? Wenn er tatsächlich von den Russen gefasst worden wäre, hätte er es möglicherweise nicht lebendig bis nach Moskau geschafft. Was er da geplant hat, war ziemlich ausgeklügelt und aufwendig. Immerhin hat er sowohl FSB- als auch Institutsagenten auf dem Gewissen und seine Komplizen an deren Stelle gesetzt, noch dazu so geschickt, dass es eine ganze Weile nicht aufgefallen ist.« Sie wandte sich Valentina zu. »Ich frage mich, wie er das alles ganz alleine bewerkstelligt haben mag.«

»Glaubst du, er hat noch einen weiteren Komplizen?« Valentina starrte sie entsetzt an.

»Entweder das oder einen reichen, skrupellosen und gut vernetzten Auftraggeber«, antwortete Gabriel an Melanies Stelle. »Soweit wir über Ruslan informiert sind, verfügt er zwar über Mittel und Verbindungen, aber ob die wirklich ausreichen, um das alles zu finanzieren und zu koordinieren, möchte ich fast bezweifeln. Möglicherweise ist das Spiel also noch nicht beendet.«

»Schwebe ich immer noch in Gefahr?« Unbehaglich rieb Valentina sich über die Oberarme.

»Wahrscheinlich nicht.« Markus schüttelte den Kopf. »Wer auch immer dahintersteckt, wird nicht so dumm sein, seine Identität leichtfertig preiszugeben. Ich denke, der- oder diejenige wird sich ein neues lohnendes Ziel suchen.«

»Hoffentlich.« Valentina schauderte. »Was ist eigentlich aus Sasha geworden? Wurde sie inzwischen gefasst?«

»Leider nicht.« Bedauernd schüttelte Melanie den Kopf. »Sie konnte entkommen und ist untergetaucht. Aber zumindest kennen wir ihr Gesicht. »Nach ihr wird jetzt international gefahndet. Früher oder später wird sie uns ins Netz gehen.« Sie hielt kurz inne. »Vielleicht führt sie uns dann zu der Person, die hinter all dem steckt.«

»Gesetzt den Fall, es gibt wirklich einen Drahtzieher«, setzte Valentina hinzu.

Janna legte Valentina eine Hand auf den Arm. »Ich bin sicher, es wird alles dafür getan, dass du zukünftig in Sicherheit leben kannst. Und wenn es keinen Hintermann oder eine Hinterfrau gibt, wäre es ja noch einfacher, denn dann haben wir den Hauptschuldigen ja nun gefasst.«

»Und ordentlich eingepudert«, fügte Gabriel grinsend hinzu.

Alle brachen in Gelächter aus, verstummten jedoch gleich wieder, als das Mikrofon auf der Tanzfläche eine pfeifende Rückkopplung mit den Lautsprechern verursachte. Ein Mann im Smoking von etwa Mitte fünfzig mit Halbglatze und Brille räuspert sich vernehmlich und blickte verlegen auf das Mikro in seiner Hand, dann in die Menge der Gäste. »Verzeihung. Ich hoffe, Ihr Gehör hat keinen Schaden davongetragen.«

Hier und da wurde gelacht, deshalb wartete er kurz, bis sich wieder erwartungsvolle Stille eingestellt hatte.

»Wir kommen nun zum Höhepunkt des heutigen Abends, auf den wir alle gewartet und für den viele

Tanzpaare sich sehr angestrengt haben. Ich hoffe, Sie hatten auch alle so viel Spaß dabei wie wir in der Jury. Achtzehn Paare haben zu Beginn der Kreuzfahrt ihr Können in den Ring, pardon, auf die Tanzfläche, geworfen, zum heutigen Finale waren noch drei Paare übrig, und diese möchte ich nun nach vorne bitten.«

Janna und Markus erhoben sich ebenso wie die beiden anderen Tanzpaare und begaben sich zur Tanzfläche, begleitet vom Applaus des Publikums. Janna fühlte sich außerordentlich seltsam. Unter normalen Umständen hätte sie sich gefreut, es ins Finale einer solchen Veranstaltung geschafft zu haben. Doch von normal konnte ja nun nicht die Rede sein. Sie befand sich mit Markus, Melanie und Gabriel auf einem Einsatz! Melanie und Gabriel waren bereits vor zwei Tagen aus dem Wettbewerb ausgeschieden, und im Augenblick fragte sie sich, ob es nicht besser gewesen wäre, wenn es ihr und Markus ebenso ergangen wäre.

Sie hatte von Anfang an bezweifelt, dass es gut war, wenn sie auf diese Weise die Aufmerksamkeit auf sich zogen. Markus hatte jedoch argumentiert, und Walter Bernstein hatte ihm sogar beigepflichtet, dass gerade diese Aufmerksamkeit die beste Tarnung sei. Auch jetzt noch, nachdem die kriminellen Elemente aus dem Verkehr gezogen worden waren.

Auf dem Schiff hatte tatsächlich niemand etwas von den Vorgängen mitbekommen, sodass sie für den letzten Tag an Bord die Scharade problemlos weiter aufrechterhalten konnten.

»Mach ein anderes Gesicht«, raunte Markus ihr ins Ohr. »Du siehst aus, als ginge es aufs Schafott.«

Wider Willen musste sie kichern. »Ich bin es nicht mehr gewohnt, im Rampenlicht zu stehen. Früher hat mir das nichts ausgemacht.«

»Als Funkenmariechen?« Er grinste. »Vielleicht hättest du dir etwas Gelbes anziehen sollen.« Sein Blick glitt über sie hinweg. »Nicht, dass ich etwas gegen dieses kleine Schwarze hätte. Es steht dir ausgezeichnet.«

»Danke.« Sie hatte sich das Kleid mit dem nicht ganz knielangen schwingenden Rock in der Boutique an Bord gekauft, weil ihr die Kleidungsstücke, die zum Wettbewerb passten, ausgegangen waren. »Ich hoffe, ich kann es auf meine Spesenrechnung setzen.«

Markus grinste breit. »Jetzt sprichst du schon wie eine echte Agentin. Keine Sorge, Melanie lässt sich diesen lila Fummel, den sie heute trägt, auch vom Institut bezahlen – und sie hat es nicht mal bis ins Finale geschafft.«

»Pst!« Lachend legte Janna den Zeigefinger an die Lippen, da der Juror das Wort erneut ergriffen hatte.

»Da haben wir sie ja! Annemarie und Egon, Daria und Janosch sowie Janna und Markus. Applaus bitte!«

Das Publikum klatschte, johlte und pfiff sogar begeistert, bis der Juror beschwichtigend die Hände hob und fortfuhr: »Es war ein Kopf-an-Kopf-Rennen; diese drei Paare haben es uns nicht leicht gemacht! Deshalb gibt es in diesem Jahr auch eine Neuerung, denn neben dem ersten Platz gibt es zwei Paare, die sich den zweiten Platz teilen, zumindest bisher noch. Da wir aber drei Preise vergeben, gibt es im Anschluss an die Verkündung des Siegerpaares noch ein kleines Stechen um Platz zwei.«

Lautes Johlen und Applaus brandeten erneut auf.

Der Juror lächelte breit. »Ja, Sie haben richtig gehört, ein Stechen. Doch kommen wir, was ebenfalls ungewöhnlich ist, nun zu unserem Gewinnerpaar, das sich über einen Reisegutschein im Wert von eintausend Euro freuen darf. Trommelwirbel bitte!«

Von Band wurde der Trommelwirbel abgespielt.

»Den ersten Platz unseres Tanzwettbewerbs haben gewonnen ...« Der Juror machte eine extralange, bedeutungsschwere Pause. »Annemarie und Egon! Herzlichen Glückwunsch.«

Wieder wurde wild applaudiert, das Siegerpaar trat strahlend näher und nahm neben einem goldfarbenen Pokal auch einen Blumenstrauß sowie einen Umschlag entgegen, der wohl den Gutschein enthielt.

»Na toll.« Markus verdrehte erheitert die Augen. »Jetzt müssen wir wohl noch mal ran.«

»Ran?« Janna runzelte die Stirn.

»Tanzen.« Er hob die Schultern. »Uns bleibt auf dieser Kreuzfahrt wohl nichts erspart.«

»Hey, es war nicht meine Idee, hier teilzunehmen.« Janna kicherte.

»Meine auch nicht.« Markus schüttelte dem Siegerpaar die Hände, Janna tat es ihm gleich. »Die Idee ist auf Walters Mist gewachsen.«

»Gut, gut«, sprach der Juror erneut ins Mikrofon. »Das hätten wir also erledigt. Und nun geht es um Platz zwei, der immerhin mit einem Reisegutschein im Wert von fünfhundert Euro dotiert ist. Und für alle, die es noch nicht wissen: Das Paar auf Platz drei geht selbstverständlich nicht leer aus, sondern erhält einen Reisegutschein über zweihundertfünfzig Euro.«

Erneut wartete er, bis der Applaus sich gelegt hatte. »Für das Stechen um Platz zwei haben wir uns kurzerhand entschieden, die beiden wettstreitenden Paare mit einem Tanz zu konfrontieren, den sie bislang noch nicht im Wettbewerb getanzt haben. Meine Kollegen in der Jury waren der Ansicht, dass wir die Sache nicht zu einfach machen möchten, deshalb haben wir uns für einen ganz einzigartigen Tanz entschieden, von dem beide Paare zu Beginn des Wettbewerbs angegeben haben, dass sie ihn kennen.«

»O nein«, murmelte Janna.

»Was meinst du?«, raunte Markus.

»Mit anderen Worten«, fuhr der Juror enthusiastisch fort, »wir haben uns entschieden für ... die Lambada!«

»Na, das!« Janna fasste sich an den Kopf, als ringsum wieder gejohlt und gepfiffen wurde. Das Publikum war offensichtlich begeistert. »Ich hätte die Lambada nicht angeben sollen. Das haben wir jetzt davon.«

»Warum?« Markus stieß sie leicht mit dem Ellenbogen an. »Könnte doch lustig werden.«

»Lustig?« Janna bedachte ihn mit einem strafenden Blick. »Weißt du, wann ich zuletzt Lambada getanzt habe? Da war ich sechzehn oder siebzehn!«

»Na und? Geht mir nicht anders. Damals war das wohl mal eine Zeit lang in. Wir schaffen das schon. Sieh dir nur mal unsere Kontrahenten an. Glaubst du, die können es besser?«

Janna warf dem anderen verbliebenen Paar einen Blick zu. Die beiden, etwas älter als sie und Markus, debattierten heftig und es sah so aus, als wolle Janosch Daria zeigen, wie der Grundschritt ging. Sie atmete tief durch. »Also gut, vielleicht haben wir ja eine Chance.«

»Aber hallo!« Markus grinste breit. »Wenn ich an Omen glauben würde, dann müsste ich jetzt wohl sagen, dass deine Aktion gestern in dem Transporter eines gewesen ist.«

»Ein Omen?« Sie sah ihn erstaunt an. »Warum?« Dann begriff sie. »Oh, tatsächlich.«

»Wie groß ist wohl die Wahrscheinlichkeit, dass wir dieses Lied zweimal innerhalb eines Einsatzes um die Ohren gehauen bekommen?«

»Erst glaubst du ans Schicksal, dann an Omen?« Janna lachte nervös. »Du machst mir ein bisschen Angst.«

»Seid ihr bereit?«, unterbrach der Juror sie übertrieben gut gelaunt. »Dann mal los, ihr vier, und Musik ab! Die Jury beobachtet euch!«

Kaum hatte er sich an den Tisch zurückgezogen, als auch schon die ersten Klänge von Kaomas *Lambada* aus den Lautsprechern schallten.

***

»Huch!« Janna stieß einen erschrockenen Laut aus, weil Markus sie kurzerhand mit einem Ruck an sich gezogen hatte. Er gab den Tanzschritt so gut vor, wie er konnte. Es war wirklich schon lange her, dass er die Schritte erlernt hatte, doch die Jury tat ihnen den Gefallen und blendete auf einer Leinwand im rückwärtigen Bereich der Tanzfläche das Musikvideo zu dem Song ein, sodass die Erinnerung rasch zurückkehrte.

Janna passte sich seinen Schritten mühelos an, was zeigte, dass sie eine wirklich gute Tänzerin war. Allerdings hatte er ganz vergessen, wie sehr man bei diesem Tanz auf Tuchfühlung ging, wenn man es wirklich richtig machen wollte. *Konzentriere dich auf die Show, nicht auf Janna*, befahl er sich innerlich, doch das war alles andere als einfach, da sich ihre Körper praktisch aneinander rieben.

Ihm wurde unnatürlich warm, doch gleichzeitig begann ihm die Sache Spaß zu machen. Vielleicht lag es daran, dass Jannas Augen vergnügt funkelten. Sie tanzte ebenso gerne wie er.

Spontan wirbelte er sie einmal im Kreis und dann improvisierten sie ein paar Figuren, von denen er ganz und gar nicht sicher war, dass es sie bei diesem Tanz gab. Erst als aus dem Publikum begeisterte Pfiffe und Anfeuerungsrufe laut wurden, bemerkte er, dass das andere Paar, das anfangs noch den Grundschritt mitgetanzt hatte, an den Rand der Tanzfläche gegangen war. Die beiden hatten offenbar aufgegeben.

***

»Wow.« Melanie hatte sich wie der Rest des Publikums erhoben und beobachtete in einer Mischung aus Verblüffung und Faszination das verbliebene Paar auf der Tanzfläche. »Wird es hier plötzlich heiß oder bilde ich mir das bloß ein?« Sie tat, als müsse sie sich Luft zufächeln.

Gabriel schob sich dicht neben sie. »Nein, tust du nicht. Da brennt für mein Dafürhalten ganz schön die Luft zwischen den beiden.«

Etwas unbehaglich ob der plötzlichen Nähe zu Gabriel und weil sie sich ausnahmsweise einmal einig zu sein schienen, warf sie ihm einen kurzen Seitenblick zu. »Ob ihnen das bewusst ist?«

Mit einem schmalen Lächeln erwiderte Gabriel ihren Blick. »Würde es dir verborgen bleiben, wenn zwischen dir und einer anderen Person derart die Funken stieben würden?«

»Stieben?« Sie lachte etwas zu laut und wich gleichzeitig seinem Blick aus. »Hast du gerade einen Duden verspeist?«

»Deine Gegenfrage ist mir Antwort genug.« Sein Lächeln verbreitete sich. »Deine Ausweichmanöver sind mir nämlich inzwischen nur allzu bekannt, Melli.«

Am liebsten hätte sie ihn erwürgt, doch sie wollte sich um keinen Preis der Welt irgendeine Blöße geben. Deshalb ging sie über seine Worte hinweg und blieb beim ursprünglichen Thema. »Also glaubst du, dass zwischen den beiden etwas läuft.«

»Nein.« Zu ihrer Überraschung schüttelte er vehement den Kopf. »Dazu sind alle beide noch nicht bereit.«

»Woher willst du das wissen?«

»Ich bin Analyst.« Er hob die Schultern. »Also analysiere ich die Fakten, die mir vorliegen. Und diese Fakten besagen eindeutig, dass so etwas für die beiden nicht infrage kommt. Zumindest momentan nicht.«

»Was für Fakten?« Melanie richtete ihren Blick wieder auf das Tanzpaar. »Markus hat doch noch nie gezögert, wenn es darum ging, eine Frau in die Kiste zu bekommen.«

»Exakt.« Gabriel grinste. »Er hat noch nie gezögert. Allerdings hatte er auch noch nie eine so gute Freundin wie Janna.«

Da hatte er ärgerlicherweise recht, deshalb äußerte Melanie sich nicht weiter dazu. Allerdings nahm sie sich vor, die Sache zukünftig etwas näher im Auge zu behalten. Um sich von der irritierenden Einigkeit mit Gabriel abzulenken, zückte sie ihr Smartphone, schoss rasch ein paar Fotos und machte ein kurzes Video von Janna und Markus.

***

»Du meine Güte!« Völlig außer Atem und mit unge-
hörig entgleistem Puls löste Janna sich von Markus,
nachdem der letzte Ton des Songs verklungen war.
»Das war ja irre.« Sie versuchte, die Mischung aus Er-
regung und Verlegenheit, die sich in ihr breitmachte,
mit einem Lachen zu überspielen. »Auf den Muskel-
kater freue ich mich jetzt schon.«

Markus, der ihre Hand nicht freigab, lächelte verhalten, und fast kam es ihr so vor, als bemühe er sich
ebenso um Fassung wie sie. »Dito«, formten seine
Lippen, doch zu hören war seine Stimme wegen des
frenetischen Applauses aus dem Publikum nicht.

»Na, das war ja eine Vorstellung!« Der Juror tauchte
wieder neben ihnen auf. »Ich denke, das war eindeutig: Unser zweitplatziertes Paar steht hier vor Ihnen:
Janna und Markus! Herzlichen Glückwunsch!« Er
überreichte Markus einen Umschlag, während eine
weitere Jurorin Janna einen Strauß Blumen in die
Arme drückte. »Aber nun sagen Sie mal, wie kommt
es, dass Sie beide die Lambada so ausgezeichnet beherrschen? Haben Sie etwa heimlich geübt?« Spontan
hielt er Markus das Mikrofon vor die Nase.

Markus räuspert sich. »Nein, geübt hatten wir das
nicht. Wie sollten wir auch wissen, dass wir ausgerechnet mit diesem Tanz in einem Stechen antreten
müssen? Aber wir sind beide daran gewöhnt, schnell
zu improvisieren, wenn es nötig wird.«

»Beeindruckend.« Der Juror nickte anerkennend.
»Fast bin ich geneigt zuzugeben, dass Sie wohl den

ersten Platz belegt hätten, wenn dieser Tanz Teil des regulären Wettbewerbs gewesen wäre. Aber nun ist es, wie es ist, und ich hoffe, Sie freuen sich auch über den zweiten Platz.« Diesmal hielt er Janna das Mikrofon vor den Mund.

»Selbstverständlich«, brachte sie hastig und immer noch ein wenig atemlos hervor. »Wir freuen uns sehr darüber.«

»Und wir hier im Saal, und ich denke, ich kann für alle Anwesenden sprechen, freuen uns über diesen mehr als würdigen Abschluss unseres Tanzwettbewerbs.« Der Juror strahlte wie der sprichwörtliche Kronleuchter. »Nichts für ungut, liebes Siegerpaar«, er blickte zu den beiden Erstplatzierten, die sich an den Rand der Tanzfläche zurückgezogen hatten, »aber in diesem Fall passt ein Sprichwort, dass ich gerne für Janna und Markus anlässlich ihrer außergewöhnlichen Vorführung abwandeln möchte: Wer zuletzt tanzt, tanzt am besten!«

17

MS Amandus
Kabine von Janna und Markus
Donnerstag, 13. September, 23:19 Uhr

»Was für ein Abend.« Janna hatte sich bereits unter
der Bettdecke ausgestreckt, als Markus die Kabine betrat. »Ist bei Valentina alles in Ordnung?«

»Sie freut sich darauf, morgen endlich zu Hause in Sofia einzutreffen.« Markus blieb kurz bei der Tür stehen,
so als überlege er, was er als Nächstes tun sollte. Schließlich ging er zur Couch und setzte sich. »Was macht dein
Fuß? Ist die Blase noch mal schlimmer geworden?«

»Nein.« Janna bewegte ihre Füße unter der Decke.
Irgendwie war es seltsam zwischen ihnen, seit sie die
Lambada getanzt hatten, doch sie traute sich nicht
recht, Markus darauf anzusprechen. »Der Umschlag
und danach das Blasenpflaster haben sehr gut gehol-
fen. Ich spüre gar nichts mehr.«

»Gut.« Markus lehnte sich zurück und streckte die
Beine aus. »Wenigstens sind wir bis auf diese kleine
Blessur und ein paar blaue Flecke auf meiner Seite un-
beschadet durch diesen Einsatz gekommen. Den Rest
sollten wir mit links schaffen.«

»Es kommt mir zwar jedes Mal so vor, aber das war irgendwie der merkwürdigste Einsatz, den wir je hatten.« Janna rutschte ein wenig hin und her, um noch bequemer zu liegen. »Valentina hätte doch einfach fliegen sollen.«

»Bei ihrer Flugangst? »Markus winkte ab.« Im Leben nicht. Abgesehen davon hätten wir es dann womöglich mit einer Flugzeugentführung zu tun bekommen. Nach allem, was wir inzwischen wissen, war Ruslan Wassiljew ja zu allem entschlossen.«

»O Gott, das wäre entsetzlich gewesen! Wir hätten abstürzen können oder so.«

»Eben.« Er nickte ihr zu. »So gesehen sind wir noch gut weggekommen. Jetzt weiß ich auch, was Walter meinte, als er die Ausrichtung unserer neuen Abteilung auf besonders ungewöhnliche und verzwickte Fälle beschrieb.«

»Aber hat Valentina sich nicht an dich um Hilfe gewendet?«, hakte Janna nach. »Sie konnte doch von der Abteilung gar nichts wissen.«

»Das nicht, aber Walter hätte die Sache auch anders lösen können oder andere Agenten schicken. Stattdessen hat er es der Abteilung sieben A überlassen, diesen Fall abzuwickeln. Übrigens glaube ich, dass er vorhat, uns Melanie und Gabriel dauerhaft als Teammitglieder zuzuordnen.«

»Den Gedanken hatte ich auch schon«, gab Janna zu. »Das dürfte spannend werden.«

»Nervig meinst du wohl eher«, konterte Markus mit einem halben Grinsen. »Das Gezänk der beiden geht mir auf den Geist.«

»Du solltest herausfinden, was dahintersteckt, und sie dazu bringen, sich auszusprechen.«

»Ja, wahrscheinlich.« Sichtlich gereizt fuhr er sich durchs Haar. »Wenn ich sie nicht vorher einfach mal kräftig mit den Köpfen zusammenstoße.«

Janna gluckste. »Gewalt ist keine Lösung.«

»Sie kann aber manchmal so was von befriedigend sein!«

Sie lachten beide.

Zu Jannas Überraschung streckte Markus sich der Länge nach auf der Couch aus. Zwar ragten seine Beine ein Stück über die Armlehne hinaus, doch er schien es sich dort bequem machen zu wollen. »Kommst du nicht ...« Verlegen stockte sie. »Gehst du noch nicht ins Bett?«

»Ich bin noch nicht so richtig müde.« Markus zog sein Smartphone aus der Hosentasche. »Ich werde noch ein bisschen lesen. Du kannst das Licht gerne ausmachen. Es stört mich nicht, im Dunkeln zu sitzen. Die App ist zum Lesen hell genug.«

»Ah. Okay.« Janna drehte sich auf die Seite und löschte das Licht, sodass nur noch der blasse Schein des Handys auf Markus fiel und seine Miene kaum noch zu erkennen war.

Sie hatte sich nicht getäuscht. Es war merkwürdig zwischen ihnen. Sie wusste natürlich auch, warum. Dieser letzte Tanz, die Lambada, war ziemlich heiß gewesen. Anfangs hatte sie noch gedacht, es würde einfach nur witzig werden, weil sie beide den Tanz schon so lange nicht mehr getanzt hatten. Doch dann hatten sie extrem gut miteinander harmoniert, fast so, als hätten sie die Performance lange geübt. Es hatte Spaß gemacht, keine Frage. So locker und ausgelassen hatte sie Markus bisher nur sehr selten gesehen. Doch bei diesem Tanz .kam man sich nun einmal ziemlich nahe Die wortwörtliche Reibung ihrer Körper hatte dazu geführt, dass ihr ganz anders geworden war. Es war erregend und aufregend gewesen, prickelnd und ... gefährlich.

Wahrscheinlich hatte genau dies für den frenetischen Applaus am Ende gesorgt. Das Publikum hatte die Funken wahrgenommen, die zwischen ihnen geflogen waren. Natürlich hatte niemand sich etwas dabei gedacht, denn schließlich traten sie ja als Ehepaar auf, da war so etwas zumindest nicht ungewöhnlich.

Janna erschrak ein wenig, als ihr einfiel, dass ja auch Melanie und Gabriel im Publikum gewesen waren. Was sie wohl gedacht haben mochten? Vielleicht war es ihnen auch gar nicht weiter aufgefallen oder sie hatten es als Schauspielerei angesehen. Dazu gesagt hatten sie nichts, und gerade Melanie hätte bestimmt nicht geschwiegen, wenn sie irgendeinen Verdacht gehegt hätte. Zwar verstand Janna sich inzwischen deutlich besser mit der schwarzhaarigen Agentin als zu Beginn ihrer Bekanntschaft, aber Melanie stichelte nun einmal gerne und hielt mit ihrer Meinung kaum jemals hinter dem Berg.

Vielleicht sollte sie sich nicht so viele Gedanken machen, rief Janna sich zur Ordnung. Okay, es waren

Funken zwischen ihnen geflogen, aber das war sicher nur der Situation und dem doch reichlich intimen und zugleich leidenschaftlichen Tanz zuzuschreiben gewesen. Es hatte ihnen ja sogar den zweiten Platz eingebracht und ihre Tarnung bestätigt.

Nichts Schlimmes war geschehen, im Gegenteil. Eigentlich war dieses unterschwellige Prickeln zwischen ihnen sogar ziemlich angenehm. Sie durften es nur nicht überhandnehmen lassen, das wäre ganz sicher prekär für ihre Freundschaft. Aber so ein bisschen kontrolliertes Knistern war anregend und belebend.

Sie waren beide kluge, umsichtige Erwachsene, überlegte sie rasch weiter, also würden sie doch wohl mit dieser neuen Situation zurechtkommen. Dass es gerade etwas seltsam zwischen ihnen war, lag sicher nur daran, dass sie sich erst daran gewöhnen mussten. Wenn sie erst eine Nacht darüber geschlafen hatten, wäre bestimmt alles wieder normal zwischen ihnen. Ein wenig anders, aber eben normal. Sie waren schließlich nach wie vor Freunde – und Partner, und daran sollte, nein, durfte sich nichts ändern. Das war wichtiger als alles andere.

»Wenn du willst, kannst du diesen Reisegutschein haben«, durchbrach Markus die Stille, die sich zwischen sie gesenkt hatte.

»Was?« Überrascht hob Janna den Kopf ein wenig vom Kissen.

»Unseren Preis«, konkretisierte er. »Ich habe mir den Gutschein angeschaut. Er gilt selbstverständlich nur für Reisen auf einem Kreuzfahrtschiff, das zur selben Flotte gehört wie die *MS Amandus*. Du könntest zwischen einer weiteren Donaukreuzfahrt und einer auf dem Rhein wählen.«

»Ach.« Mehr fiel ihr gerade nicht dazu ein.

»Sagtest du nicht, dass du überlegst, mit den Kindern auch mal so eine Reise zu machen? Kinder bis zwölf zahlen hier nur den halben Preis, das wäre also erschwinglich, wenn man den Gutschein einrechnet. Und vielleicht will der Vater der beiden ja ebenfalls mitfahren. Er hatte doch auch einen gemeinsamen Urlaub auf dem Schirm, nicht wahr? Das wäre vielleicht eine gute Gelegenheit für euch, euch noch etwas näher zu beschnuppern.«

»Beschnuppern?«, echote sie halb irritiert, halb erheitert.

»So findest du heraus, ob er etwas für dich ist oder nicht.«

»Das muss ich nicht erst herausfinden.« Janna biss sich auf die Unterlippe, weil die Worte schneller aus ihr herausgepurzelt waren, als sie hatte nachdenken können.

»Nicht?«, kam es prompt und hörbar interessiert von Markus. »Vielleicht findest du ja doch noch den … Stromanschluss bei ihm.«

»Den …?« Janna schluckte, prustete. »Nein, ganz sicher nicht.« Sie fasste sich ein Herz. Markus war ihr bester Freund, also durfte er auch wissen, was in ihr vorging. Zumindest, was Gerd anging. »Gerd ist nichts für mich, und das werde ich ihm auch klarmachen, sobald ich wieder zu Hause bin. So ein … Stromanschluss« sie überlegte fieberhaft, wie sie sich ausdrücken sollte, »den kann man nicht so einfach nachträglich installieren. Der muss von Anfang an vorhanden sein.«

»Du suchst also einen Mann mit vorinstalliertem Stromanschluss.«

Ob seiner trockenen Feststellung musste sie erneut lachen, auch wenn ihr Puls bei seinem eigenartig rauen Tonfall aus dem Tritt geriet. »Ja.«

»Okay.«

Sie runzelte die Stirn. »Okay?«

»Fließender Strom kann gefährlich sein.«

»Ich weiß.« Sie knabberte an der Unterlippe. »Man muss vorsichtig damit umgehen. Und, na ja, auch nicht jeder … Stromanschluss … passt am Ende zum … zum eigenen Stecker. Auch da muss man genau hinsehen.«

»Mhm.«

»Manchmal knistert es ja auch einfach nur so mal, ohne dass mehr dahintersteckt«, fügte sie schließlich mutig hinzu. »Das kommt bestimmt häufiger vor, als man denkt. Und es ist ja auch ganz nett, oder?«

»Nett ist die kleine Schwester von Scheiße.«

»Wie bitte?« Unwillkürlich lachte sie auf. »Okay, also nicht nett, aber du weißt sicher trotzdem, was ich meine. Solange nichts weiter dahintersteckt, ist es ganz okay, ein bisschen …«

»Mit dem Feuer zu spielen?«

»Nein!« Ihr Herz holperte.

»Aber mit dem Strom«, schränkte er ein.

Sie zögerte. »Na ja, wie gesagt, wenn nicht mehr dahintersteckt, sind es ja wahrscheinlich eh nur ein paar verirrte elektrische Ladungen. Nichts Schlimmes.«

»Und nichts Ernstes.«

»Genau.« Sie atmete auf. Hatte er sie verstanden? Es entstand eine längere Pause.

»Und wenn man den Stecker zieht, bevor es zu ...«

»Ja.« Sie spürte, wie ihr Puls kurzfristig in die Höhe jagte.

»Guter Plan«, sagte er schließlich in einem Ton, der merkwürdigerweise gleichermaßen ernst wie erheitert klang. »Gute Nacht, Janna.«

»Gute Nacht, Markus.« Sie schloss die Augen. Überraschend schnell spürte sie, wie ihre Glieder schwer wurden, und nun wusste sie auch mit Gewissheit, dass Markus diese Nacht nicht neben ihr im Bett, sondern auf der Couch verbringen würde. Mit einem eigentümlichen Ziehen tief in der Magengrube schlief sie ein.

Fortsetzung folgt

DANKE

Mit Band 15 liegt nun ein weiteres, aufregendes Abenteuer für die *Spionin wider Willen* vor. Auch diesmal wieder gilt mein großer Dank meiner wunderbaren Lektorin Barbara Lauer, die immer wieder zielgenau Ungereimtheiten aufspürt und Details zu meinen Figuren fast besser kennt als ich.

Außerdem gibt es natürlich wieder das Team meiner Testleserinnen, die einmal mehr ihre Argusaugen über den Text haben wandern lassen und mich mit wertvollen Tippe zu Donaukreuzfahrten versorgt haben. Danke an: Heidi Kehm, Nicole Klein, Cornelia Klotz, Petra Meyeroltmanns, Corinna Müller, Melanie Schmidt und Claudia Schoen

Zeitfracht Medien GmbH
Ferdinand-Jühlke-Straße 7,
99095 - DE, Erfurt
produktsicherheit@zeitfracht.de